中国小说通识

鲁迅 等◎著

The Seminar on
Chinese Fiction

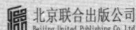
北京联合出版公司
Beijing United Publishing Co.,Ltd.

目录

● 小说研究　胡怀琛

第一章　绪论　2
第二章　中国小说形式上之分类及研究　14
第三章　中国小说在时代上之分类及研究　33

● 章回小说　周先慎

第四章　章回小说的形式和《三国演义》的成书　46
第五章　《三国演义》的思想内容　53
第六章　《三国演义》的艺术成就　74
第七章　《三国演义》的影响　89

● 小说课堂　王安忆

第八章　小说课堂　94
第九章　附录：读张爱玲与《红楼梦》　116

● 小说史略 鲁迅

第十章 史家对于小说之著录及论述 138

第十一章 神话与传说 143

第十二章 《汉书·艺文志》所载小说 150

第十三章 今所见汉人小说 153

第十四章 六朝之鬼神志怪书（上） 161

第十五章 六朝之鬼神志怪书（下） 169

第十六章 《世说新语》与其前后 174

第十七章 唐之传奇文（上） 181

第十八章 唐之传奇文（下） 188

第十九章 唐之传奇集及杂俎 195

● 《红楼梦》考证 胡适

第二十章 《红楼梦》考证（改定稿）一 202

第二十一章 《红楼梦》考证（改定稿）二 212

第二十二章 【附记】 242

第二十三章 跋《红楼梦考证》 244

第二十四章 考证《红楼梦》的新材料 249

小说研究

胡怀琛

# 第一章
绪 论

第一节 何谓小说

我们要讲小说，第一步，要说明"小说是什么"。换一句话说，就是要给"小说"二字，下一个确切的界说。

本书名为《中国小说研究》，当然，所讲的是中国的小说，所下的定义，是中国小说的定义。不过在中国的旧文学里，并不把小说看得重要。虽然在两千年前，已经有了"小说"二字；但是古代所认为是小说的，到现在并不能算是小说；现在我们所认为是小说的，古代是没有的（说他没有，也不是完全没有；只不过不名为小说，且和现在的小说形式上略有些不同）。这样，下定义就很不容易了。

那么，拿西洋的小说做标准，替中国的小说下一个定义吧，也极困难。他们所认为是小说的，不能恰和我们所认为是小说的一样。倘若拿西洋的小说定义做标准：有的地方，不能包括中国的一切小说，是他的范围太狭了；有的地方，又超出中国所有的小说以外，他的范围又似乎太宽了。

小说，英文名 story，又可称 fiction，又可称 novel，又可称 tale，又可称 romance，这五个名词译成汉文，都可译作"小说"。然而这五个名词所包含的意义，不能相同。此外又有 mythos 神话，sagas 传说，fable 寓言。有人说，他们离开小说而独立了，又有人仍把他放在小说中间，算是小说的一部分。无论如何，神话和传说总是小说的根源，我们要追寻小说的发源地，就不能丢开他们不讲。

在西洋文学里，就依照多数人的说法，先把神话和寓言拿开了，使他不要占据在小说的领土以内，然而还有问题。

现在人谈到西洋小说，总要说浪漫主义（romanticism）、自然主义（naturalism）这两派。而在自然主义以后，更有新浪漫主义（new-romanticism）、神秘主义（mysticism）、象征主义（symbolism）等等。

然在自然主义以后的作品，实已脱离了story、novel等名称的关系；因为story等名称，皆含有"奇异的故事"或"新奇的故事"之意，就是浪漫和自然主义怕不能相容。译成中文，既以story当小说，而复说"自然主义的小说"，似乎说不通！然而今人往往如此说，把浪漫主义、自然主义等同，隶属于小说之下，也是同样的说不通。

如此看来，就是下定义的很困难的一个例子。

关于西洋小说的话，断不是简单几行书，可以说得明白，也不是本书范围以内的事。如今只说中国的小说罢。

我以为研究的方法，最好是从他的渊源说起，从渊源说到支派，那就容易明白。我们不必先说定义，只从他的源流上，看出来他是什么。

第二节　中国小说二字之来历及其解释

神话和传说，发现得最早，为后来小说的根源，也成为后来小说的一部分。这一点是中外相同的，因为初民时代，人民对于自然物有不能了解的地方，便说是有个神管理此事。凡是略读过几本西洋书的

3

人，没一个不知道有所谓希腊神话。什么司文艺的神名为 Muse，什么司恋之歌的神名为 Exato，他们种种的故事在西洋文学中占了一个位置，而后来的文学也受了他们很深的影响。在中国很早的很著名的神话，就是穆天子见西王母的故事。到后来，海龙王及狐狸精也占了神话中的一部分，也就占了小说中的一部分。

传说，就是民间传说的故事，而不见于记载的，或虽有记载而普遍传说于平民之口，人家反不注意于记载。在西洋，如荷马的史诗 *Odyssey* 和 *Iliad*，就是民间的传说。不过他是用韵文传说下来，和用散文传说下来略有不同（这是形式的分别）。在中国，如孟姜女，如梁山伯、祝英台，就是顶著名的民间传说。比他们早的也有，不过要算他们顶著名了。用韵传说下来的也有，就是《孔雀东南飞》一类的纪事歌。

中国的神话和传说，虽然是小说的根源，虽然到后世仍在小说中占了一大部分，但是在古代，并不曾把他称为小说。考中国的"小说"二字，最初见于《庄子》，他说："饰小说以干县令，其于大达亦远矣。"

又见《荀子》，他说："故智者论道而已矣，小家珍说之所愿皆衰矣。"

"小说"二字，联在一起，是《庄子》上有的。至如《荀子》，他把"小说"二字分了开来，称为小家珍说。总之，他们二人的书上，虽有"小说"二字的名称，但并未指明什么是小说。不过照他们的话看来，都是轻视小说的（在旧文学里轻视小说，也就根于此）。

以后，班固《汉书·艺文志》上说：

  小说家者流，盖出于稗官（稗官二字之解释，详见下文）。

街谈巷语、道听途说者之所造也。孔子曰："虽小道，必有可观者焉。致远恐泥，是以君子弗为也。"然亦弗灭也。闾里小智者之所及，亦使缀而不忘。如或一言可采，此亦刍荛狂夫之议也。

我们读了班固这一段话，可以知道下面几件事：

（一）古时有稗官。"稗"字的意思，等于"小"字。稗官的职务，是周游民间，采取民间发生的琐碎事情，报告给政府知道。他的职务大概和现在报馆里的访员差不多。

（二）春秋战国以来，有所谓"小说家"，和儒家、道家等并称（班固所叙，共有九流十家，小说家为十家之一）。

（三）班固引孔子的话，说是虽小道必有可观，他已承认小说有相当的价值。

（四）那时候的小说，就是民间的事情，差不多是现在所谓社会小说。他在当时，固然是小说，然在如今看起来，只是小说的一部分，而非小说的全体。然而无论如何，现在大家通用的"小说"二字的名称，就是因袭以上所引的三种书而来的。

在班固虽然列举了许多古代小说的书名，然那些书到现在多失传了（目录另见后面），不能确知它的内容是怎样。但是，我们有可以讨论的几点：

（一）有许多班固自注明是假托的。例如《伊尹说》《鬻子说》，注明了"其语浅薄，似依托也""后世所加"云云，可知此等小说不是殷周人的作品。

（二）小说家有《伊尹说》二十七篇，有《鬻子》十九篇；而道家又有《伊尹》五十一篇，有《鬻子》二十二篇。班固时所见的道家的书和小说家的书，是不是相同？

（三）班固所列举的小说家，有《宋子》十八篇。宋子就是宋钘，又作宋牼，见于《庄子》《孟子》《荀子》诸书。他的思想的大要，是"非战、禁攻"。虽然他用小说的方式，发挥他的思想，然而在战国时，这样的人很多，何以宋子独称为小说家？

（四）班固所举的小说书名，有《黄帝说》四十篇，《封禅方说》十八篇。《黄帝说》，班固注曰"迂诞依托"，可见其涉及神怪。《封禅方说》，疑即《史记·封禅书》之所本。中间也有关于神怪的话，如黄帝乘垂髯龙上天，就是一个例子。可见班氏小说书中，也包括神话。

（五）其他《周考》七十六篇，班固注曰："考周事也。"《青史子》五十七篇，班固注曰："古史官记事也。"可知他所记的是偏于实事。

照第一条看，我们可知班固所开的古代小说目录，有真书，有假书，不能一例当真的看。照二三两条看：我们可知小说和非小说，没有确切的分别。照四五两条看，我们虽然看不见原书，但是原书的内容大概可以知道。

宋、晋以后，小说的作品渐渐地多了。继班固而作图书目录的，是长孙无忌的《隋书·经籍志》。他已把一切的书，分为经、史、子、集，而小说隶属于子部之下。而凡记谈笑应对，叙艺术器用之杂作，亦多收入。则"小说"二字的范围，乃更广了。明胡应麟分小说为六类，曰：

（一）志怪，如《搜神记》《述异记》。

（二）传奇，如《飞燕外传》《太真外传》。

（三）杂录，如《世说新语》。

（四）丛谈，如《梦溪笔谈》。

（五）辩订，如《鼠璞》。

（六）箴规，如《颜氏家训》。

这样说：凡是一切的杂书，不能入于经、史、集三部，而于子部中不能成一家的，统谓之小说。这个定义，乃更广漠无涯了。清纪昀纂《四库全书》，分小说为三派，曰：

（一）叙述杂事，如《西京杂记》《世说新语》。

（二）记录异闻，如《山海经》《穆天子传》。

（三）缀辑琐语，如《博物志》《述异记》。

这样说，范围虽然小一些，小说的定义虽然严整一些，然我们终不能认为满意。

将他的三派和胡应麟的六类来比较，他的三派只占胡氏的两类。第一派，就是胡氏的杂录；后两派，就是胡氏的志怪。不过，他于叙事有系统的名为异闻，零碎而没系统的名为琐语。这个且不去管他，而他少了传奇一类，似乎不妥。再有一个极大的缺点，就是宋以后的平话、演义等，一概不录，而将《三国演义》《水浒》等书，屏诸小说以外。

因此，后人误会了，以为直到有了《三国演义》《水浒》而后，中国始有小说，以前没有小说。这都是前人见解的错误。他们对于"小说"二字的界说，是没有的；虽然也把小说分过类，但是分得都不对。那么，我们怎样去研究小说呢？且看下文。

第三节 中国小说的分类法及研究法

我们要研究中国小说，是要拿我们自己眼光去看，什么是小说，什么不是小说。不管他经也好，史也好，子也好，集也好，只要我们认为是小说的，就拿他来当小说看。本来经、史、子、集的名目，是没理由的，虽然在习惯上一时不能取消，但是我们这里尽可不管。所以，我以为第一步就是要从经、史、子、集中去找小说材料。第二步，再把晋、唐以后的小说，和宋、元以后的小说，清以来的小说，和那从经、史、子、集中取来的材料，并在一起来研究。

现在，先从经、史、子、集中各取一二篇为例，看他是不是小说。

孔子过泰山侧

孔子过泰山侧，有妇人哭于墓者而哀。夫子式而听之，使子路问之曰："子之哭也，壹似重有忧者？"而曰："然。昔者吾舅死于虎，吾夫又死焉，今吾子又死焉。"夫子曰："何为不去也？"曰："无苛政。"夫子曰："小子识之，苛政猛于虎也。"

——《檀弓》

齐人妻妾

齐人有一妻一妾而处室者。其良人出，则必餍酒肉而后反。其妻问所与饮食者，则尽富贵也。其妻告其妾曰："良人出，则必餍酒肉而后反；问其所与饮食者，尽富贵也，而未尝有显者来。吾将瞷良人之所也。"早起，施从良人之所之，遍国中无立谈者。卒之东郭墦间之祭者乞其余；不足，又顾而之他。此其为餍足之道也。其妻归，告其妾曰："良人者，所仰望而终身也。今若此！"与其妾讪其良人，而相泣于中庭。而良人未之知也，施施从外来，骄其妻妾。由君子观之：则人之所以求富贵利达者，其妻妾不羞也而不相泣者，几希矣。

——《孟子》

滑稽列传

淳于髡者，齐之赘婿也。长不满七尺，滑稽多辩，数使诸侯，未尝屈辱。齐威王之时，喜隐，好为淫乐长夜之饮，沉湎不治，委政卿大夫。百官荒乱，诸侯并侵，国且危亡，在于旦暮，左右莫敢谏。淳于髡说之以隐，曰："国中有大鸟，止王之庭。三年不飞，又不鸣。王知此鸟何也？"王曰："此鸟不飞则已，一飞冲天；不鸣则已，一鸣惊人。"于是朝诸县令长七十二人，赏一人，诛一人，奋兵而出。诸侯震惊，皆还齐侵地。威行三十六年。威王八年，楚大发兵加齐，齐王使淳于髡之赵，请救兵。赍金百斤，车马十驷。淳于髡仰天大笑，冠缨索绝。王曰："先生少之乎？"髡曰："何敢。"王曰："笑岂有说乎？"髡曰："今者臣从东方来，见道傍有禳田者：操一豚蹄，酒一盂，而祝曰：'瓯窭满篝，污邪满车。五谷蕃熟，穰穰满家。'臣见其所持者狭，而所欲者奢，故笑之。"于是齐威王乃益赍黄金千镒，白璧十双，车马百驷。髡辞而行，至赵，赵王与之精兵十万，革车千乘。楚闻之，夜引兵而去。威王大说，置酒后宫，召髡，赐之酒。问曰："先生能饮几何而醉？"对曰："臣饮一斗亦醉，一石亦醉。"威王曰："先生饮一斗而醉，恶能饮一石哉？其说可得闻乎？"髡曰："赐酒大王之前，执法在傍，御史在后，髡恐惧俯伏而饮，不过一斗，径醉矣。若亲有严客，髡帣韝鞠䣡，侍酒于前，时赐余沥，奉觞上寿，数起，饮不过二斗，径醉矣。若朋友交游，久不相见，卒然相睹，欢然道故，私情相语，饮可五六斗，径醉矣。若乃州闾之会，男女杂坐，行酒稽留，六博投壶，相引为曹，握手无罚，目眙不禁，前有堕珥，后有遗簪。髡窃乐此，饮可八斗而醉二参。日暮酒阑，合尊促坐，男女同席，履舄交错，杯盘狼藉，堂上烛灭，主人留髡而送客，罗襦襟解，微闻芗泽，当此之时，髡心最乐，能饮一石。故曰：'酒极则乱，乐极则悲。'万事尽然，言不可极。极之而衰，以讽谏焉。"齐王曰："善！"乃罢长夜之饮，以髡为诸侯主客。

——《史记》

鱼乐

庄子与惠子游于濠梁之上，庄子曰："儵鱼出游从容，是鱼之乐也。"惠子曰："子非鱼，安知鱼之乐？"庄子曰："子非我，安知我不知鱼之乐？"惠子曰："我非子，固不知子矣；子固非鱼矣，子之不知鱼之乐全矣。"庄子曰："请循其本。子曰：'汝安知鱼乐'云者，既已知吾知之而问我，我知之濠上也。"

——《庄子》

华封人

尧观乎华。华封人曰："嘻！圣人。请祝圣人，使圣人寿。"尧曰："辞。""使圣人富。"尧曰："辞。""使圣人多男子。"尧曰："辞。"封人曰："寿、富、多男子，人之所欲也。女独不欲，何耶？"尧曰："多男子，则多惧；富，则多事；寿，则多辱。是三者，非所以养德也。故辞。"封人曰："始也，我以女为圣人耶？今然，君子也。天生万民，必授之职，多男子而授之职，则何惧之有？富而使人分之，则何事之有？夫圣人：鹑居而鷇食，鸟行而无彰。天下有道，则与物皆昌。天下无道，则修德就闲。千岁厌世，去而上仙，乘彼白云，至于帝乡。三患莫至，身常无殃。则何辱之有？"封人去之,尧随之。曰:"请问。"封人曰:"退已。"

——《庄子》

李贺小传

　　京兆杜牧,为《李长吉集》序,状长吉之奇甚尽。世传之。长吉姊嫁王氏者,语长吉之事尤备。长吉细瘦,通眉,长指爪。能苦吟,疾书。最先为昌黎韩愈所知。所与游者,王参元、杨敬之、权璩、崔植为密。每旦日出与诸公游,未尝得题,然后为诗,如他人思量牵合,以及程限为意。恒从小奚奴,骑距驴,背一古破锦囊;遇有所得,即书投囊中。及暮归,太夫人使婢受囊出之,见所书多,辄曰:"是儿当呕出心乃始已耳!"上灯与食。长吉从婢取书,研墨叠纸足成之,投他囊中。非大醉及吊丧日率如此,过亦不复省。王、杨辈时复来探取写去。长吉往往独骑往还京、洛,所至或时有著,随弃之。故沈子明家所余,四卷而已。长吉将死时,忽昼见一绯衣人,驾赤虬,持一板,书若太古篆,或霹雳石文者。云:"当召长吉。"长吉了不能读。欻下榻叩头,言:"阿弥老且病,贺不愿去。"绯衣人笑曰:"帝成白玉楼,立召君为记。天上差乐,不苦也。"长吉独泣,边人尽见之。少之,长吉气绝。常所居窗中,勃勃有烟气。闻行车嘒管之声,太夫人急止人哭,待之,如炊五斗黍许时,长吉竟死。王氏姊非能造作谓长吉者,实所见如此。呜呼!天苍苍而高也,上果有帝耶?果有苑囿宫室观阁之玩耶?苟信然,则天之高邈,帝之尊严,亦宜有人物文采愈此世者,何独眷眷于长吉,而使其不寿耶?噫!又岂世所谓才而奇者,不独地上少,即天上亦不多耶?长吉生二十七年，位不过奉礼太常，当时人亦多排摈毁斥之；又岂才而奇者，帝独重之而人反不重耶？又岂人见会胜帝耶？

——李商隐

方山子传

　　方山子，光、黄间隐人也。少时，慕朱家、郭解为人，闾里之侠皆宗之。稍壮，折节读书，欲以此驰骋当世，然终不遇。晚乃遁于光、黄间，曰岐亭。庵居，蔬食，不与世相闻。弃车马，毁冠服，徒步往来山中。人莫识也。见其所著帽，方耸而高，曰："此岂古方山冠之遗像乎？"因谓之方山子。余谪居于黄，过岐亭，适见焉。曰："呜呼！此吾故人陈慥季常也。何为而在此？"方山子亦矍然，问余所以至此者。余告之故。俯而不答，仰而笑，呼余宿其家。环堵萧然，而妻子奴婢皆有自得之意。余既耸然异之。独念方山子少时，使酒好剑，用财如粪土。前十有九年，余在岐山，见方山子从两骑，挟两矢，游西山，鹊起于前，使骑逐而射之，不获。方山子怒马独出，一发得之。因与余马上论用兵，及古今成败，自谓一世豪士。今几日耳，精悍之色，犹见于眉间，而岂山中之人哉！然方山子世有勋阀，当得官，使从事于其间，今已显闻。而其家在洛阳，园宅壮丽，与公侯等。河北有田，岁得帛千匹，亦足以富乐。皆弃不取，独来穷山中。此岂无得而然哉！余闻光、黄间多异人，往往阳狂垢污，不得而见。方山子傥见之欤？

——苏轼

分类的方法，更不是用一种简单的方法，可以分得清楚。我现在假定的分类法，是从三方面去区分，一方面从实质上分，一方面从形式上分，一方面从时代上分。实质区为三部，就是：神话，寓言，稗史。

形式区为四部，就是：记载体，演义体，诗歌体，描写体。

在时代上区为五部，就是：周、秦小说，晋、唐小说，宋、元小说，清小说，最近小说。

我们拿一种书做例吧。《西游记》，在实质上，我们说它是神话（大部分是神话。中间虽有实在的人，但终是神话的部分多）；在形式上，我们说它是演义体；在时代上，我们说它是宋、元小说。这是一个大略，且待下文详细说明。

第二章
中国小说形式上之分类及研究

第一节 记载体

我们前面所说的，都是关于实质上的分类，如今再说形式上的分类，寻常有两个不十分准确的见解，现在先辨明如下：

（一）有一种人说：中国的小说，在形式上分为文言、白话、弹词、传奇四种。文言的小说，如《聊斋志异》就是一个代表。此外，晋、唐人的小说，都叫文言小说。白话小说，如《三国演义》就是一个代表。此外如《红楼梦》等，都叫白话小说。弹词，如《笔生花》就是一个代表。此外《天雨花》等，都叫弹词。传奇，如《桃花扇》就是一个代表。此外如《长生殿》等，都叫传奇小说。这一说不十分准确，因为《三国演义》和《红楼梦》虽然都是白话，但他们的体例却不同。一个是演义，一个是描写（这个分别，详见下面）。而弹词、传奇两个名词，又不能包括一切诗歌体的小说。所以此说不算准确。

（二）再有一种人，简直说：在白话小说以前，中国没有小说，而把传奇放入戏曲的范围里去。如此，小说的范围很小了。我以为把传奇放在戏曲里去，是不错的，但他和小说的关系也很深，我们不能把他们的关系也丢了不讲。至于说在白话小说以前，中国没有小说，那么晋、唐人的许多作品，算是什么？所以此说也不算准确。

我以为文言、白话等名词，很不适用。现在把它重定了四个名目，叫做记载体、演义体、描写体、诗歌体。用这四个名词来包括中国一切的小说，比较的可无遗漏。四个名词，也有比较更清楚的界限，而不至于相混。

我们第一就要说记载体了。记载体，是用作者的口气，记述一件事情。不必限定是文言，就是白话，也可以做记载体。

记载体，简单的定义就是："用作者的口气，记述一件事情。"究竟他和演义体、描写体有什么分别？须得比较起来，才可说得明白；单独地说，说不明白。所以这里不多说，待参看了下面演义体和描写体，就可明白了。

第二节　演义体

我们要说明演义体是什么，我们要先把"演义"二字的历史说一说：这一类的小说，起于宋时。据《七修类稿》说："天圣、嘉祐之间，国家闲暇，朝臣日进一奇怪之事以娱之。"他是起源于宫廷，渐渐流传到民间。在当时不称演义，而称说话，称讲史，称平话，称演史。后来又称说书。大概称演义自《三国演义》起。

当时的说话，是重在口上说的，而不重在纸上写的。专门执此业的人，名"说话人"。他们虽重在口上说，却也有一种底本，名为"话本"，好像戏曲的脚本。不过单有了脚本，而没有扮演的人，不成为戏；单有了"话本"，而没有说话的人，也不成为"说话"。现在我们所看见的宋人的白话小说，大概可说是当时"说话人"所用的"话本"。

说话和讲史、演史的名称，如今已没有了。平话的名称，到现在还有，不过变作"评话"罢了。说书的名称，依然存在，说书的人，也是一种专门的职业，到苏、杭各地的茶馆里，和上海城内的茶馆里，还可以看见说书的先生们，在那里说书。他们重要的"话本"就是《三国》《水浒》及后出的《岳传》《玉蜻蜓》《珍珠塔》《三笑》等等。在《三国演义》以前，宋人的话本，到如今还存在的，只有四种。（一）《新编五代史平话》；（二）《大唐三藏取经诗话》；（三）《大宋宣和遗事》；（四）《京本通俗小说》。这四种，以前本不易见，最近商务已有加了新标点的本子，而《宣和遗事》他家也有加新标点的本子，都很容易看见了。

这一类的小说，人人所知道的，就是《三国演义》和《水浒》。自《三国演义》而后，就于说话、讲史、演史、平话、说书而外，添了个演义的名目。"演义"二字怎样解释？我以为"演"就是"演说"之"演"，"义"就是"讲义"之"义"。同是一件事，在演说家口里说出来，总要添些花色；同是一章书，在教员口里讲出来，总比原文格外明白些，说不定也要加些节外生枝的话。所以，同是一篇演说稿，因演说家的口才不同，而分别出优劣来；同是一章书，因教员的教授法不同，而分出高低来；同是一册"话本"，因说书人的本事不同，而分出此长彼短来。总之，演义，是重在口上说的，而不重在纸上写的，是很明白的了。

因为是重在口上说的，不是重在纸上写的，所以每说一件事，前面必有"说话""且说""却说"等字。例如《宣和遗事》云：且说唐尧、虞舜，乃劈初头一个皇帝。

又如《京本通俗小说》云：话说大宋高宗绍兴年间。

《三国演义》云：话说天下大势，分久必合，合久必分。……

又云：且说董卓，字仲颍，陇西临洮人也。……

又云：却说陈宫正欲下手杀曹操。……

而每一回书说完了，必定要说：毕竟，……且听下回分解。

如《三国演义》云：毕竟董卓性命如何，且听下文分解。

又如《水浒》云：毕竟史进与三个头领，怎地脱身，且听下回分解。

开头说"说"，结尾说"听"，这都是演义体里特别用的字。

而每回的开场，往往先唱一首诗，或一首词。每回的结尾，又用一首诗，或两句诗做结。全书的起结处，又各有一首较长的诗，包括全局，或叙述说书人说书的本意，这也是演义中特别的体例。如《宣和遗事》全书开场的诗，就是：

暂时罢鼓膝间琴，闲把遗篇阅古今。
常叹贤君务勤俭，深悲庸主事荒淫。
致平端自亲贤哲，稔乱无非近佞臣。
说破兴亡多少事，高山流水有知音。

它结尾的诗，是：

炎绍诸贤虑未精，今追遗恨尚难平。
区区王谢营南渡，草草江徐议北征。
往日中丞甘结好，暮年都督始知兵。
可怜白发宗留守，力请銮舆幸旧京。

《三国演义》全书的开场，是一首词：

滚滚长江东逝水，浪花淘尽英雄。是非成败转头空。青山依旧在，几度夕阳红。

　　白发渔樵江渚上，惯看秋月春风。一壶浊酒喜相逢。古今多少事，都付笑谈中。

　　它的结尾，是一首长诗，这里不多录了。
　　《三国》《水浒》，每回的开场，虽然没有诗，然如清人的《二十四史通俗演义》，就是每回开场，皆有一首诗或一首词。
　　至于每回结尾，普通的是两句诗。如《三国演义》云：

　　……卓怒曰："天下事在我，我今为之，谁敢不从。汝视我之剑不利否？"袁绍亦拔剑曰："吾剑未尝不利。"两个在筵上对敌。正是：

　　丁原仗义身先丧，袁绍争纷势又危。毕竟袁绍性命如何，且听下文分解。

　　然也有用一首诗的，也有用两句四六文的，如《水浒》云：

　　……天色看看将晚，玉兔东生，约有一更时分。庄上人都睡了。只听得前门，后门，发起喊声来。看时，四下里都是火把，团团围住宋家庄。一片喊声道："不要走了宋江！"太公听了连声叫苦，不因此起有分教：大江岸上，聚集好汉英雄；闹市丛中，来显忠肝义胆。毕竟宋公明在庄上怎地脱身，且听下回分解。

18

在说话的中间，也有用诗词的。或由自己编造，或借用古人成句。或全首，或两句，很不一律。因为中间有诗，有词，有白话，所以又称为"诗话""词话"。如《大唐三藏取经诗话》，就是拿"诗话"标名。其他以"词话"标名的，据《也是园书目》，有宋人词话十六种，而《宣和遗事》居其一。此种诗话，词话，与谈诗，论词之书不同。实因它有诗，有话的，就题为诗话；而有词，有话的，就题为词话。(《也是园书目》虽列《宣和遗事》于十六种词话之中，唯《宣和遗事》并不以词话标名。其中虽有词，而诗多词少。《京本通俗小说》中，诗词很多；然既不标为诗话，又不标为词话，而标为小说。大概标名不一，而体例则同。)

说话的中间，描写一个人的容貌或品格等等，也夹用骈文：例如《京本通俗小说·志诚张主管》一篇，描写张员外的小夫人一段云：

……这小夫人著乾红销金大袖团花霞帔，销金盖头。生得：新月笼眉，春桃拂脸。意态幽花殊丽，肌肤嫩玉生光。说不尽万种妖娆，画不出千般艳冶。

何须楚岫云飞过，便是蓬莱殿里人。

张员外从下至上看过，暗暗地喝彩……

他们开场结尾，为什么要用诗词？中间为什么要夹诗词？无非是说的时候，带着唱句，以帮助唱者的神气，而引起听者的兴味。

今再录《京本通俗小说·碾玉观音》的开场一段如下，以见当时"说话"的注重诗词，即以代表"说话"格式的一斑。(这一篇开场引的诗词格外多。)

山色晴岚景物佳,暖烘回雁起平沙。
　　东郊渐觉花供眼,南陌依稀草吐芽。
　　堤上柳,未藏鸦,寻芳趁步到山家。
　　陇头几树红梅落,红杏枝头未着花。

这首《鹧鸪天》,说孟春景致,原来又不如仲春词做得好。

　　每日青楼醉梦中,不知城外又春浓。
　　杏花初落疏疏雨,杨柳轻摇淡淡风。
　　浮画舫,跃青骢,小桥门外绿阴笼。
　　行人不入神仙地,人在珠帘第几重。

这首词说仲夏景致,原来又不如黄夫人做着季春词又好。

　　先是春光似酒浓,时听燕语透帘栊。
　　小桥杨柳飘香絮,山寺绯桃散落红。
　　莺渐老,蝶西东,春归难觅恨无穷。
　　侵阶草色迷朝雨,满地梨花逐晓风。

　　这三首词,都不如王荆公看见花瓣儿片片风吹下地来,"原来这春归去,是东风断送的"。有诗道:

　　春日春风有时好,春日春风有时恶。
　　不得春风花不开,花开又被风吹落。

苏东坡道:"不是东风断送春归去,是春雨断送春归去。"有诗道:

雨前初见花间蕊,雨后全无叶底花。
蜂蝶纷纷过墙去,却疑春色在邻家。

秦少游道:"也不干风事,也不干雨事,是柳絮飘将春色去。"有诗道:

三月柳花轻复散,飘飏澹荡送春归。
此花本是无情物,一向东飞不向西。

邵尧夫道:"也不干柳絮事,是蝴蝶采将春色去。"有诗道:

花正开时当三月,蝴蝶飞来忙劫劫。
采将春色向天涯,行人路上添凄切。

曾两府道:"也不干蝴蝶事,是黄鹂啼得春归去。有诗道:

花开正时艳正浓,春宵何事老芳丛?
黄鹂啼得春归去,无限园林转首空。

朱希真道:"也不干黄鹂事,是杜鹃啼得春归去。"有诗道:

杜鹃叫得春归去,口边啼血尚犹存。
庭院日长空悄悄,教人生怕到黄昏。

苏小妹道："都不干这几件事，是燕子衔将春色去。"有《蝶恋花》词为证：

妾本钱塘江上住，花开花落，（按应作"花落花开"，今仍原文，以存本来面目）不管流年度。燕子衔将春色去，纱窗几阵黄梅雨。斜插犀梳云半吐，檀板轻敲，唱彻黄金缕。歌罢彩云无觅处，梦回明月生南浦。

王岩叟道："也不干风事，也不干雨事，也不干蝴蝶事，也不干黄鹂事，也不干杜鹃事，也不干燕子事，是九十日春光已过春归去。"曾有诗道：

怨风怨雨两俱非，风雨不来春亦归。
腮边红褪青梅小，口角黄消乳燕飞。
蜀魄健啼花影去，吴蚕强食柘桑稀。
直恼春归无觅处，江湖辜负一蓑衣。

说话的因甚说这春归词？绍兴年间，行在有个关西延州延安府人，本身是三镇节度使，咸安郡王。当时怕春归去，将带着许多家眷游春。至晚回家，来到钱塘门里，草桥前面。……

这一段故事，是从咸安郡王带家眷游春说起。他在说游春以前，却先搬出许多游春的诗词来，做个引子；可以想见"说话人"的注意诗词，无非是要借它来点缀点缀，免去单用白话的枯燥，以帮助说者的神气，而引起听者的兴味。

演义的结构，普通是全书分若干回，每回互相联络，全书一气贯通，如《三国》《水浒》就是。每回有回目，回目或为七字的联语，或为八字的联语。然也有每回自叙一件事，各回不相联络的，就是聚若干短篇而成一部全书。如《京本通俗小说》及后来的《今古奇观》就是。《京本通俗小说》随便取三五个字为目，绝像现在人的短篇小说标题法。如"辗玉观音""拗相公"。《今古奇观》，是用七字，或八字的单句为目，如"卖油郎独占花魁""金玉奴棍打薄情郎"。

这两种的结构，在我们现在所能见的宋人小说中，第一种，以《宣和遗事》《五代史平话》为代表，后来《三国》《水浒》，就出于此。第二种，以《京本通俗小说》为代表，后来的《今古奇观》，就出于此。不过前一种比较的普通，后一种《今古奇观》而外，就少有了。

前面已经说过：现在所能看见的宋人的话本，只有四种：一、《新编五代史平话》；二、《大唐三藏取经诗话》；三、《大宋宣和遗事》；四、《京本通俗小说》。这四种，虽是宋人话本中的一鳞一爪，然却能算后来各种演义的始祖。《宣和遗事》说起宋江上梁山泊事，就是《水浒》的出发点。有了《五代史平话》，后来人就跟他作《三国演义》，再后有《列国演义》《隋唐演义》。而《取经诗话》，就是明人《西游记》的前身。跟了《京本通俗小说》的体裁而做的，有《今古奇观》。照此看来，这四部小说，恰可当后来各种演义的始祖了。

说话人（今称说书人），在当时不但有专门的人才，而且结了团体。据周密《武林旧事》，当时杂剧有绯绿社，小说有雄辩社。（至今苏州的说书人，还有光裕社、润裕社的名目）可想见他们对于技艺的认真。宋、元以后，继续不绝，如明末清初的柳敬亭，便是一个说书的名家。

柳敬亭的事，见于吴梅村的《柳敬亭传》，及《楚雨生歌》(楚雨生，一苏昆生，二柳敬亭)、及《桃花扇传奇》。《桃花扇》第一出《听婢》，就是叙侯方域访柳敬亭时听敬亭说书。叙他说书的时候，还有时敲着鼓板，有时拍着醒木，和现在的说书人一样。但他所说的，既不是《三国》《水浒》，也不是《今古奇观》之类。乃是将一章《论语》，译成白话夹韵文，演说出来。这或者是柳敬亭自出心裁，或是着《桃花扇》的孔云亭的创格，皆不可考。总之：小说中的话，虽不可信；然云亭为清初人，他叙到鼓板，醒木，那么，清初人说书用鼓板和醒木，总是实事。

我再有一种推想：以为《水浒》的作者施耐庵(一般人认为是《水浒》的作者)，《三国演义》的作者罗贯中(一般人认为是《三国演义》的作者)，或者就是当时的说书人。或单是说书人，或是说书人兼作书人，似乎不是纯然的文人。以前的人，对于这种说书人，很不注意；所以施耐庵和罗贯中的事迹，都无可考。倘然是纯然的文人，他既能做这样的小说，就也能做其他的文学作品；当有他项作品流传，不至于事迹无可考了。这一说未经他人道过。但是我也没有确证，不过算是一个疑问罢了。

第三节 描写体

描写体和演义体不同，和记载体也不同。他和演义的分别，就是：演义是说在口上给人家听的，描写是写在纸上给人家看的。他和记载的分别，就是：记载是画轮廓，描写是写生。

因此，做描写的材料，决不能做演义，决不能做记载。因为做描写体所取的材料，往往是极平常极简单的一件事，只把在场的人的神情态度，细细地描写出来，写得活灵活现，使得我们读了，就如身临其境一般，就如目见其人一般。这样的材料，演在口上，是极不好听的。记载在纸上，也是极不好看。所以做演义体及记载体所取的材料，是要惊天动地的人物，离奇曲折的故事。愈奇愈好，愈曲愈妙。否则便平淡而不中听，不中看。所以，一部著名的小说《红楼梦》的材料，不宜做演义体，不宜做记载体，只宜做描写体。因为他都是家常琐事，在每一回之中，几乎没有曲折，人物也不多。作演义、记载，都不能动人。然而作者把他细细地描写下来，就成了一部小说名著。

所以，我认定《红楼梦》是一部描写体的小说，和《三国》《水浒》完全两样，不可并为一例而论。《红楼梦》是一部描写体的小说，也就是中国小说界的一部创作。他的唯一的价值，就是在这里。今人论小说，见他和《三国》《水浒》同为白话，就把他并在一起，是不对的。

在《红楼梦》的后面，如《儒林外史》，也是一部很好的描写体的小说。这也可见自《红楼梦》创格以来，小说的风格也就一变了。

不过，描写并不拘定是白话。就是文言，也可以的，我们在所谓"古文"的中间，也寻得出几篇描写体的小说。例如韩愈的《蓝田县丞厅壁记》和明朝宗臣的《报刘一丈书》，中间描写官场的丑态，我尝说：一是唐朝的《官场现形记》，一是明朝的《官场现形记》。他们既不是白话，更不名为小说，但是我们实在可以当他是描写的小说看。比李伯元的《官场现形记》好得多了。今各摘录一段如下：

蓝田县丞厅壁记

……丞位高而逼。例以嫌，不可否事。（说照例须避嫌疑，

25

不可反对他官所议决的事。）文书行，吏抱成案诣丞，卷其前，钳以左手，右手摘纸尾，（描写吏持卷见县丞的状况。）雁鹜行以进，平立，睨丞曰："当署！"（说当签字。）丞涉笔占位署，唯谨目吏，问："可不可？"（说签字之后，以目视吏，问签得合不合。）吏曰："得！"则退（吏说合，丞便退），不敢略省。漫不知何事。（说案卷钳于吏手，且卷其前端，县丞虽已签了字，还没知其中说的是什么话）官虽尊，力势反出主簿尉下。……

报刘一丈书

……且今之所谓孚者，（谓上下相孚）何哉？日夕策马，候权者之门。门者（守门人）故不入（不使之入），则甘言媚词，作妇人状，袖金以私之。即门者持刺入，而主人又不即出见。立厩中仆马之间，恶气袭衣袖，即饥寒毒热不可忍，不去也。抵暮，则前所受赠金者出，报客曰："相公倦，谢客矣！客请明日来。"即明日又不敢不来。夜，披衣坐，闻鸡鸣，即起盥栉，走马推门。门者怒曰："为谁？"则曰："昨日之客来。"则又怒曰："何客之勤也！岂有相公此时出见客乎！"客心耻之，强忍而与言曰："亡奈何矣！姑容我入。"门者又得所赠金，则起而入之。又立向所立厩中。幸主者出，南面召见。则惊走匍匐阶下。主者曰："进！"则再拜，故迟不起。起，则上所寿金。主者故不受，则固请。主者故固不受，则又固请。然后命吏纳之。则又再拜，又故迟不起。起，则五六揖，始出。出，揖门者曰："官人幸顾我。他日来，幸勿阻我也。"门者答揖。大喜。奔出。马上遇所交识，即扬鞭语曰："适自相公家来，相公厚我！厚我！"且虚言状。即所交识，亦心畏相公厚之矣。……

后来古文家善于做描写文的，第一推归有光。他的小记，小传，几乎篇篇是描写体的小说。如顶著名的《先妣事状》和《项脊轩记》，就是两篇自写家庭状况的小说。此外又如《筠溪翁传》《女二二圹志》《见村楼记》《寒花葬志》《野鹤轩壁记》《思子亭记》等，都是很好的作品。可惜这里不能多录，只录两篇比较短点的，如下：

思子亭记

震泽之水，蜿蜒东流，为吴淞江，二百六十里入海。嘉靖壬寅，余始携吾儿来居江上，二百六十里水道之中也。江至此欲涸，萧然旷野。无辋川之景物，阳羡之山水。独自有屋数十楹，中颇宏邃，山池亦胜，足以避世。余既懒出，双扉昼闭，绿草满庭，最爱吾儿与诸弟游戏，穿走于长廊之间。儿来时，九岁，今十六矣。诸弟少者三岁，六岁，九岁，此余平生之乐事也。十二月己酉，携家西去。余岁不过三四月居城中，儿从行绝少。至是，去而不返。每念初八之日，相随出门，不意足迹随屦而没。悲痛之极，以为大怪，无此事也。盖吾儿居此七阅寒暑，山池，草木，门阶，户席之间，无处不见吾儿也。葬在县之东南门。守家人俞老，薄暮，见儿衣绿衣，在亭堂中。吾儿其不死耶？因作思子之亭，徘徊四望，长天寥廓，极目于云烟杳霭之间，当必有一日见吾儿翩然来归者！于是刻石亭中。

寒花葬志

婢，魏孺人媵也。嘉靖丁酉五月四日死，葬虚丘。事我而不卒，命也夫。婢初媵时，年十岁，垂双鬟，曳深绿布裳。一日，天寒，蒸火煮荸荠熟，婢削之，盈瓯。余入自外，取食之。婢持去，不与，魏孺人笑之。孺人每令婢倚几旁饭，即饭，目眶冉冉动。孺人又指余以为笑。回思是时，奄忽便已十年。吁！可悲也已！

以上各节，已经说明白：同是白话小说，演义和描写不同；而在古文中，我们也寻得出描写体的小说来。不过，我们现在所要做的描写小说，决不是要学韩愈等人，我们是要拿《红楼梦》《儒林外史》做标准。因为这两部书，和我们现在所要做的小说很接近。现在摘录两段如下：

红楼梦之一节

一径来至一个院门前，凤尾森森，龙吟细细，却是潇湘馆。宝玉信步走入，只见湘帘垂地，悄无人声。走至窗前，觉得一缕幽香，从碧纱窗中暗暗透出。宝玉便脸贴在纱窗上，往里看时，耳内忽听得细细的叹了一声道："镇日家情思睡昏昏。"宝玉听了，不觉心内痒将起来，再看时，只见黛玉在床上伸懒腰。宝玉在窗外笑道："为什么镇日家情思睡昏昏的？"一面说，一面掀帘子进来了。

黛玉自觉忘情，不觉红了脸，拿袖子遮了脸，翻身向里装睡着了。宝玉才走上来，要扳他的身子，只见黛玉的奶娘并两个婆子都跟了进来，说："妹妹睡觉呢！等醒来再请罢！"刚说着，黛玉便翻身坐了起来，笑道："谁睡觉呢？"那两三个婆子见黛玉起来，便笑道："我们只当姑娘睡着了。"说着，便叫紫鹃说："姑娘醒了，进来伺候。"一面说，一面都去了。黛玉坐在床上，一面抬手整理鬓发，一面笑向宝玉道："人家睡觉，你进来做什么?"宝玉见他星眼微饧、香腮带赤,不觉神魂早荡,一歪身坐在椅子上,笑道:"你才说什么?"黛玉道:"我没说什么。"宝玉道:"给你个榧子吃呢,我都听见了。"

二人正说话,只见紫鹃进来,宝玉笑道:"紫鹃!把你们的好茶倒碗我吃。"紫鹃道:"哪里有好的呢!要好的,只好等袭人来。"黛玉道:"别理他。你先给我舀水去罢!"紫鹃道:"他是客,自然先倒了茶来,再舀水去。"说着,倒茶去了。宝玉道:"好丫头,'若与你多情小姐同鸳帐,怎舍得叫你叠被铺床!'"林黛玉登时撂下脸来,说道:"二哥哥!你说什么?"宝玉笑道:"我何尝说什么。"黛玉便哭道:"如今新兴的,外面听了村话来,也说给我听。看了混账的书,也拿我取笑儿。我成了替爷们解闷儿的了。"一面哭,一面下床来,往外就走。宝玉不知要怎样,心下慌了,赶忙上来说:"好妹妹!我一时该死。你别告诉去。我再敢这样说,嘴上就长个疔,烂了舌头。"正说着,只见袭人走来说道:"快回去穿衣裳去罢,老爷叫你呢!"宝玉听了,不觉打了个焦雷一般,也顾不得别的,疾忙回来穿衣服。

儒林外史之一节

这人姓王,名冕,在诸暨县乡村里住。七岁上死了父亲,他母亲做些针黹,供给他到村学堂里去读书。看看三个年头,王冕已是十岁了。母亲唤他到面前说道:"儿呵!不是我有心要耽误你,只因你父亲亡后,我一个寡妇人家,只有出去的,没有进来的;年岁不好,柴米又贵,这几件旧衣服和些旧家伙,当的当了,卖的卖了,只靠着我替人家做些针线生活寻来的钱,如

29

何供得你读书？如今没奈何，把你雇在隔壁人家放牛，每月可以得他几钱银子，你又有现成饭吃。只在明日就要去了。"王冕道："娘说的是。我在学堂里坐着，心里也闷，不如往他家放牛，倒快活些。假如我要读书，依旧可以带几本去读。"当夜商议定了。

第二日，母亲同他到隔壁秦家。秦老留着他母子两个吃了早饭，牵出一条水牛来，交与王冕，指着门外道："就在这大门过去两箭之地，便是七泖湖。湖边一带绿草，各家的牛都在那里打睡。又有几十棵合抱的垂杨柳，十分阴凉，牛要渴了，就在湖边饮水。小哥！你只在一带玩耍，不必远去。我老汉每日两餐小菜饭是不少的。每日早上还折两个钱，与你买点心吃。只是百事要勤谨些！休嫌怠慢！"他母亲谢了扰，要回家去。王冕送出门来。母亲替他理理衣服，口里说道："你在此须要小心！休惹人说不是。早出晚归，免我悬望。"说罢，含着两眼眼泪去了。

王冕自此只在秦家放牛。每到黄昏，回家跟着母亲歇宿。或遇秦家煮些腌鱼、腊肉给他吃，他便拿块荷叶包了来家，递与母亲。每日点心钱，他也不买了吃，聚到一两个月，便偷空走到村学堂里，见那闯学堂的书客，就买几本旧书，日逐把牛拴了，坐在柳树阴下看。弹指过了数年，王冕看书，心下也着实明白了。

那日，正是黄梅时候，天气烦躁。王冕放牛倦了，在绿草地上坐着。须臾，浓云密布，一阵大雨过了，那黑云边上镶着白云，渐渐散去，透出一派日光来，照耀得满湖通红。湖边上山青一块，紫一块，绿一块，树枝上都像水洗过的一番样子，尤其绿得可爱。湖里有十来枝荷花，苞子上清水滴滴，荷叶上水珠滚来滚去。王冕看了一回，心里想道："古人说：'人在画图中。'

其实不错。可惜我这里没有一个画工,把这荷花画他几枝,也觉有趣。"又心里想道:天下哪有个学不会的事!我何不自画几枝!……王冕见天色晚了,牵了牛回去。自此聚的钱不买书了,托人向城里买些胭脂铅粉之类,学画荷花。初时,画得不好,画到三个月之后,那荷花精神颜色,无一不像。只多着一张纸,就像是湖里长的,又像才从湖里摘下来,贴在纸上的。乡间人见画得好,也有拿钱来买的。王冕得了钱,买些好东西去孝敬母亲。一传两,两传三,诸暨一县,都晓得是一个画没骨花卉的名笔,争着来买。

到了十七八岁,不在秦家了。每日画几笔画,读古人的诗文,渐渐不愁衣食,母亲心里欢喜。这王冕天性聪明,年纪不满二十岁,就把那天文、地理、经史上的大学问,无一不贯通。但他性情不同,既不求官爵,又不交纳朋友,终日闭户读书。又在《楚辞》图上看见画的屈原衣冠,他便自造一顶极高的帽子,一件极阔的衣服,遇着花明柳媚的时节,把一乘牛车载了母亲,他便戴了高帽,穿了阔衣,执着鞭子,口里唱着歌曲,在乡村镇上,以及湖边随意玩耍。惹的乡下孩子们三五成群跟着他笑。只有隔壁秦老,虽然务农,却是个有意思的人,因自小看见他长大,如此不俗,所以敬他,爱他,时常邀在草堂里说话。

第四节　诗歌体

诗歌体,就是把诗歌的方式,来做小说。他的发生很早,变化很多。最早的诗歌体的小说,就是纪事诗;最后的诗歌体的小说,就是戏曲。

照我们现在的小说定义说，纪事诗当然不是小说，戏曲也当然不是小说，都不应把他放在小说的范围以内讲。但是由纪事诗变成戏曲，中间所经过的路程，和小说多少有些关系。所以在旧习惯里，竟把"弹词""传奇"也都认做小说。还有一层，我们倘然认"弹词""传奇"是歌剧，把他放在戏曲范围里去讲；那么，"演义"应该不应该脱离小说的范围而独立？也就成了问题。

我们现在姑且照最普通的说法，不把他放在小说里讲，只大略说这几句话，使人家知道他的性质是怎样。

从纪事诗变到戏曲，所经过的路程，大概如下：（a）纪事诗，（b）纪事词，（c）挡弹词，（d）元曲，（e）昆曲，（f）京戏。此外再有支流别派：（g）为弹词，（h）为摊簧，（i）为大鼓。再有许多，不及遍举。总之，是诗歌体的小说罢了。认他是小说，或不认他是小说，随各人自己的便。

第三章
中国小说在时代上之分类及研究

第一节　周秦小说

在时代上说起来，自然要算周秦小说最早了。周秦小说，除了我们现在从经、子中寻出一些小说作品来以外（《吕氏春秋》中尤多），只能够在《汉书·艺文志》上看见一篇目录，原书是看不见了。

所以，我们所有的唯一参考材料，就是这篇目录。现在把他抄在这里：

《汉书·艺文志》小说目录（附考略）

《伊尹说》二十七篇（原注：其语浅薄，似依托也）

《鬻子说》十九篇（原注：后世所加）

《周考》七十六篇（原注：考周事也）

《青史子》五十七篇（原注：古史官记事也）

《师旷》六篇（原注：见《春秋》。其言浅薄，本与此同，似因托之）

《务成子》十一篇（原注：称尧问，非古语）

《宋子》十八篇（按：即宋钘。《孟子》作"宋轻"。其书，清马国翰有辑本）

《天乙》三篇（原注：天乙谓汤，其言非殷时，皆依托也）

《黄帝说》四十篇（原注：迂诞依托）

《封禅方说》十八篇（原注：武帝时。按以下皆汉人作。《封禅方说》疑即《史记·封禅书》之所本）

《待诏臣饶心术》二十五篇（原注：武帝时）

《待诏臣安成未央术》一篇

《臣寿周纪》七篇（原注：宣帝时）

《虞初周说》九百四十三篇（原注：虞初武帝时人。按张衡《西京赋》："小说九百，本自虞初。"李善注："虞初，汉武帝时方士。"）

《百家》百三十九卷

右共十五家，一千三百八十篇（按：如今计算，得一千三百九十篇）

我们看完了这个目录，再有几件应该知道的事：

（一）《汉志》上的十五家，有周以前的，有汉初的。但是，我们为着便于称述起见，统拿周、秦二字包括他。这十五家，十分之九，是后人假托的，在原注上已经说明白了，不必再辩。

（二）《汉志》上载的小说目录，一般的人，都以为书已失传了，只不过存了一个目录罢了。然而，照我说，原书确已失传了，但是原来的作品，并没有完全失传，大概是散见在刘向的《说苑》《新序》及《列女传》三部书中。在刘向典校秘书的时候，《汉志》上的书，大概都还存在，刘向没有不见到的。我的意见：那些小说，内容是很芜杂的；刘向凭他的眼光，把他们整理了一下，他以为有价值的，就辑录起来，成了《说苑》《新序》《列女传》三部书，一直流传到现在。不但是采取原有的事实，连文字也是照抄原文。因为在那时候，这样的情形是很寻常的，不是像现在的人作小说，有所谓抄袭。例如司马迁的《史记》，多抄《国策》等书的原文；而班固的《汉书》，又多抄《史记》的原文，并不算是抄袭。刘向的著作，当然也是如此。所以，从刘向的三部书里，还可以窥见周、秦至汉初的小说的一斑。不能说周、秦小说作品，完全失传了。(《史记·司马相如传》注，有引《伊尹书》之言；《文选》李善注，有引《鹖子》之言：据此，周、秦小说零零碎碎的散见在别书中的，也不是没有)

（三）此外，再有一部《燕丹子》，系记荆轲刺秦的故事。不见于《汉志》，到《隋志》才著录。后世无传本，只见于《永乐大典》，清孙星衍据以校刊，乃流传于世。这书亦周、秦时小说之一种。

第二节　晋唐小说

在周、秦以后，接着就说晋、唐小说。为什么丢了两汉不讲？因为现在流传的两汉人的作品，大概是后人假造的；虽不能一一指出是何时人所假造，然在晋以后小说才盛行（例如《穆天子传》发现于晋朝，《山海经》至晋朝有郭璞注，可为当时小说盛行之证），现在题名是汉人的小说，大概是晋人的赝品。所以把两汉包括在晋、唐以内。

晋人所作的小说很多，最著名的如《搜神记》《神仙传》等，可为这时候出品的代表。唐代小说也很盛，而以独立成为一短篇的尤为著名。如《虬髯客传》《红线传》《南柯记》等就是。

这个时代的小说作品，大概都被收入两部丛书中。就是：《汉魏丛书》和《唐代丛书》。今将其目录列举如下。（非小说的作品概删去）

《汉魏丛书》中的小说目录（据王谟刻九十六种本并以见闻所及略加考订）

《穆天子传》(晋郭璞注。按：此书晋太康三年发现于汲冢。疑晋

人作）

《越绝书》（原题：汉亡名氏补。《四库书目提要》作：汉袁康撰。或称子贡作，谬误）

《吴越春秋》（原题：汉赵晔著）

《西京杂记》（原题：汉刘歆撰。《学津讨源》本作：葛洪撰。明孔天胤刊本亦作：葛洪撰。《四库书目提要》谓系吴均撰。托言葛洪得刘歆《汉书》遗稿，录班固所不载者而为此书）

《汉武内传》（原题：汉班固撰。《四库书目提要》谓：证以诸书所引，盖出于魏、晋之间。按：另外有《汉武故事》，亦是假托）

《飞燕外传》（原题：汉伶玄撰。按：其文不类汉人语）

《杂事秘辛》（原题：汉亡名氏撰。按：此书系明杨慎假造）

《英雄记》（原题：魏王粲撰）

《高士传》（原题：晋皇甫谧著。按：有后人加入之文）

《莲社高贤传》（原题：晋撰人缺）

《神仙传》（原题：晋葛洪著。按：洪前有《列仙传》，旧题刘向撰。但系假托）

《新序》《说苑》（二书皆汉刘向著）

《博物志》（晋张华著。按：《汉魏丛书》本，非华原书）

《拾遗记》（原题：晋王嘉著）

《述异记》（原题：梁任昉著）

《续齐谐记》（原题：梁沈约撰）

《搜神记》（晋干宝著）

《续搜神记》（原题：晋陶潜著。按：系假托）

《还冤记》（原题：北齐颜之推撰）

《神异经》（原题：汉东方朔著。按：前人已考定系六朝人假托）

《十洲记》(同上)

《洞冥记》(原题：汉郭宪著)

《冥通记》(原题：梁陶弘景著)

《荆楚岁时记》(晋宗懔著)

我们看了这个目录之后，对于汉、魏、六朝的小说，已可知其大略了。但是，我们再有几件应该知道的事：

（一）这个时代的小说，为《汉魏丛书》所没有收入的甚多。如《汉武故事》(旧题：班固撰。系假托)，如《异苑》(刘宋刘敬叔撰)，今都有传本。而最重要的，再有三部：一、《山海经》；二、《列女传》；三、《世说新语》。我们再把这三部书分开来说一说：

（甲）《山海经》晋以后才盛行。旧题禹作，又题益中，或又疑为后人假造。其实，《山海经》是一部古书，不过有后人增加的地方。至晋郭璞把他注了以后，才风行于世，成了小说中重要的一部书。

（乙）《列女传》汉刘向撰。大概采辑周、秦女子的逸事而成。和《说苑》《新序》一样的有价值。

（丙）《世说新语》宋刘义庆撰。所记皆晋、宋间名人逸事。所搜罗的故事很多，可为当时候"名流生活"的代表。

（二）再者：现在失传了的书，散见在《太平广记》里的，也有许多。

（三）《搜神记》是晋以前神话的集成，也就是民间传说的专书。《神仙传》是晋以前道家神仙传的集成，我们都应当注意。

《唐代丛书》中的小说目录（附考略）

《隋唐嘉话》(刘𫗧)、《朝野佥载》(张𬸘)、《尚书故实》(李绰)、《中朝故事》(尉迟偓)、《金銮密记》(韩偓)、《杜阳杂编》(苏鹗)、《幽闲鼓吹》(张固)、《桂苑丛谈》(冯翊)、《刘宾客嘉话录》(韦绚)、

《松窗杂记》(杜荀鹤)、《次柳氏旧闻》(李德裕)、《大唐传载》(无名氏)、《开元天宝遗事》(王仁裕)、《开天传信记》(郑棨)、《大唐新语》(刘肃)、《明皇杂录》(郑处诲)、《当侍言旨》(柳珵)、《云溪友议》(范摅)、《国史补》(李肇)、《因话录》(赵璘)、《剧谈录》(康骈)、《法苑珠林》(释道世)、《宣室志》(张谓)、《甘泽谣》(袁郊)、《南楚新闻》(尉迟枢)、《玉泉子》(无名氏)、《金华子杂编》(刘崇远)、《耳目记》(张鷟)、《潇湘录》(李隐)、《小说旧闻记》(柳公权)、《摭言》(王定保)、《记事珠》(冯贽)、《谐噱录》(朱揆)、《龙城录》(柳宗元)、《岭表录异》(刘恂)、《来南录》(李翔)、《北里志》(孙棨)、《迷楼记》(韩偓)、《海山记》(韩偓)、《开河记》(韩偓)、《南部烟花记》(冯贽)、《教坊记》(崔令钦)、《本事诗》(孟棨)、《歌者叶记》(沈亚之)、《李谟吹笛记》(杨巨源)、《异疾志》(段成式。按:疑从《太平广记》辑出)、《梦游录》(任蕃)、《三梦记》(白行简)、《妆楼记》(张泌)、《李邺侯外传》(李繁)、《李林甫外传》(无名氏)、《东城老父传》(陈鸿)、《高力士传》(郭湜)、《虬髯客传》(张说)、《冯燕传》(沈亚之)、《奇男子传》(许棠)、《蒋子文传》(刘邺)、《杜子春传》(郑还古)、《黑昆仑传》(冯延巳)、《陶岘传》(沈既济)、《申宗传》(孙颀)、《陆仁蒨传》(陈鸿)、《灵应传》(无名氏)、《柳毅传》(李朝威)、《仙吏传》(太上隐者)、《英雄传》(雍陶)、《剑侠传》(段成式。按:疑从《太平广记》辑出)、《广陵妖乱志》(罗隐)、《周秦行纪》(牛僧孺)、《梅妃传》(曹邺)、《杨太真外传》(乐记)、《长恨歌传》(陈鸿)、《红线传》(杨巨源)、《刘无双传》(薛调)、《霍小玉传》(蒋防)、《牛应贞传》(宋若昭)、《谢小娥传》(李公佐)、《李娃传》(白行简)、《杨娟传》(房千里)、《章台柳传》(许克佐)、《步非烟传》(皇甫枚)、《扬州梦记》(于邺)、《杜秋传》(杜牧)、《龙女传》(薛莹)、《妙女传》(顾非熊)、《神女传》(孙颁)、《雷民传》(沈既济)、《会真记》(元稹)、《黑心符》(於义方)、《南柯记》(李公佐)、《枕中记》(李泌)、《酉阳杂俎》(段成式)、《诺皋记》《支诺皋》(皆段成式。按：各为《酉阳杂俎》之一)《前定录》(钟辂)、《卓异记》(李翔)、《摭异记》(李濬)、《集异记》(薛用弱)、《博异志》(郑还古)、《集异志》(陆勋)、《幽怪录》(王恽)、《续幽怪录》(李复言)、《闻奇录》(于逖)、《志怪录》(陆勋)、《灵应录》(于逖)、《垅上记》(苏颋)、《鬼冢记》(褚遂良)、《幻影传》(薛昭蕴)、《幻戏志》(蒋防)、《幻异志》(孙颁)、《稽神录》(南唐徐铉。按：铉为五代宋初时人。《唐代丛书》盖并收五代人著述)、《锦裙记》(陆龟蒙)、《冥音录》(朱庆余)、《离魂记》(陈元佑)、《再生记》(阎选)、《冤债记》(吴融)、《尸媚传》(张泌)、《奇鬼传》(杜青荑)、《才鬼记》(郑哲)、《灵鬼志》(常沂)、《妖妄传》(朱希济)、《东阳夜怪录》(王洙)、《物怪录》(徐嶷)、《灵怪录》(牛峤)、《人虎传》(李景亮)、《白猿传》(无名氏)、《猎狐记》(孙恂)、《任氏传》(沈既济)、《袁氏传》(顾夐)、《夜叉传》(段成式，疑从《太平广记》辑出)、《金刚经鸠异》(段成式。按：为《酉阳杂俎》之一)。

按：《唐代丛书》中的小说，除了独立成为一短篇的而外，有许多都不是全书。如：《法苑珠林》有一百二十卷，《酉阳杂俎》正续共有三十卷，《摭言》有十五卷，《大唐新语》有十三卷。今丛书中所载的，至多不过十之一二。也有从一部书中，拿出一篇使他独立的。例如：《仙吏传》载《李邺侯传》，《剑侠传》载《虬髯客传》《红线传》，《本事诗》载《章台柳传》，《甘泽谣》载《陶岘传》之类，皆前人捋扯所入，今皆另为拈出。在原书例言上，已经说明过了。

我们看完上面的目录之后，再有几件应该知道的事：

（一）唐代的小说，到现在已经失传的，也有可在《太平广记》中找出些零碎的作品来。

（二）再者：在中国失传，流传在日本的也有。如《游仙窟》，是张鷟作的，从唐朝输到日本，直至现在还流传。见鲁迅《中国小说史略》及《全唐诗逸》。(《全唐诗逸》，日本河世宁辑。刊入《知不足斋丛书》第三十集。其末卷录张文成与崔五娘、崔十娘赠答诗七十八首之十九。皆自《游仙窟》中辑出)

（三）唐代的小说，和晋及六朝的小说，有分别的地方，就是：唐人多独立的短篇，在当时有个专门的名词，称为"传奇"。

（四）唐人的小说，比晋人更注重词彩。

（五）宋以后，一直至清，仍有人模拟晋、唐人的作风。那些作品，我们可统称为晋、唐小说。

第三节　宋元小说

到了宋、元以后，小说界发生一大变化，就是：产生了一种演义体，脱离了文人的范围，而和平民接近。演义体的说明，在前面已讲过了。现在讲一讲演义体中有关系的几种书。

很早的演义小说，至今存在的，只有四种。就是：(1)《大宋宣和遗事》；(2)《新编五代史平话》；(3)《京本通俗小说》；(4)《大唐三藏取经诗话》(详见下文)。其他失传的很多。有许多虽被收入《永乐大典》中，然现在已经没有了。所能供给我们参考的，只有钱遵王的《也是园书目》里的十六种目录。现在采录如下：

《灯花婆婆》、《种瓜张老》、《紫罗盖头》、《女报冤》、《风吹轿儿》、《错斩崔宁》、《小亭儿》、《西湖三塔》、《冯玉梅团圆》、《简帖和尚》、《李焕生五阵雨》、《小金钱》、《宣和遗事》（四卷）、《烟粉小说》（四卷）、《奇闻类记》（十卷）、《湖海奇闻》（二卷）。

这十六种之中，有的还存在，有的已失传，有的已混入他书中，改变了面目。现在把现存的《宣和遗事》等四种说一说，就可以知道这十六种的存亡。

（甲）《宣和遗事》为也是园十六种之一。黄荛圃收入《士礼居丛书》，然只二卷。今有《涵芬楼丛书》四卷足本。（据金陵王氏洛川校正重刊本排印。末有孙毓修跋）又商务新标点本。

（乙）《新编五代史平话》此书初亦无人注意，清光绪时曹元直得宋刊巾箱本于杭州，武进董康据以影刊，才流传于文学界。其书讲述五代历史，为当时"讲史"之一种。于梁、唐、晋、汉、周各分上下二卷。今梁、汉两代，都缺了下卷；而每代上卷之前，各有目录，唯梁代缺去。然没有他本校对，无法可补，此书今有商务新标点本。

（丙）《京本通俗小说》系江东老蝉据元人写本影印。（自第十卷至第十六卷。以前缺）末有老蝉跋。谓：原本尚有钱遵王图书，盖即也是园中物。其书共七卷，目录如下：《碾玉观音》《菩萨蛮》《西山一窟鬼》《志诚张主管》《拗相公》《错斩崔宁》《冯玉梅团圆》。而末两卷，即也是园目录十六种之二。现在可说：十六种，除了《宣和遗事》《错斩崔宁》《冯玉梅团圆》而外，其他十三种都不可考了。《京本通俗小说》，亦有商务新标点本。

（丁）《大唐三藏取经诗话》，此书在中国久已失传，日本三浦将军藏有宋刊本，罗振玉据以影印。末有王国维及罗氏跋。今又有商务新标点本。

宋人演义体的小说，大概如此。到了元朝，乃由《宣和遗事》而产生了《水浒》；由《五代史平话》而产生了《三国志演义》，明以后跟着出了《列国志演义》等许多作品；由《三藏取经诗话》而产生了《西游记》；到了明朝，乃由《京本通俗小说》的体裁而产生了《今古奇观》。这一类的小说，始于宋，而盛于元，故统称为宋、元小说。

现在再把《今古奇观》单独拿出来说一说：《今古奇观》是明人的出品，一直流传到现在，还很盛行。这一部书，实在是一部选本，乃是从《醒世恒言》《喻世名言》(或作明言，疑有误。既曰喻，何得又云明)、《警世通言》及《拍案惊奇》四书中选来的。《醒世》《喻世》《警世》，均冯梦龙作，通称为"三言"。而《喻世名言》，又有所本；他的前身，就是《古今小说》。《三言》《拍案惊奇》《古今小说》，在中国今都没有传本；但日本内阁藏书目录，有《拍案惊奇》三十九卷，《古今小说》四十卷，《喻世名言》二十四卷，《醒世恒言》四十卷。见于董康《诵芬室日记》。闻《恒言》《名言》，董氏已觅得别本，携回中国；如能印行，当与《宣和遗事》同样的有价值了。

宋代除了演义以外，拟晋、唐小说，也有极好的。如：周密的《齐东野语》《武林旧事》，孟元老的《东京梦华录》，吴自牧的《梦粱录》，耐得翁的《都城纪胜》，都是当时的稗史，很有价值。徐铉的《稽神录》，郭彖的《睽车志》，洪迈的《夷坚志》，都是神话，也有价值。

再有《太平广记》五百卷，宋太平兴国二年敕撰，系采取古代小说三百四十五种而成，《四库书目提要》称为："古来轶闻琐事、僻笈遗文咸在焉。""盖小说家之渊海也。"很可以供给研究小说的人做参考。

42

第四节 清小说

清小说的特色，就是那时产生了一种新的体裁，我们称他为描写。和宋、元的演义，绝端不同。代表的作品，就是《红楼梦》和《儒林外史》。同时，记载体和演义体也都有人仿作。记载，有《聊斋志异》《阅微草堂笔记》《夜雨秋灯录》等。演义，有《荡寇志》《七侠五义传》《小侠五义传》《续小五义传》《隋唐演义》等，不及备举。再有《镜花缘》《花月痕》，在形式上说，也是演义体。

再有一件应该注意的事，就是：在清初张山来编了一部《虞初新志》，把混在文集中的小说，拿出来，还他小说本来的面目。不可说不是一种创见。此后《续志》《广志》等，就跟着出了好几部。

第五节 最近小说

最近小说，指清末至现在的小说而言。或翻译，或创作，都和西洋小说有密切的关系。可分为三期来说：

（一）自从林氏翻译《茶花女遗事》《黑奴吁天录》而后，在中国的小说界里，开辟了一块新的领土。同时，除了林氏翻译百数十种而外，伍光建译的《侠隐记》《续侠隐记》，奚若译的《天方夜谭》，都有相当的价值，这可算是第一期。（林氏译书，在清光绪末年开始。最早的译本，如《黑奴吁天录》等二三种，都是先有木刻本，后再改为排印本）。

（二）是翻译西洋名家的短篇小说，最早的，为周作人的《域外小说集》；次为周瘦鹃的《欧美名家短篇小说》；再次为胡适之的短篇小说；（皆指成集的而言，其一二短篇，散见于报章杂志上的，不及备举）复次为最近人所译的短篇名作，就很多很多，不及备举了。这可算是第二期。

（三）是受了西洋小说的影响的创作，以《超人》《喊呐》《火灾》等为代表。这可算是第三期。

同时，模拟晋、唐、宋、元及清小说的很多。模拟晋、唐小说的，以林纾的《技击余闻》为代表；模拟宋、元小说的，如《秦汉演义》《两汉演义》以及《清代演义》等，约有一二十种；模拟清小说的，以刘鹗的《老残游记》、吴趼人的《二十年目睹之怪现状》为代表。（他们都是学《儒林外史》）这些作品虽然很多，然不是最近小说的特色。

至如《广陵潮》《九尾龟》《玉梨魂》等，非小说的最上乘，且无特别应注意的地方，概不多述了。

章回小说 2

周先慎

第四章

章回小说的形式和《三国演义》的成书

《三国演义》(原题为《三国志通俗演义》或《三国志演义》)是我国第一部章回体小说,又是我国第一部历史演义小说。章回小说是我国古代长篇小说的民族形式,来源于宋元时代"说话"中的讲史。宋元时期,在商品经济发展和市民阶层扩大的基础上,适应于市民群众的文化娱乐要求,各种民间伎艺蓬勃发展起来,其中"说话"是最受欢迎的一种。据史籍记载,南宋时的"说话"分为四个"家数",也就是四个门类。关于四家的名目,各家的记载不完全一样,今天的学者也有不同的认识。按鲁迅先生在《中国小说史略》中的说法,四家是指:一、小说,又名银字儿,有说有唱,演唱时用银字笙伴奏,专门说唱短篇故事,内容一般是现实生活的反映,一次或两次就可以讲完;二、说经,由唐代的俗讲演变而来,主要讲宗教故事;三、讲史,只说不唱,专讲长篇历史故事;四、合生,是一种比较特殊的形式,可能是两人演出,一人指物为题,另一人以题成咏,有时还伴以歌舞。[1] 讲史演说历史故事,一次不能说完,要连续讲说多次,每说一次就是一回。说书人为了吸引听众下次再来听讲,就有意在每一次

1　参见鲁迅:《中国小说史略》,第十二篇,《宋之话本》,人民文学出版社,1953年。

结束时留下悬念，或在紧张之处戛然而止，让听众很想知道后面情节的发展，这就是后来的章回小说在每一回的末尾，总有"欲知后事如何，且听下回分解"的来历。

"演义"的意思就是根据史实，敷演大义，在叙事中加进作者的政治和道德评价。清刘廷玑说："演义者，本有其事，而添设敷演，非无中生有者比也。"[1]"演义"一词很好地概括了历史演义小说的特点，这就是：既有史实的依据，又进行了艺术的创造和加工，既有历史上实际发生的事实，又有艺术的想象和虚构。《三国演义》就是以三国时期的历史为内容的一部长篇历史小说。

《三国演义》是不知名的群众作者同文人作家相结合的创作成果，它的写定者一般认为是元末明初的罗贯中。[2]关于罗贯中的材料，历史上记载很少，而且多有歧异。由元入明的贾仲明在《录鬼簿续编》中说："罗贯中，太原人，号湖海散人。与人寡合。乐府、隐语，极为清新。与余为忘年交。遭时多故，各天一方。至正甲辰复

---

1 《在园杂志》卷二。
2 关于《三国演义》的作者是否罗贯中，尚存在一些疑问，值得进行认真的探讨。但现在有人认为罗贯中不是《三国演义》的作者，却并没有提出有说服力的证据。如《中华读书报》2003年4月9日载张志和文《元末明初人罗贯中不是小说作家》，作者在解释嘉靖壬午刊本上署"罗贯中编次"不足为据的理由时，这样说："也许是某一书坊的老板出此奇招：干脆借一个古人的名字（按指罗贯中）。于是乎，元末明初人罗贯中就这样阴差阳错地被拉出来，作了明中叶才出现的第一部长篇历史小说《三国演义》的作者。"对一桩重大的历史旧案，全凭主观臆想，用"也许"二字就想将它完全翻倒过来，这不是进行学术考证的严肃态度。

会，别来又六十余年，竟不知其所终。"[1] 关于他的籍贯，除太原外，还有钱塘（今杭州）、东原（今山东东平）、庐陵（今江西吉安）等说。他的生卒年也很难确定，一般认为他生活于元末明初，大约在1315—1385年。

关于《三国演义》的成书年代，大体上有五种不同的看法：一是宋代；二是元代中期；三是元代后期；四是明代初期；五是明代中期。过去普遍认为是成书于明初，但近二十年来主张元代后期的学者日渐多起来，提出了不少证据，但并未成为定论。近年新出的文学史著作已有将《三国演义》处理为元代作品的。[2] 考虑到《三国演义》的刊行和流传主要是在明代，在它的成书年代有确切的考证并得到学术界公认以前，我们还是持慎重态度，处理为明代小说比较妥当。

据传罗贯中的一生在政治上很不得志（若贾仲明的记载可靠，则从他的别号"湖海散人"也能看出），"与人寡合"，具有文学才能，努力于通俗文学创作，所作有曲词、杂剧、小说等，以小说最为重要和有名。杂剧今存《宋太祖龙虎风云会》，是写宋初宋太祖赵匡胤和赵普故事的，剧中表现的"圣君贤相"的政治理想与《三国演义》相一致。传说他曾写作十七史演义，今存署名罗贯中所作的小说有《隋唐两朝志传》《残唐五代史演义》《三遂平妖传》等，但均已经过后人的增删，失去了本来的面貌。较能保存他创作的原貌的，就是这部

---

[1] 《录鬼簿续编》是否为贾仲明所作尚有疑问，同时他所称的罗贯中与《三国演义》的作者是否为同一人亦无确证，因此这条材料只能作为一种参考。

[2] 参见周兆新《〈三国志演义〉成书于何时》，载周兆新主编《三国演义丛考》，北京大学出版社，1995年。又章培恒主编《中国文学史》已将《三国演义》列入元代文学一编。

《三国志通俗演义》。罗贯中所生活的元末明初，正是阶级矛盾和民族矛盾十分尖锐，农民起义风起云涌的动乱年代。明代王圻的《稗史汇编》说他是"有志图王者"，因"不遇真主"，后来才"传神稗史"（用形象化的方法将历史传说写成文学作品）。还有传说他曾在元末农民起义的领袖张士诚（后叛变）手下做过幕僚。这样一个时代，这样一种经历，一定会对他的生活、思想和创作产生巨大的影响。

《三国演义》属于世代累积型的作品，它的成书经历了一个漫长的过程。素材来源主要有两个方面：一是正史的材料，即晋陈寿的《三国志》和刘宋时裴松之的注；二是广泛地吸收了民间传说和野史笔记中的记载，以及民间说唱艺术和戏曲艺人的创造。三国故事开始在民间流传，可以追溯到很早的时期。裴松之给陈寿的《三国志》作注，引用了二百多种魏晋人的著作（今天多已亡佚），以充实、丰富、修正陈志的内容，其中有一部分就是来自民间的野史杂说，带有明显的民间传说的成分。宋刘义庆的《世说新语》，也辑录了一些民间传说中的三国故事。

唐宋时期民间的戏剧和影戏演出中已有三国故事。唐代李商隐的《骄儿》诗云："或谑张飞胡，或笑邓艾吃。"描写一个小孩模仿当时说话艺人讲说三国故事时的生动情状，说明三国故事至迟到晚唐时期，就已在民间得到广泛流传，而且人物形象已经非常生动了。宋代"说话"中的"讲史"，有专说"三分"的艺人，如霍四究。[1] 北宋苏轼的《志林》中记载："王彭尝云：'涂巷中小儿薄劣，其家所厌苦，辄与钱，令聚坐听说古话（历史故事）。至说三国事，闻刘玄德败，频蹙眉，有出涕者；闻曹操败，即喜唱快。'"这不仅说明三国故事到

---

1 见孟元老《东京梦华录》卷五。

此时已经非常生动，而且拥刘反曹的思想倾向也已十分鲜明。

宋元时期各种戏曲形式（包括南戏、院本、杂剧以及皮影戏、傀儡戏等）中也都有以三国故事为内容的节目。宋张耒《明道杂志》云："京师有富家子，甚好看弄影戏，每弄至斩关羽，辄为之泣下，嘱弄者且缓之。"陶宗仪《南村辍耕录》卷二十五载金院本名目有：《赤壁鏖兵》《襄阳会》《大刘备》《骂吕布》等。宋元南戏《宦门子弟错立身》中提到的南戏有：《关大王独赴单刀会》和《刘先主跳檀溪》。元代和元明之际杂剧中的三国戏，现在见于著录的就有60多种，实存20多种。《三国演义》中的一些重要情节，如刘关张桃园三结义、关羽过五关斩六将、三顾茅庐、赤壁之战、单刀会、白帝城托孤等，在元杂剧中就都已经有了。

宋人说三国故事的话本今天已经看不到了，但还保存了一种元代至治年间（1321—1323）建安虞氏刊刻的《三国志平话》（《全相平话五种》之一），全名为《全相三国志平话》。共三卷，约八万字，上图下文，显然是供人阅读的。内容从桃园结义开始，到诸葛亮病死结束，可能是根据宋元时说书人讲说三国故事的提纲略加整理而成。另有一种《三分事略》(题为《至元新刊全相三分事略》，书中标明"甲午新刊"，至元甲午为1294年，但也有人认为是指至正十四年即1354年的），据考证，此书实际与《三国志平话》为一部书的两种不同版本。[1]

《三国志平话》内容简单，文笔粗劣，人名地名颇多错别字。但它有鲜明的民间传说色彩，特别是张飞的形象塑造得相当生动；书中

---

[1]《三分事略》一书，以前国内失传，近年由日本天理图书馆发现传入国内，今已影印出版，收入中华书局《古本小说丛刊》第七辑中。

因果报应和迷信思想也很严重。全书以司马仲相（阴君）判狱开始，把整个三国纷争的历史发展归结为因果报应思想。平话虽然文学价值不高，但它已初步具备了《三国演义》的故事轮廓，是《三国演义》创作的重要基础。罗贯中正是在这样长期传说的基础上，参考了各种历史资料，再熔铸进他自己的生活体验与思想感情，最后加工成《三国演义》一书的。

现存最早的《三国志通俗演义》的刊本是明嘉靖壬午（1522）的本子，署为"晋平阳侯陈寿史传，后学罗贯中编次"。此书分为二十四卷，二百四十则，每则前有七字单行标题，如《祭天地桃园结义》《刘玄德斩寇立功》等。书前有庸愚子（金华蒋大器）弘治甲寅（1494）所作的序和修髯子（关西张尚德）嘉靖壬午所作的引。[1] 弘治时社会上还只有抄本流传，故嘉靖本可能是最早的至少也是接近于最早的刻本。有人认为它的底本即罗贯中的原本，但也有人认为刊印在嘉靖本之后的《三国志传》，从版本来源上看实际上比嘉靖本还要早。[2] 嘉靖以后，明清两代新刊本不断出现，约有十几种，内容没有太大的改动，只是卷数、回目、诗词等略有不同。明末题为《李卓吾先生批评三国志》的刊本，将原来的二百四十则合并为一百二十回，将原来的单句回目改为双句回目。书中的评语前常冠有"梁溪叶仲子谑曰"，因此学者一般认为，此本实为叶昼所伪托。

清初康熙年间，江苏长洲（今江苏苏州）人毛纶、毛宗岗父子，以李卓吾批评本为基础，仿金圣叹评改《水浒传》《西厢记》之例，

---

1 此书1974年和1975年由人民文学出版社以上海图书馆藏本为底本，参照其他藏本配补影印出版，1980年又由上海古籍出版社分两册排印出版。

2 参见周兆新《三国演义考评》，北京大学出版社，1990年。

修订、加工、评点《三国志演义》,并伪托金圣叹之名撰写序文,称为"第一才子书"。毛本的加工,主要在回目的修改调整(将杂乱无章、参差不齐的回目改为整齐的对偶两句),增删了一部分情节,删改了一些多余的诗词赞语,文字上也作了不少润色加工。毛本在情节上比原来更紧凑,文字也更精练、流畅,但也更加强了作品的拥刘反曹的思想倾向。自此以后,毛本即成为流行最广、影响最大的一个本子。毛氏父子在《三国演义》的传播上功不可没,同时在小说的理论批评方面也有很大的贡献。

第五章

《三国演义》的思想内容

《三国演义》描写的是三国时期的历史故事。三国时期是从公元220年到280年，共60年的历史。[1]但《三国演义》实际是从黄巾起义写起的，黄巾起义起事于汉灵帝中平元年（184），小说开头还追溯到建宁二年（169）。这样，小说实际上描写了从公元184年到280年将近一百年的历史，而着重描写的是半个多世纪的魏、蜀、吴三国之间的纷争和兴衰过程。具体的内容是写魏、蜀、吴三国从镇压黄巾起义起家，到消灭割据势力，形成三国鼎立的政治局面，最后又先后被消灭的过程，着重描写了三国之间在实现统一的过程中又联合又斗争的复杂关系和兴衰成败的变化过程。

小说描写的基本内容是：

第一回至第二回，相当于全书的引子，写东汉末年政治的黑暗腐败引起黄巾起义，造成军阀混战的局面，交代三国形成的来龙去脉和斗争背景。

第三回至第三十三回，写董卓集团被消灭和曹操打败袁氏兄弟，统一北方。其中第三十回写官渡之战，是曹操统一北方的关键。

---

[1] 公元220年曹丕废汉献帝建立魏国，221年刘备即帝位于蜀，建立蜀汉，222年孙权改元黄武，229年在江东称帝建立吴国；到晋武帝太康元年即公元280年晋灭吴，统一全国，三国时期结束。

第三十四回至第五十回，写刘备集团由弱到强，经过与孙吴的联合，阻止了曹操的向南发展，正式形成了三国鼎立的局面。其中第四十三至第五十回集中写赤壁之战，这是形成三国鼎立局面的关键一战。

第五十一回至第一百一十五回，着重写刘备集团兴衰成败的曲折过程，其中第五十一回至第五十七回，主要写吴蜀之间又联合又斗争的复杂关系及其发展；第五十七回至第七十四回，写刘备的发展（占益州，取汉中，有了巩固的根据地）；第七十五回至第八十五回，写刘备集团的衰落，吴蜀关系破裂，关羽被害，刘备兵败病死；第八十五回至第一百零四回，着重写刘备死后诸葛亮治理蜀国，南征北战，直至病死五丈原；第一百零五回至第一一五回，写诸葛亮的继承人姜维北伐，这是蜀汉政权的回光返照。

第一一六回至第一百二十回，写三国先后被消灭，统一于晋。

在认识和评价《三国演义》的思想内容时，有两点值得我们注意。一是它的成书经历了一个由群众创作到作家写定的复杂而漫长的过程，因而受到各种思想的影响。二是作为历史演义小说，它既不同于一般的历史（因为它有虚构和想象），也不同于一般的小说（因为它必须在基本的历史轮廓、重大的历史事件、历史人物的主要活动等方面受到历史的约束）。清代的章学诚批评说："惟《三国演义》，则七分实事，三分虚构，以致观者，往往为所惑乱……但须实则概从其实，虚则明著寓言，不可虚实错杂如《三国》之淆人耳。"[1]这是把《三国演义》当作纯历史著作来要求了。今人郭沫若先生曾经写文章

---

1 《章氏遗书外编》卷三《丙辰札记》。

为曹操翻案[1]，实际上也是混淆了小说与历史的界限，因为《三国演义》和戏曲舞台上的曹操，不同于历史上的曹操，而由于文学形象的艺术生命力和在群众中的广泛影响，这个案是无须翻，也是翻不了的。这种情况，不仅决定了小说的思想是比较复杂的，而且还影响到作者的思想感情常常同历史事实和事件的发展产生矛盾。这些都是我们在阅读这部小说时应该注意的。

下面就具体地谈谈《三国演义》思想内容的一些问题。

第一，《三国演义》是以描写封建统治集团的内部斗争为主要内容的，它所概括的历史生活，超出了特定的三国时期，在封建社会具有典型意义，因而比较真实地描写了封建统治阶级代表人物的种种特征，对我们今天认识封建统治阶级的本质，具有积极意义。

比如封建统治阶级的代表人物都是一些极端的利己主义者，这在书中表现得十分突出。他们为了自己的一己私利或某种政治目的，互相间钩心斗角，尔虞我诈，不惜使用各种阴谋诡计和残酷的手段。比如十八路诸侯联合讨董，打着"扶持王室，拯救黎民"的旗号，并称为"义军"，但实际上各怀异心，互相拆台和暗算。袁术管粮草，当他听说孙坚是江东猛虎时，怕孙坚攻破洛阳，杀了董卓，力量壮大后对自己不利（以为是"除狼而得虎"），便故意扣发粮草，以致使孙坚因缺粮而军中自乱，被敌军偷袭军寨，吃了败仗。（第五回）又如孙坚意外地得到了皇帝的玉玺，便背弃盟约，准备回到江东"别图大事"。袁绍向孙坚索取玉玺，两家几至动武。（第六回）孙坚死后，其子孙策为报父仇，救老母，以玉玺为质向袁术借兵，袁术便赖着不还玉玺，并凭此在淮南称帝。（第十五回、第十七回）而当三国鼎立

---

[1] 郭沫若：《替曹操翻案》，载《人民日报》1959年3月23日。

的局面形成，吴蜀联盟破裂以后，三家又都使用各种权术，保存自己的实力，而让另外两家互相残杀。曹操重病在身时，孙权遣使上书，劝他"早正大位，遣将剿灭刘备，扫平两川"，并表示愿意"率臣下纳土归降"。这一阴谋当即被曹操识破，他大笑着对群臣说："是儿欲使吾居炉火上耶！"结果司马懿替他出主意，利用孙权"称臣归附"之机，对孙权"封官赐爵，令拒刘备"。（第七十八回）

在这方面，曹操的形象具有很高的典型意义。虽然这个人物的性格内容比较复杂，而且与作者的正统观念有密切的关系，但在他的身上确实集中概括了封建地主阶级代表人物的一些典型特征，例如虚伪、奸诈、残忍和极端利己主义等。第四回里写他杀吕伯奢，就为曹操形象的刻画定下了一个基调。吕伯奢是他父亲的结义兄弟，他因多疑而误杀吕，陈宫谴责他："知而故杀，大不义也。"他却回答说："宁教我负天下人，休教天下人负我！"曹操的这句名言，道出了曹操的人生信条，也是封建地主阶级本质的生动概括。第十七回写他围寿春、攻打袁术时，因军中粮尽，竟借粮官王垕的头来稳定军心。他是顺我者昌，逆我者亡。他手下的谋士荀彧替他出过很多好的主意，如"奉天子以从众望，不世之略也"就是他提出来的（第十四回），为他建立了很大的功劳，曹操也一直对他很欣赏信任。但当荀彧劝他不要封魏公、加九锡时，因为触动了他篡权的野心，便怀恨在心，遣人送了一个食盒给荀彧，盒上有曹操亲笔的封记。荀彧开盒一看，盒内并无一物，荀彧即会其意，便服毒自杀了。（第六十一回）荀攸（荀彧之侄）不同意他封魏王，他就大怒，威胁说："此人欲效荀彧耶？"致使荀攸忧愤成疾，卧病而死。（第六十六回）

刘备形象的刻画，表现了《三国演义》作为历史演义小说的一个显著特点，即作者主观的爱憎感情再强烈，也不能完全改变历史人物的本来面目。拥刘反曹的《三国演义》是把刘备作为正面的理想人物来刻画的，在书中他是一个理想化的仁君的典型。但在小说对他的具体描写中也处处看出他作为一个地主阶级政治家的基本特点——虚伪。他城府极深，善用韬晦之计。在罗本中，作者既写了他长厚仁义的一面，也写了他虚伪奸诈的一面。毛本将后一方面大大删削，但仍然不能完全改变这个人物的这一特点。例如在罗本中刘备被称为"枭雄"（"枭"有勇猛之意，但同时也不那么驯服忠厚），出场时的介绍也是并不太好的："那人平生不甚乐读书，喜犬马，爱音乐，美衣服，少言语，礼下于人，喜怒不形于色。"这一段被毛本删去了。但毛本中对他"以屈为伸"的策略也是写得很充分的。如吕布与曹豹里应外合，偷袭了徐州，吕布将刘备的家眷送出，他还入城表示感谢，虽然心里很不高兴，但口头上还说："备欲让兄久矣。"还住小沛，关、张十分气愤，刘备对他们说："屈身守分，以待天时。"后来吕布攻破小沛，刘备无路可走，迫不得已到许昌归附曹操，他采取的是"勉从虎穴暂趋身"的"韬晦之计"，在"下处后园种菜，亲自浇灌"，所以在"煮酒论英雄"时，曹操一说出"今天下英雄，惟使君与操耳"时，他便吃惊得连筷子都拿不住了，并以怕雷来作掩护。（第二十一回）赵云单骑救主以后，刘备将阿斗掷之于地，说"为汝这孺子，几损我一员大将"（第四十二回）；针对这一情节，民间俗语"刘备摔孩子——邀买人心"，就揭露了他虚伪的一面。

刘备的虚伪更突出地表现在他图霸称帝这一问题上。他本来是有帝王之志的，否则就不会三顾茅庐去请诸葛亮出山，但在他谋取帝业的过程中，却一直以"仁厚"和"忠义"来掩盖他的政治目的。他自领益州牧，取刘璋而代之，作者却极力渲染他"再三辞让"，说什么"奈刘季玉（刘璋字）与备同宗，若攻之，恐天下人唾骂"（第六十回）。他一面要刘璋"交割印绶文籍"，献城投降，一面又口称"吾非不行仁义，奈势不得已也"（第六十五回）。这种心口不一的表白，正是刘备虚伪性格绝妙的自我暴露。攻取汉中以后，诸葛亮、法正等人劝他"应天顺人，即皇帝位，名正言顺，以讨国贼"，他却说："刘备虽然汉之宗室，乃臣子也；若为此事，是反汉矣。"又说："要吾僭居尊位，吾必不敢。"后诸葛亮又劝他暂称"汉中王"，他又说："不得天子明诏，是僭也。"然后是"再三推辞不过，只得依允"。（第七十三回）及至曹操篡汉自立，诸葛亮等人又要他即帝位时，他又说："卿等欲陷孤为不忠不义之人耶？"还矫揉造作地勃然变色说："孤岂效逆贼所为！"再三坚执不允，后来诸葛亮不得已托病，并以人心思散相告，他这才说出真心话来："吾非推阻，恐天下人议论耳。"最后还补上这么一句："陷孤于不义，皆卿等也！"（第八十回）这简直可以说是："皇帝由我来当，责任由你们来负。"说穿了，他不是不愿，而是不敢。他既要当皇帝，又要避免"僭越"的恶名。

读到这些地方，我们就会体会到鲁迅所说的《三国演义》"欲显刘备之长厚而似伪"[1]的论断。当然，从刘备形象来认识统治阶级的虚伪，是从客观的艺术效果来看的，作者在主观上是歌颂他的，是要把他塑造成一个正面的仁君形象的。但这也并非完全是因为《三国演义》在艺术描写上的失败所致，而是因为小说的题材和历史演义的性质所决定的，作者的主观意愿不可能完全背离历史的真实，他无论怎样加工，也不能从根本上改变历史人物的基本面貌。而且由于刘备有一层仁义长厚的外衣，他的虚伪就更加隐蔽，当被人识穿后，比曹操的相对显得露骨的虚伪就更加令人嫌恶。

---

1 鲁迅：《中国小说史略》，第135页，人民文学出版社，1953年。

由于《三国演义》是直接以封建统治阶级内部不同政治集团之间的斗争为题材的，因此对剥削阶级代表人物的活动及其相应关系的描写比之其他题材的小说就更加广阔和充分，对他们丑恶面目和阶级本质的揭示也就更加深刻和真实。这是《三国演义》在思想内容上的一个突出特色和独特成就。

第二，反映了由于长期分裂割据和军阀混战，人民所遭受的深重苦难，以及造成这些苦难的统治阶级的残暴罪行。

这虽然不是《三国演义》描写的主要内容，但也是它所反映的历史生活的一个重要侧面和组成部分。这对我们今天认识封建社会的真实面貌也是很有意义的。如第四回写董卓专权，以讨贼（黄巾军）之名大肆杀戮百姓的暴行；第六回写董卓迁都长安时驱赶数百万人口，死于沟壑，百姓啼哭之声，震动天地，以致"二三百里，并无鸡犬人烟"。这同王粲在著名的《七哀》诗里"出门无所见，白骨蔽平原"和曹操的《蒿里行》中"白骨露于野，千里无鸡鸣"的情景是完全相合的。这样的描写，虽然不占小说的主要部分，但作者对统治阶级暴行的谴责和对苦难人民的同情，也是表现得很清楚的。修髯子在他所作的《三国志通俗演义引》中就说过："欲知三国苍生苦，请听《通俗演义》篇。"因此，小说虽然诬蔑黄巾起义军为盗贼，表现出地主阶级的政治偏见，但由于有这样一些比较真实的描写，也就在客观上反映了农民起义的社会原因在于统治阶级的罪恶；同时它还比较真实地写出了黄巾起义军的声威和规模，以及"四方百姓，裹黄巾从张角反者四五十万。贼势浩大，官军望风而靡"的事实（第一回）。

第三，通过生动的艺术描写，揭示了封建社会政治斗争和军事斗争的一些经验和规律，有些方面至今仍然具有借鉴意义。

《三国演义》的主要内容是描写不同政治集团之间的政治斗争和

59

军事斗争。政治斗争和军事斗争是不可分割的，各个政治集团的政治目的（统一天下）的实现，主要以军事斗争为手段，因此可以说《三国演义》是一部以描写战争为主要内容的历史小说。《三国演义》是中国古典小说中写战争写得最好的一部。作者写战争写得好，是因为作者并不是凭主观臆想写出来的，而是对历史上的无数次战争进行艺术概括的结果，因而达到了艺术真实和历史真实的统一。

《三国演义》战争描写的特点和成就，可以概括为六个字：丰富、深刻、生动。丰富，是指它写出了战争的多姿多彩，每次战争，各有特点，互不雷同；深刻，是指它通过真实的艺术描写，反映出了战争的客观规律，可以给我们以深刻的启示；生动，是指它的描写具体、形象，有声有色，特别是通过战争的描写塑造出了一系列个性鲜明、栩栩如生的人物形象。最突出的是书中关于三大战役的描写。三大战役指：官渡之战（第三十回）、赤壁之战（第四十三回至第五十回）、彝陵之战（第八十一回至第八十四回）。这三次大的战役，都影响到三国时期的整个历史进程，同时又在全书的艺术构思和艺术结构中占有很重要的位置，作者是很用心地写出来的，所以具有很高的典型意义。

官渡之战是在曹操与袁绍之间进行的，结果是袁绍大败，曹操平定了北方，大大地扩张了自己的势力；赤壁之战是孙权和刘备结成联盟，在赤壁打败了挥师南下、锐不可当的曹操，使他不能统一天下，最后形成了三国鼎立的局面；彝陵之战是刘备伐吴，急于要替关羽报仇，结果大败，从此走向了衰亡。这三次大的战役，有其相似之处：都是以弱对强，都用了火攻，结果又都是弱者战胜了强者。但作者写来却毫不雷同，作者具体地写出了三次战役交战双方不同的特点，所处的不同的环境条件，所面临的不同矛盾，以及不同的强和弱的转化过程，等等。

先看官渡之战。这次战争是袁绍主动进攻曹操的。袁绍当时处于优势，他拥有北方的冀州、青州、幽州、并州等大片土地，又有丰足的粮草，共调动了70多万军队进攻许昌，曹操仅以7万军队在官渡迎敌。双方军力有十倍之差。当时的基本形势，如曹操手下的一位谋士所说，是"以至弱对至强"。在这种情况下，仗应该怎么打呢？值得注意的是，小说写了双方的谋士都对战争双方的特点和各自应取的战略战术，作了基本上相同的正确分析。这就是：袁绍虽然兵多粮足，但战斗力不如曹军；而曹军虽然兵精，但数量远不及袁军，更重要的是粮草不足。因此，双方的谋士都认为：这场战争对曹操来说，利在急战，也就是说应该速战速决；而对袁绍来说，则利在缓守，即应该采用拖延战术，时间一长，曹军没有了粮食，便会不战自败。在这场战争中，粮食是一个主要矛盾。

但对于这些特点和应该采取的对策，作为主帅的袁绍却并没有认识到，不但没有认识到，而且当他手下的谋士沮授向他正确地分析了形势并提出正确的作战指导思想时，他还不听，反而认为沮授有慢军心，将沮授囚禁起来，待破曹之后治罪。战争进程中，已逐渐显露出粮草问题十分重要（袁绍大将韩猛运粮，路上被曹军阻劫，并烧了粮草）。手下的另一位谋士审配也向袁绍提出建议："行军以粮草为重，不可不用心提防。乌巢乃屯粮之所，必得重兵守之。"结果袁绍只派了一个性刚好酒的淳于琼去守乌巢，造成了大错。与此同时，曹操军粮告急的机密被袁绍手下的另一个谋士许攸获得，许攸报告给袁绍，并建议他乘机偷袭已经空虚的许昌，以此一举而战胜曹操。这本来是一个极好的机会，但袁绍不但不听，反而听信谗言，因许攸以前是曹操的朋友，就怀疑他是曹操的奸细，要处死他。结果把许攸逼迫得去投奔了曹操，泄露了军事机密，导致乌巢被烧，遭到了惨败。

而与袁绍相反，曹操的表现却完全不同，他自己已经对战争双方的特点、整个形势以及应该采用的战略战术等，都有了正确的认识，做到了心中有数，但他并没有因此就掉以轻心，盲目乐观，而是认真地召集众谋士共同商议，虚心地听取大家的意见。当谋士荀攸讲出了与沮授相同的"利在急战"的意见时，曹操非常高兴地说："此言正合吾意。"在战争以曹胜袁败结束以后，小说有两句诗评论道："弱势只因多算胜，兵强却为寡谋亡。"可见作者对这场战争的描写，并没有停留在表面的谁胜谁败上，而是将重点放在表现战争的谋略，即指挥员主观指导的正确与否上，这是符合战争的客观规律，写得很有深度的。官渡之战的艺术描写，还给予我们另一方面的启示，即战争中军事民主的重要性。袁绍十分愚蠢，但如果他稍微虚心地听取手下谋士的意见，具有起码的民主作风，也不至于落得如此惨败。

彝陵之战与此有些相像，刘备处于强的一方，孙吴处于弱的一方。当时刘备急于为关羽报仇，举大军伐吴，这一战略决策本身就是错误的。三顾茅庐时，诸葛亮为刘备制定的基本路线是联吴抗曹。后来的斗争实践证明了这条路线是完全正确的，凡是执行这条路线时就得到发展（赤壁之战就是最生动的一例），而违背这条路线时就遭到挫折、失败。所以当刘备决定"提兵问罪于吴"时，诸葛亮就劝谏说："不可。方今吴欲令我伐魏，魏亦欲令我伐吴，各怀谲计，伺隙而乘，主上只宜按兵不动，且与关公发丧，待吴魏不和，乘时而伐之，可也。"赵云也劝谏，甚至很尖锐地指出："汉贼之仇公（指对曹操）也，兄弟之仇私（指对孙吴）也。愿以天下为重。"这里表现的是一种从全局出发的战略眼光。但是刘备却听不进去，执意要为关羽复仇而伐吴。这就首先在战略决策上犯了错误。他甚至还对提出相同正确意见的学士秦宓大发雷霆,要"武士推出斩首",经众人劝说才将他暂时囚禁起来。这种表现与官渡之战中刚愎自用的袁绍已经不相上下了。这是彝陵之战失败的根本原因。

接着又在具体的作战方案上犯了错误。当时刘备率兵75万,孙吴只有10万军队抵抗,也是以至弱对至强。刘备报仇心切,又依仗兵多,采用急战的方法,一开始取得节节胜利。孙吴畏惧,遣人求和,刘备不允,一定要灭吴。结果逼得孙权起用了一个年轻的儒将陆逊任统帅。这个人很年轻,东吴方面也有很多人瞧不起他,但他却非常聪明,很有谋略。他采用的战术是:避其锐气,坚守不出,以逸待劳。结果使得本来锐气很盛的蜀军被拖得"兵疲意阻",再加上天气炎热,喝水困难,最后刘备只得下令在山林茂密之地安营扎寨,连营700里。当诸葛亮看到刘备派人送回去的连营图时,立即拍案叫苦说:"汉朝气数尽矣!"结果,蜀军被以逸待劳的吴军顺风举火,烧了700里连营,遭到了惨败。

三大战役中,赤壁之战是最复杂、最丰富,也是描写得最为精彩的,体现了《三国演义》战争描写的高度艺术。

小说首先用两回书的篇幅来写孙刘联盟的缔结。这是因为曹操平定北方以后,挥师南下,军力十分强大,东吴和刘备都无力单独抗曹,只有联合起来才有可能取胜。这两回书写出了一场尖锐紧张的外交斗争。外交斗争为军事斗争服务,是战争能否取胜的前提条件,因而是这次大战役不可分割的组成部分,不是多余的笔墨。在孙刘联盟缔结的过程中,诸葛亮表现出非同寻常的大智大勇。他对孙权和周瑜用的都不是一般说服的方法,而是智激的方法,表明了他对孙权和周瑜这两个人物都有非常深刻的了解。他希望他们能够抗曹,却偏偏先夸大曹操的力量,劝他们降曹,结果反而促进了两人下定决心抗击曹操。对这个过程小说描写得非常生动、细致，诸葛亮的智慧，能给我们许多有益的启示。

《三国演义》写战争，不只是军力的对抗，而更重要的还是一个斗智、斗勇的过程。这一特点在赤壁之战中表现得极为鲜明。这次战役中双方的斗智，即战争谋略的运用，也就是战争中指挥员主观指导思想的正确与否具有非常重要的意义。简直可以说，整个赤壁之战就是一场智慧的较量。这次战役也是以至弱对至强，结果也是以弱胜强，但基本矛盾与官渡之战和彝陵之战又不相同，不是粮草，也不是军队的劳逸，而是曹军来自北方，不习水战的问题。因此双方的斗智就是围绕这个基本矛盾展开的。曹操任用荆州降将蔡瑁、张允为水军都督，就是为了弥补自己这方面的弱点；周瑜发现后就使用了"反间计"，让曹操自己杀了蔡、张二人，受到了很大的损失；接着，诸葛亮草船借箭，本来是对付周瑜企图杀害自己的阴谋的，而结果却又使曹操损失了水战中非常重要的十几万支箭。再接下去，写周瑜和诸葛亮两人不约而同地制定了对付曹军的火攻计。这是赤壁之战中的中心谋略，曹军的最后失败就在于被盟军用火烧了赤壁之下连在一起的战船。为了火攻计的实施，又引出了苦肉计——周瑜打黄盖、阚泽下书等一系列斗智、斗勇，惊心动魄的情节，最后是庞统授连环计，让曹操用铁链将他的战船连结在一起。在这一过程中，一方面写曹操的机智，如一开始就发现并及时地解决军队不习水战的问题，重视训练水军；阚泽下书时一下子就识破了诈降的诡计，给阚泽以极大的压力；等等。但另一方面，也写出了他一系列的失误。如两次派无能的蒋干过江，促成了对方反间计和连环计的实现；派蔡中、蔡和诈降，促成了对方苦肉计的实现；等等。除此而外，作者还将曹操和周瑜对比起来，描写决战前夕双方统帅的不同精神面貌。曹操危在旦夕，却轻敌麻痹，盲目骄傲；周瑜胜券在握，却精细谨慎，毫不懈怠。这样，不待作者写出这场战争的最后结果，读者就已经从战争进程的真实描写中自然地得出谁胜谁负的结论，并且了解到为什么胜和为什么败。这是《三国演义》写战争的高明之处，也是《三国演义》写战争的深刻之处。赤壁之战的描写，给我们的启发是多方面的，孙子兵法中所总结过的一些战争的规律，如：知己知彼，百战不殆；兵不厌诈；以己之长，攻敌之短；骄兵必败；等等，都有鲜明的体现。

三大战役都表现了战争的客观规律，都符合和体现了《孙子兵法》中的有关论述。但是符合兵法只是《三国演义》战争描写的一个方面；还有另一方面，即在战争的进程中，有时还有表面上看来是违背兵法而实际上是灵活运用兵法的例子，表现了战争指导者的高度智慧。如兵法上说：虚则实之，实则虚之。就是设下埋伏的时候，要让敌人误以为没有埋伏；而没有埋伏的时候，却又要让敌人误以为有埋伏。但赤壁之战中，曹操败走华容道，诸葛亮对关羽作了阻击的部署，让关羽埋伏于道路的两旁，却这样吩咐关羽："可于华容小路高山之处，堆积柴草，放起一把火烟，引曹操来。"这就是反用兵法之道，即实者实之。明明告诉敌人这里有埋伏，不是很笨吗？诸葛亮的聪明就表现在他深知曹操是一个机警而精通兵法的人，曹操以"虚则实之"的兵法常理来对待，以为是对方虚张声势，就上了诸葛亮的大当。与此相似而又相反，空城计却是以虚者虚之而取得了险胜。关键都在于对不同的人采取不同的对策。诸葛亮的空城计，如果对手不是深知兵法而又对诸葛亮一生谨慎行事十分了解的老谋深算的司马懿，而换成勇猛无比、头脑简单的张飞，结果就只能是：既然城门大开，那毫不犹豫就长驱直入了。

不仅是大的战役，就是一些小的战斗，写来也是千姿百态、毫不雷同的。如同样是写曹操吃败仗而终于逃生，由于所遇对象不同，情形也就大不一样。如第十二回写濮阳之战败于吕布，第五十八回写潼关之战败于马超，就迥不相同。在曹操的心目中，吕布是一个有勇无谋的人，所以即使在被他打败时，也并不惧怕和慌张。小说是这样写的："火光里正撞见吕布挺戟跃马而来。操以手掩面加鞭，纵马竟过。吕布从后拍马赶来，将戟于操盔上一击，问曰：'曹操何在？'操反指曰：'前面骑黄马者是也。'吕布听说，弃了曹操，纵马向前追赶。曹操拨转马头，望东门而走。"情况虽然危急，但曹操却表现得相当镇静，轻而易举地就把吕布蒙骗过去了。但潼关之战遇到的对手马超却大不相同，一则马超与曹操有杀父之仇，此次为报仇而来，气势极为凶猛；二则曹操在阵前初见马超时，就完全不同于对吕布的印象："又见马超生得面如傅粉，唇若抹珠；腰细膀宽，声雄力猛；白袍银铠，手执长枪，立马阵前……操暗暗称奇。"开战以前就已经认为他是一个非同寻常的武将。因此，当曹操吃败仗被追赶时就另是一番情景："马超、庞德、马岱引百余骑，直入中军来捉曹操。操在乱军中，只听得西凉军大叫：'穿红袍的是曹操！'操就马上急脱下红袍。又听得大叫：'长髯者是曹操！'操惊慌，掣所佩刀断其髯。军中有人将曹操割髯之事，告知马超，超遂令人叫拿：'短髯者是曹操！'操闻知，即扯旗角包颈而逃。"这就是《三国演义》中著名的曹操割须弃袍的故事。接下去小说是这样写的："曹操正走之间，背后一骑赶来，回头视之，正是马超。操大惊。左右将校见超赶来，各自逃命，只撇下曹操。超厉声大叫曰：'曹操休走！'操惊得马鞭坠地。看看赶上，马超从后使枪搠来。操绕树而走，超一枪搠在树上，急拔下时，操已走远。"除了作战的对象不同引起曹操的心理反应、精神状态不同外，跟作战的具体环境也有很大的关系。濮阳之战在城

66

里，回旋余地小，却也容易掩蔽脱身；而潼关之战是在野外，回旋余地大，却很难隐蔽，脱逃比较困难。但野外有树，"绕树而走"，也表现了曹操随机应变的聪明。《三国演义》写战争重谋略，突出了斗智的一面，因而这是一本使人增长智慧的书。

《三国演义》战争描写的生动性，主要表现在情节组织的波澜起伏、引人入胜，以及人物描写的鲜明突出上。作者把人物形象的塑造放到一个重要的地位，不是为写战争而写战争，而是在战争中写人，写人的历史活动，从中刻画鲜明生动的人物形象。战争发展的过程，就是人物活动的过程，战争犹如一个广阔的历史舞台，各种人物登台演出，各自展现自己的性格特征和思想风貌。在赤壁之战这场大的战役中，魏、蜀、吴三方面的主要人物都集中在一个舞台上，演出了一场有声有色、威武雄壮的戏剧。这一特点，决定了《三国演义》对战争的描写，表现出一种英雄史诗的格调。

第四，通过人物形象的塑造，在一定程度上表现了人民群众的爱憎感情和理想愿望。

人民（特别是生活在动乱年代的下层人民）是渴望安定统一的，是渴望圣君贤相出现的；同时，一些下层人民的道德观念（如信义等），也通过人物形象表现出来。书中对诸葛亮多智的描写，已经大大超过了历史上真实的那个诸葛亮本人，它概括了长时期中人们政治斗争和军事斗争的经验，也可以说是人民群众聪明智慧的一种艺术概括。在人们的生活中，诸葛亮已经成了一个智慧的代名词。关羽和赵云等人的英勇善战，则是古代人民群众英雄主义的体现。赤壁之战中黄盖和阚泽从大局出发的自我牺牲精神，也是人民群众所赞扬的。相反，曹操的虚伪奸诈、凶暴残忍，袁绍的懦弱无能、刚愎自用，周瑜的心胸狭隘、不顾大局等，都是人民群众所不喜欢的。这同三国题材长期在人民群众中流传，得到许多无名作者的加工，从而将广大群众的道德观念、爱憎感情和愿望要求，熔铸到形象中去是分不开的。

书中通过刘备、诸葛亮、关羽、赵云等形象的塑造及其相互关系的描写，则表现了封建时代人民德治仁政和圣君贤相的政治理想。特别是刘备和曹操形象的对比刻画，更体现了作者在人物塑造这方面的自觉意识。在书中，曹操成为奸诈残忍的化身，刘备成为长厚仁义的化身。第六十回，写庞统议取西蜀时，刘备曾说："今与吾水火相敌者，曹操也。操以急，吾以宽；操以暴，吾以仁；操以谲，吾以忠；每与操相反，事乃可成。"作者显然是以儒家德治仁政的政治理想和天下归仁的政治观念，来指导他对三国时期的历史进行艺术概括和加工的，因此，曹操和刘备的形象虽然并不完全符合历史上真实人物的本来面貌，却传达了人民群众的理想和心声。不过，我们同时也要看到，作者虽然有鲜明的思想倾向，并且认为以宽、仁、忠待民事君者可成大事，但他并没有，也无力改变历史发展的真实面貌，虽然违背了他的主观感情，但仍写出了他所喜爱和热情歌颂的刘备集团，在发展上（力量和地盘）不如曹魏，而且在三国中是最先衰亡的历史事实。这种历史与作者主观思想感情的矛盾，使得这部以展现威武雄壮的历史场面和斗争风云为特色的历史演义小说，在书中（特别是在后半部写蜀汉衰亡时）表现出浓重的悲剧色彩。

下面再谈谈两个在评论《三国演义》思想内容时不能回避的问题。

第一，关于拥刘反曹的思想倾向。

对《三国演义》的主题思想学术界有不同的认识。据有人统计，现在至少有九种不同的说法[1],而且还可能列出许多来。不过,如果要说作品的主题思想,那应该只有一个,就是作者自觉地确立并极力在书中表现的,而不是由读者从作品的艺术形象中凭自己的主观感受分析出来的。对《三国演义》来说,这个主题思想应该是:拥刘反曹。

拥刘反曹的思想倾向,有比较复杂的内涵,应该作具体的分析,不宜作简单的肯定或简单的否定。大致说来,包含了三个方面的内容。一、德治仁政理想和反暴政思想的反映。二、民族思想的反映。在《三国演义》成书的宋元时期,民族矛盾都是十分尖锐的,对蜀汉正统地位的肯定,反映了以民族斗争为历史背景的一种民族意识,即反异族统治的思想。三、封建正统思想的表现。

关于第三点,我们要多说几句。书中的曹操,不仅是作为一个"乱世奸雄"来刻画的,而且还是作为一个"名为汉相,实为汉贼"的"乱臣贼子"来刻画的。鲁迅在《在现代中国的孔夫子》一文中曾说:"说到乱臣贼子,大概以为是曹操,但那并非圣人所教,却是写了小说和剧本的无名作家教的。"[2]在小说所写曹操的性格特征中,不忠不义是其核心。作者对那些反对曹操而维护汉室统治的人,都一律予以肯定。如第二十四回中写董承等人奉诏讨曹,第六十九回中写"讨汉贼五臣死节"(耿纪、韦晃等人因反曹操而被杀);第二十三回写祢衡骂曹和吉平骂曹,第三十六回写徐母骂曹,第六十八回写左慈戏曹等,突出的都是曹操对汉室的不忠。而与此相反,刘备的形象,其仁德爱民等品质,也是从属于他忠于汉室,是汉室之胄这一中心

---

[1] 参见袁行霈主编《中国文学史》,第四册,第42页,注14。人民文学出版社,1999年。

[2] 《鲁迅全集》第六卷,第252页,人民文学出版社,1958年。

的。书中处处突出他"以仁义躬行天下","仁义布于四海"。但他的称王称帝,同曹丕的篡汉自立,在我们今天看来,本质上是没有什么区别的。连刘备自己在称帝时也是承认违背了君臣的名分,是僭越,是不忠不义的行为。他以"匡扶汉室"相号召,跟曹操的"奉天子以从众望"的手法也是相同的,都不过是一种图霸称王的策略手段。但作者却肯定和歌颂刘备,而否定和暴露曹操,所不同的,只是曹操姓曹,而刘备姓刘,是汉室之胄,是符合天命的"正统"。第八十六回就表现得非常清楚,东吴的张温与益州的学士秦宓辩论,秦宓说:天有姓,姓刘,因为天子姓刘。这就是赤裸裸的封建正统思想。

所谓封建正统思想,就是建立在天命论基础上的君权神授的思想,是皇权和神权相结合的产物,是封建统治阶级维护其一家一姓统治地位的一种思想武器。只要对天所授命的皇权不忠,就是大逆不道,就是"乱臣贼子",就可以"人人得而诛之"。这当然是一种落后和陈腐的思想观念,是应该批判和否定的。

第二,关于"忠义"思想。

"义"是《三国演义》中表现得非常突出的思想。小说一开头,"桃园三结义",着重描写的就是一个"义"字。但义作为一种道德观念,内涵是比较复杂的,属于一个历史范畴,在不同时期,在不同的社会阶级和阶层中,有不完全相同的含义。义常常和其他的伦理观念相联系,有正义、信义、情义、恩义、忠义等的不同结合,就产生了不同的侧重点和具体内涵。战国时期,信陵君等人养士,礼贤下士,被称为一种美德,那是一种贵族豪门之义,主给客以恩,客则"士为知己者死",是一种以主奴关系作基础的"恩义"。秦汉时代,有乡曲的"侠客之义",即舍己为人,路见不平,拔刀相助一类的言行准则。这种侠客之义,就是历代在民间流行的"信义"。主奴关系的"恩义"扩大到君臣关系就是"忠义"。这是历代统治阶级所大力提倡的，是维护君臣关系的道德准则。孟子曾提出过君臣关系的最高理想，即："君之视臣如手足，则臣视君如腹心。"在《三国演义》中，既有下层人民群众互相扶持帮助的信义，也有上下隶属关系的"恩义"和"忠义"，而且后者占有更突出的地位。刘、关、张桃园三结义，采用的是民间结义的形式：异姓结为兄弟，"同心协力，救困扶危；上报国家，下安黎庶；不求同年同月同日生，但愿同年同月同日死"，其内容是民间的"信义"。但从三人关系的发展看，实际上主要内容还是"恩义"和"忠义"。因为从表面上看，三个人是朋友、兄弟关系，而实际目的却是恢复汉室，帮助刘备打天下。有一个例子最能说明问题。第二十六回，写关羽暂归曹操以后，张辽去试探他，问："兄与玄德交，比弟与兄交如何？"关羽回答说："我与兄，朋友之交也；我与玄德，是朋友而兄弟、兄弟而主臣者也，岂可共论乎？"这时候，刘备败投袁绍，身无立足之地，离做皇帝还差得很远，但关羽已经以君臣关系来看待了。小说具体的艺术描写也是这样体现的。第二十六、第二十七回，写关羽在曹操那里，秉烛达旦，维护的是"君臣之礼"，挫败了曹操的阴谋。挂印封金，过五关斩六将，信守誓约。这些都使得曹操大为赞叹："事主不忘其本，乃天下之义士也！"还这样教育他手下人说："不忘故主，来去明白，真丈夫也。汝等皆当效之。"关羽写信向刘备表达他的赤胆忠心，其中有八个字，可视为关羽一生的写照："义不负心，忠不顾死。""义"和"勇"是关羽形象最突出的特色，其中"勇"是从属于"义"的。而"义"的内容则主要是"忠义"。所以可以说，关羽是一个"忠义"的化身。

诸葛亮形象的主要特点是多智，被毛宗岗称为三绝之一的"智绝"。在他的身上也表现出非常突出的"恩义"和"忠义"思想。他与刘备的关系，是封建社会中君臣关系的典范，达到了儒家提出的"君之视臣如手足，则臣视君如腹心"的理想境界。诸葛亮出山本身，就是为了报答刘备的知遇之恩，用他自己的话说就是："吾受刘皇叔三顾之恩，不容不出。"此后他一生的行动，就是报答刘备的这种知遇之恩，真正做到了"鞠躬尽瘁，死而后已"。第八十五回，写刘备托孤白帝城，对诸葛亮说：他未能实现的理想就是"同灭汉贼，共扶汉室"，说如果嗣子不才，则诸葛亮"可自为成都之主"。诸葛亮听后，"汗流遍身，手足失措，泣拜于地曰：'臣安敢不竭股肱之力，尽其忠贞之节，继之以死乎？'"又说："臣虽肝脑涂地，安能报知遇之恩也。"刘备死后，他七擒孟获，六出祁山，南征北战，就都是为了报刘备的"三顾之恩，托孤之重"(语见第八十七回)。他甚至事无大小，都必须亲自处理，事烦食少，弄得形疲神困。主簿杨颙劝他注意身体，不必亲理细事，他回答说："吾非不知，但受先帝托孤之重，惟恐他人不似我尽心也！"可见，诸葛亮的智慧也是从属于忠义思想的。

《三国演义》中的忠义思想，当其与封建正统思想结合时，是以对汉室的态度为衡量标准的，凡是拥护汉室或投奔蜀汉的，就是忠，否则就是奸；但有时也超出集团的利益，而成为一种普遍的道德准则，对于各个集团中的人物，只要表现出忠心不事二主，作者就加以赞扬。如官渡之战中，袁绍的谋士沮授战前正确分析形势，提出正确决策，袁绍不但不听，反而加罪于他。袁绍战败后沮授在狱中被曹操所获，按情理讲，沮授抛弃袁绍这样一个昏庸残暴的主子而改事曹操，是明智之举，无可非议的。但他坚决不投降曹操。曹操厚待他，将他留于军中，他毫不动心，反盗营中之马欲归袁氏。曹操最后杀了他，作者还有意渲染他死时英勇不屈，神色不变。曹操无限感叹地说："吾误杀忠义之士也！"书中还以诗赞曰："河北多名士，忠贞推沮君。"又如魏将庞德在与蜀汉交锋中被擒，关羽劝他投降，庞德宁死不降，关羽斩而怜之，予以厚葬。（第七十四回）与此相反，凡是叛主的几乎都遭到了谴责。如关羽取长沙时，魏将魏延斩太守韩玄后投降关羽，关羽引见刘备时，诸葛亮要斩魏延，痛斥之曰："食其禄而杀其主，是不忠也；居其土而献其地，是不义也。"（第五十三回）可见即使是写叛曹归汉也是要受到斥责的，而且还特意安排由蜀汉的军师诸葛亮来进行谴责。最突出的要数对魏将于禁的描写。关羽水淹七军，于禁战败投降刘备，后又复归曹操。作者对他的降汉并不肯定，而对他"兵败被擒，不能死节"却谴责为"临难不忠"。而且还安排了这样一个情节来表现作者的道德观念：曹丕当皇帝后，让于禁去看守曹操的陵墓，故意在陵墓的墙壁上画关羽水淹七军时于禁被擒之事，关羽俨然上坐，而于禁伏地求免一死。于禁见此又羞又恼，郁闷成疾而死。还引诗给予评论："三十年来说旧交，可怜临难不忠曹。知人未向心中识，画虎今从骨里描。"（第七十九回）蜀汉的使者邓芝在回答孙权的话时这样说："为君者各修其德，为臣者各尽其忠。"这很好地概括了书中所表现的基本道德观念。有人称《三国演义》"有通俗伦理学、实验战术学之价值"[1]，这是有一定道理的。

---

[1] 蛮：《小说小话》，载《小说林》第八、九期，引自陈平原、夏晓虹编《二十世纪中国小说理论资料》第一卷，第264页，北京大学出版社，1989年。蛮为谁，有人认为是黄人，有人认为是张鸿，不能确定。

第六章

《三国演义》的艺术成就

第一,《三国演义》在民间传说和宋元"讲史"的基础上,吸取和发展了说书人讲故事的艺术传统,善于组织故事情节,故事性强,惊心动魄,引人入胜。

以赤壁之战为例。这是一次三国都参加的大战役,三方面的风云人物都集中在一个舞台上,人物众多,矛盾斗争十分尖锐复杂,内容丰富,场面宏伟,作者以八回书的篇幅来着力描写这次重大战役。开战以前,矛盾的发展就曲折多变,一波未平,一波又起,一步步逼近高潮。中间既张弛有间,又环环相扣,始终吸引着读者。

曹操乘胜挥师南下,声势浩大,锐不可当。在强敌压境的情况下,东吴内部两派主战主和意见不一,决策人物孙权却犹豫不决,令人担心。孙刘结盟是这场战役能否取胜的关键,因此作为重点来描写。而孙刘结盟的过程,又充满了复杂的矛盾斗争,其中孙吴内部矛盾又穿插进孙刘之间(主要体现在周瑜和诸葛亮之间)的矛盾,造成错综复杂的关系,引出许多热闹紧张文字——诸葛亮舌战群儒,鲁肃力排众议,诸葛亮智激周瑜等。在周瑜的促进之下,孙权这才最后下定了联合刘备、共同破曹的决心。在下定决心以后,又还有反复。

写诸葛亮和周瑜矛盾的部分,似乎是将主要矛盾暂时搁下,气氛稍微缓和一点。但从一开始读者就已经感到,孙、刘联盟的巩固和诸葛亮杰出的智慧,将是这场战争取胜的关键因素。因而诸葛亮的安全和孙、刘联盟能否巩固，就令读者十分关心。因此，草船借箭，作者把诸葛亮写得那么安闲镇静，而读者却始终为他的安全捏着一把汗，心情跟坐在船上的鲁肃一样紧张。

这以后，以火攻计为线索，一个情节引出另一个情节：苦肉计、阚泽献书、庞统授连环计等。眼看着孙刘一方一步步走向胜利，而曹操一方一步步走向失败，写得环环紧扣，笔酣墨饱。而整个过程也写得十分曲折紧张。如阚泽献书几乎被曹操识破，就十分惊险。随后曹操二次派蒋干过江，故事又生出一层波澜。在紧张的情节中又穿插进庞统夜读兵书的安闲文字，看似舒缓，而实际上却由于蒋干二次中计而变得更加紧张。在庞统授连环计以后，周瑜用火攻的部署业已完成，就只等开战纵火了。作者此时又故作惊人之笔，插入徐庶扯住庞统，道破火攻计的一段情节，使读者意外地感到紧张，担心孙刘一方即将到手的胜利眼看会变成泡影。作者这样写，并不是单纯为了追求引人入胜的艺术效果，而是为了通过这一情节，将联军会战部署完毕而促成了矛盾的转化作一个总结，使读者对矛盾的发展以及由此带来的战争胜败的必然结局看得清清楚楚，为下文写两军的决战振起一笔。

由此可以看出，作者在情节的提炼组织上是颇富于艺术匠心的。到第四十七回完结，庞统巧授连环计成功，已是决战前夜，一片"山雨欲来风满楼"的气氛。可是，意想不到的是，作者在第四十八回却以悠闲的笔墨写长江风平浪静，皓月东升的优美景色，使紧张的气氛暂时松弛下来。《三国演义》较少写景文字，但这里有一段写景非常出色："天色向晚，东山月上，皎皎如同白日。长江一带，如横素练。"但读完这节文字，读者的心情却更加紧张。因为作者写了曹操横槊赋诗，还举槊刺死了刘馥，使读者感到本来已经十分被动、处于不利地位的曹操，却表现得那样的盲目自满和轻敌麻痹，他最后全军覆没的命运显然是不可避免的了。这一情节写得好，好在它看似旁枝侧出，实际上却紧紧地与主要矛盾的发展相结合，并促进了主要矛盾的发展；好在它似闲笔而实非闲笔，似松而实紧，从容不迫地将矛盾的发展推向高潮。这是曹操由强转弱，由主动转入被动，以致最后遭到惨败的重要原因之一。作者通过这一情节加以强调，穿插在这里写出，是再合适不过了。因此，到"三江口周瑜纵火"战斗正式打响之时，这场战争已经写得差不多，毋须再多费什么笔墨了。

而在"万事俱备，只欠东风"的情况下，围绕着风的问题，却又生出一层波澜来。这就是周瑜在山顶视察曹操战船排合江上，连成一片最易着火，因而感到稳操胜券而志得意满的时候，突然一阵风刮来，将旗角卷起从他脸上拂过，猛地使他想到，如果没有东风将使全部计划归于失败的危险，因而急得大叫一声，口吐鲜血，不省人事："一时忽笑又忽叫，难使南军胜北军。"在读者心情又为之紧张之时，这才引出诸葛亮借东风的情节来。这样写，也不仅仅是为了追求情节的曲折紧张，而更重要的是与前面写曹操横槊赋诗的轻敌麻痹思想作对比，表现周瑜在稳操胜券的情况下，仍然那样的谨慎和精细，对这样很容易被忽略的小问题也不放过，其最终获胜的结局也就是必然的了。

可以设想，这样的情节安排，如果让一个高明的说书艺人来讲说，是如何惊心动魄和引人入胜的。《三国演义》故事情节的安排，可以用十六个字来概括：波澜层叠，张弛相间，巧妙曲折，自然紧凑。这是中国古典长篇小说在民间"说话"艺术的基础上形成的艺术传统，《三国演义》在这方面是最具代表性的。

第二，塑造众多鲜明生动的人物形象，是《三国演义》在艺术上的杰出成就。

《三国演义》全书写了四百多个人物，给读者留下鲜明印象的也有几十个之多，其中，如曹操、诸葛亮、关羽、张飞、刘备、赵云、周瑜等人，都是家喻户晓，活在人民心中的人物形象。《三国演义》塑造人物，有下面这样一些特点，一直到今天也还值得我们借鉴。

一、能抓住人物最突出的特点，通过典型的情节加以突出，因此能给读者留下深刻的印象。如通过怒鞭督邮、古城会挥矛搠关羽、三顾茅庐时急躁鲁莽的言行等刻画张飞的粗豪爽直和疾恶如仇；通过秉烛达旦、挂印封金、过五关斩六将刻画关羽的忠义；通过单骑救主、截江保阿斗等写赵云的勇武和对刘备的忠心不贰；通过博望坡用兵、草船借箭、安居平五路、空城计等写诸葛亮的足智多谋；通过因幼子生疥疮而愁得"形容憔悴，衣冠不整"、无心更论他事，以致贻误了乘虚进攻许昌，刻画袁绍的昏庸懦弱；通过杀吕伯奢、借粮官王垕的头以压军心、梦中杀人等情节刻画曹操的奸诈和残忍。因为情节很典型、很生动，因而突出了人物的主要特征，给人留下鲜明深刻的印象。

二、已经初步注意到了多角度、多层次地刻画人物。

《三国演义》刻画人物能突出人物形象的主要性格特征，但比较缺乏个性，也不够丰满，因而过去有人批评它的人物描写有"类型化"的缺点。有人又认为"类型化"的说法不太准确，又概括为"特征化"，总之是说它缺少个性和层次。但实事求是地看，对每个具体的人物，应该作具体的分析，不能一概而论。比如曹操这个人物，就不是写得很简单的，已经初步注意到了多方面地展示人物的性格特色。毋庸置疑，《三国演义》的作者，从拥刘反曹的总体思想倾向出发，是把曹操当作一个反面人物来描写的，强调他的不忠不义、奸诈阴险、凶暴残忍等，但在书中他毕竟还是一个英雄人物，不失他的英雄本色。作者没有把他简单化，没有把他写得一无是处。《三国演义》（即使是通过毛宗岗修改过的通行本）中的曹操，是一个反面的英雄人物，是一个奸雄。第一回，写有一个善于"知人"的（不是相面的）许劭，曹操自己跑去见他，问他："我何如人？"许劭回答说："子治世之能臣，乱世之奸雄也。"曹操闻言大喜，一点也不生气。曹操身处汉末乱世，他终于如许劭所言，成了一个"奸雄"。作者在描写他奸诈残忍的同时，又生动地展现了他思想性格的另一面，即作为一个杰出的政治家和军事家的一面。

首先，是写他的雄才大略和政治上的远见卓识。他在与刘备"煮酒论英雄"时，曾说："夫英雄者，胸怀大志，腹有良谋，有包藏宇宙之机，吞吐天地之志者也。"（第二十一回）应该承认，在小说中的曹操身上，是多少表现出了这一特色的。他确是胸怀大志，以实现天下的统一作为自己的奋斗目标的，并在不少问题上以此为考虑和处理问题的出发点。特别在讨董过程中，作者处处将他同那些各怀异心、坚持搞分裂割据的军阀作对比，写他政治上的卓见和谋略。如第四回，写董卓欺君弄权，王允宴请旧臣商议讨伐，但大家慑于董卓的威势，毫无办法，"众官皆哭"。这时作者写："坐中一人抚掌大笑曰：'满朝公卿，夜哭到明，明哭到夜，还能哭死董卓否？'"他对那些面对董卓专权而只有哭鼻子的公卿大臣投以轻蔑和嘲笑，并主动提出担任谋刺董卓的重任。后来盟军内部互相钩心斗角，各谋私利，袁绍身为盟主，却按兵不动，不下令乘胜追击董卓。这时这样描写曹操："操曰：'董贼焚烧宫室，劫迁天子，海内震动，不知所归：此天亡之时也，一战而天下定矣。诸公何疑而不进？'众诸侯皆言不可轻动。操大怒曰：'竖子不足与谋！'遂自引兵万余，领夏侯惇、夏侯渊、曹仁、曹洪、李典、乐进，星夜来赶董卓。"很显然，这时候的曹操，是一个具有讨董卓、平天下的雄心壮志，而高出于群雄之上的政治上有远见卓识的人物。

第五回《温酒斩华雄》一节，从他对关羽的态度中，写出他能识才、爱才，且能打破贵贱出身的偏见，坚持"得功者赏"的正确原则，又能从统一大业出发考虑和处理问题。袁术听说那个自告奋勇能斩华雄之首的关羽，不过是刘备手下的一个弓马手，便轻蔑地大喝一声："汝欺吾众诸侯无大将耶？量一弓手，安敢乱言！与我打出！"曹操却能慧眼识英雄，断定他"必有勇略"，并劝袁术息怒："试叫出马，如其不胜，责之未迟。"并亲自为关羽酾热酒一杯，以壮行色。他不以贵贱论人，而能打破偏见，采取一种实事求是的态度，确实表现了一个政治家的风度。当曹操指出"得功者赏，何计贵贱乎"时，袁术发怒，说："既然公等只重一县令，我当告退。"此时曹操说："岂可因一言而误大事耶？"在刘、关、张回寨以后，曹操又暗使人赍牛酒抚慰三人。

又如第十六回，写刘备为吕布所逼，到许昌投靠曹操，荀彧劝他乘机杀刘备，说："刘备，英雄也，今不早图，后必为患。"操不答。荀彧出，另一谋士郭嘉入。操曰："荀彧劝我杀玄德，当如何？"嘉曰："不可：主公兴义兵，为百姓除暴，惟仗信义以招俊杰，犹惧其不来也；今玄德素有英雄之名，以穷困而来投，若杀之，是害贤也。天下智谋之士，闻而自疑，将裹足不前，主公谁与定天下乎？夫除一人之患，以阻四海之望，安危之机，不可不察。"操大喜曰："君言正合吾心。"于是表荐刘备领豫州牧。精明的曹操当然非常清楚刘备是一个了不起的英雄，是将来跟自己争夺天下的劲敌，从他的主观愿望说，是非常想杀掉刘备的。所以对荀彧的话不作回答。不作回答就说明他在思考，在权衡利弊。但他善察安危之机，能从收四海之望、统一天下的长远政治目标着眼来考虑和处理问题，终于听从了郭嘉的意见而拒绝了荀的意见。这些地方很难说不是曹操远大的政治眼光和开阔的政治胸怀的表现，而不能不无偏见地将它一律解释为是出于曹操的奸诈。

官渡之战表现了他杰出的军事才能和政治上的远见卓识，已如前述。在战争进行前，他既能正确分析形势，又能虚心地听取下属的意见，集思广益，及时地做出正确的战略决策，表现得既果断而又稳重。战争进行中，许攸从袁绍营中跑来向他探听军粮还有多少，他没有如实相告，先说："可支一年。"后又说："有半年耳。"最后许攸发了脾气，他还装得迫不得已的样子说："实诉：军中粮食可支三月耳！"直到许攸怒斥他为奸雄，他才最后附耳低言告诉说："军中只有此月之粮。"这一情节一直被人当作曹操奸诈的例子来运用，实际上曹操是很冤枉的。"兵不厌诈"，这是用兵之道的常识，如果在两军对垒的紧张战斗中，曹操对一个突然从敌人方面跑来的故人，一见面就把自己的军事绝密告诉对方，这岂不是愚蠢至极吗？实际上这一情节非常生动地表现了曹操在军事斗争中的机智和高度警惕性，表现了他作为一个军事家的丰富的斗争经验。破袁后，在袁绍军营中发现了书信一束，皆许都及军中诸人与袁绍暗通之书。有人劝曹操："可逐一点对姓名，收而杀之。"但他却说："当绍之强，孤亦不能自保，况他人乎？"即将书信焚毁，不予追究（第三十回）。有人认为这也是曹操虚伪的表现，实际上也是他能从长远利益出发来处理问题的典型例子，因为当时只是初获胜利，袁氏余党势力仍然比较强大，如果此时整诛内部，必然动摇军心，不利于将来更图大事。这恰恰表现了他作为一个政治家的明智和宽容的胸怀。此外，他在战斗中又能亲临前线，身先士卒。他渴求贤才，广泛地招贤纳士，争取更多的人为自己服务，因而造成"文有谋臣，武有勇将，威镇山东"的胜利局面。他对关羽恩义备至也并非出于奸诈，而是真心爱才的表现。他带兵军纪严明，制法尊法，割发权代首就是一例，不少人也以为是奸诈的表现，同样是不实事求是的。（第十七回）讨袁绍时，他号令三军"如有下乡杀人家鸡犬者，如杀人之罪"，使得"军民震服"（第三十一回）。他派儿子曹彰北征乌桓时，临行戒之曰："居家为父子，受事为君臣。法不徇情，尔宜深戒。"使得曹彰"身先战阵，直杀至桑乾，北方皆平"（第七十三回）。这些地方，作者都比较真实地写出了曹操节节胜利、迅速统一中原的原因，应该说是符合历史真实的。

从人物描写的角度看，曹操这一面的性格特点，似乎与他奸诈的另一面是矛盾的，实际上却是统一的整体，完整而丰富地表现了曹操的性格内容，从而使得这一形象血肉丰满，富于艺术生命力。值得注意的是，作者大胆地描写了曹操身上作为杰出的政治家和军事家的特色，不但没有妨碍作者将他写成一个令人憎恶的反面人物，而且恰恰相反，使这个形象不但令人可恨，而且令人可怕。

其他如张飞，既有疾恶如仇、粗豪爽直的一面，又有从善如流、粗中有细的一面；周瑜既有聪明干练、有勇有谋的一面，也有忌刻褊狭、不顾大局的一面。对张飞的描写，有些地方是很感动人的。如第二十八回古城会，写张飞误以为关羽真的投降了曹操，一见到关羽，便"圆睁环眼，倒竖虎须，吼声如雷，挥矛向关公便搠"，谴责他背叛了桃园结义。可等到关羽斩了蔡阳，又听二夫人讲说关羽一系列表现后，张飞自知错了，竟然大哭起来，立即参拜云长。丈夫有泪不轻弹，张飞是很少哭的，但哭起来却非常动人，交织着悔恨、敬佩、感动等复杂的感情。他的疾恶如仇和服从真理，都统一于他那率直粗豪的性格之中，心地光明，快人快语，叫人十分喜爱。

三、《三国演义》塑造人物很少用工笔细描的方法，而是用粗线条勾勒的方法，但常常简单几笔就能将人物的精神面貌表现出来。吴组缃先生认为《三国演义》写人物，如"单线平涂"的年画，虽然没有立体感，但却独具一格。[1]这诚然有多方面的原因，但同小说熟练地运用如夸张、对比、映衬、烘托、渲染等艺术手法有关。艺术技巧、表现手法，都是来自生活的，艺术表现中的辩证法，反映了生活中的辩证法。在生活中，美与丑、善与恶、真与假，都是对立统一的，有假、恶、丑，才能显出真、善、美来，坏和更坏、美和更美，也往往是通过比较才能表现得更加鲜明突出，这就是艺术表现中对比、映衬、烘托一类艺术手法的生活依据。作者掌握了生活和艺术的辩证法，掌握了生活的内在联系，在表现人物时就能左右逢源，举重若轻，有时为了表现甲事物，却不从甲事物着笔，而是从与其相关的乙事物着笔，却比直接写甲事物收到更好的艺术效果。《三国演义》在这方面是有很成功的经验的。下面举几个例子。

在赤壁之战中，作者就将周瑜、鲁肃、诸葛亮等人对比起来写，他不是孤立地把握和表现人物的性格，而是在人物的相互关联中去把握和表现人物的思想性格。在整个赤壁之战中对诸葛亮用笔并不是很多，但他的形象却非常突出，如果将这场战争比作在一个广阔的舞台上演出的一出威武雄壮的戏剧，那么，年轻有为、机智果断的周瑜就是这出戏的主角，而诸葛亮则可以说是这出戏的总导演，一切都在他的预料之中，一切又都按着他的布置和指挥在活动着和发展着。作者

---

[1] 吴组缃：《关于三国演义》，见《说稗集》，第41页，北京大学出版社，1987年。

对周瑜是正面写，而对诸葛亮是侧面写；写周瑜是实多虚少，写诸葛亮是虚多实少。实际周瑜成了诸葛亮的陪衬，写周瑜聪明，是为了写诸葛亮更聪明。而鲁肃在作者运用的对比手法中却处处处于一种极其微妙的地位，周瑜与诸葛亮一个聪明、一个更聪明，一个气量狭小、不顾大局，一个目光远大、胸怀坦荡的对比，主要就是通过鲁肃在其中的穿插、联系体现出来的。他显得忠厚老实，周瑜定计加害诸葛亮和诸葛亮识破周瑜的奸计，都是通过鲁肃奔走于双方之间来加以揭示的。草船借箭让他陪着，他的惊慌失色烘托出诸葛亮的沉着镇静，他的恍然大悟显示出诸葛亮的聪明比周瑜更高出一头。他心肠好，忠于周瑜，却又不愿加害诸葛亮，有时还肯帮诸葛亮的忙。

更突出的例子是第五回的《温酒斩华雄》。这节文字，是鲁迅先生在《中国小说史略》中讲到关羽的形象写得成功时，特意引用出来加以赞扬的，称其"义勇之概，时时如见"。这是关羽初露头角的一场战斗，集中表现了关羽的英勇和威武。文字不多，前后不过一千多字，而直接写到关羽的文字更少，但却写得有声有色，把一个高大威武、生龙活虎的关羽形象突现了出来。这段文字写关羽，主要是采用虚写的手法，采用侧面烘托的手法。整段文字，没有一句从正面直接描写关羽作战如何英勇、战斗场面如何惊险紧张，而主要通过人物关系，运用烘托、映衬等手法加以表现。作者相信读者的艺术想象力，并启发和调动读者的艺术想象力，获得了很大的成功。

看他未写关羽，先写关羽的对立面华雄。他把华雄写得很高大，很英勇，很了不起。但是写华雄不是目的，目的是写关羽。写华雄只是一种陪衬，一种铺垫。写华雄首先写他不平凡的外形："其人身长九尺，虎体狼腰，豹头猿臂。"次写他口出狂言："吾斩众诸侯首级，如探囊取物耳。"接着，就从实际战斗中具体地描写他的英勇善战。这又分几层写：先是"手起刀落"（应了他"探囊取物"的豪语）斩鲍忠于马下，被董卓提升为都督。这是第一层。次写他夜袭孙坚兵寨，杀得孙坚狼狈逃窜，险丧性命，连头上的红头巾也换给别人才得以逃脱。这是第二层。再次是写他把孙坚的四员大将之一的祖茂"一刀砍于马下"。这是第三层。所有这三层笔墨最后都落到了关羽的身上。

这里写华雄是用欲抑先扬的方法，为了写他乃关羽手下的败将，却先故意写他英勇善战。在上面层层铺垫的基础上，作者这才写关羽出场。从读者的阅读心理来看，这样安排情节也是很吸引人的：面对如此英勇、气焰又如此嚣张的华雄，关羽能战胜他吗？这就造成了一个很大的悬念，使读者不得不非常关心。

关羽的出场也不同寻常，作者加以着意布置。主要是通过不同人物的反应来烘托、映衬。如写孙坚损兵折将后"伤感不已"，写袁绍闻讯后"大惊"，写众诸侯聚集商议时，因被挫动锐气，一个个无可奈何，"并皆不语"。而这时却写刘、关、张三个人立在公孙瓒背后冷笑。众诸侯是不语，三人是"冷笑"。在那冷静而又紧张的场面中形成了鲜明的对比。这"冷笑"二字意味深长：不只是笑那些身为将帅却对华雄束手无策的"众诸侯"，同时也是笑那猖狂一时、不可一世的华雄，是对他的一种藐视。这已经使读者感到这三个人有些非同寻常了。接下来又写华雄来挑战，连斩骁将俞涉和上将潘凤。在这"众皆失色""惶惶不安"之时，这才写："阶下一人大呼出曰：'小将愿往斩华雄头，献于帐下！'"这几句话本来平平常常，几乎任何一个出战的武将都可能说的；但有了上面那些描写作铺垫，这几句普普通通的话，在此时此地说出来，就变得不同凡响了。这样，经过多方面、多层次的烘托、映衬，气氛渲染得十分紧张。关羽这时出场，自然就十分引人注目，处于一种非常突出的位置了。

按理说，到这时关羽就应该和华雄交手了。但作者却从容不迫，写得极有层次。在情节的安排上他又故作顿挫，振起一笔，使不长的文章变得波澜层叠、摇曳多姿。看作者先让关羽亮相，写他的外表："见其人身长九尺，髯长二尺；丹凤眼，卧蚕眉；面如重枣，声如巨钟；立于帐前。"好一条英雄好汉！读到这里，读者自然地会同前面对华雄的外貌描写产生对比：两人一般高的个子，关羽却比他长得英俊威武，一个在高大中见豪爽，一个在高大中见卑琐（"虎体狼腰""豹头猿臂"都给人这样的印象），可是袁术一听说他不过是一个县令的弓马手（相当于今天的警卫员），袁术便大喝道："与我打出！"关键时刻曹操为他说情："试教出马，如其不胜，责之未迟。"叫人意想不到的是，在这种十分危急的情况下，关羽竟然主动地立下了军令状，说："如不胜，请斩某头。"这样一来，气氛就更加紧张了：关羽能否斩华雄之头，不仅关系到盟军的胜负，而且也关系到关羽个人的安危。经过这样一系列的烘托和渲染，作者这才使关羽出马同华雄交锋。可以想见，这场战斗是多么地吸引读者关注，多么地激动人心了。

就在这种能否取胜事关重大的悬念之下，一般的设想，作者该放开笔墨，有声有色地去描写这场激烈的战斗了。可是，跟读者的期望和预料相反，作者非常巧妙地避开了很容易流于一般化的正面描写，而是继续采用了从侧面烘托、渲染的手法。关羽如何英勇善战、华雄如何被斩，没有一句正面的直接描写，一切都让读者从音响、环境气氛，从人们的反应中，自己去想象出来，而效果比直接描写还要好。

他先从酒上点染。曹操为他酾酒，是为了预祝他胜利，寄希望于他，也是为了鼓励他，为他壮壮行色胆气。然而，酒的作用又不止于此。关羽并不喝（如果他端起来就喝，这酒的作用就一般化了，就不能充分发挥了），而是说："某去便来。"这四个字，平平常常，可是在此情此景之下，出于关羽之口，却是掷地有声的响当当的语言，是英雄声口。如此性命攸关的紧急关头，出语却如此轻松安闲，沉稳镇静，好像不是去跟一个劲敌作殊死搏斗，而像是日常生活中对朋友说要去做一件极普通的事情一样。这就十分自然又十分有力地表现了关羽对战胜华雄有绝对的把握。还未上阵，单是那副形象，那几句平常而又不同凡响的话，就已经渲染出关羽的英雄气概，一个高大的英雄形象就已经栩栩如生地跃然纸上了。

下面写战斗本身，只用了63个字："出帐提刀，飞身上马。众诸侯听得关外鼓声大振，喊声大举，如天摧地塌，岳撼山崩，众皆失惊。正欲探听，鸾铃响处，马到中军，云长提华雄之头，掷于地上，其酒尚温。"写得是何等精练，何等巧妙，又是何等出色！直接写这场战斗的，连一个字也没有。但读者从帐外天摧地塌、岳撼山崩的鼓声、喊声，从众诸侯闻声失色的表情，接着又看到了得胜而归的关羽将华雄之头掷于地上，关羽的英勇善战，战斗的紧张激烈，就全都在读者的想象中了。聪明的艺术高手，是充分相信并且会运用各种方法去充分调动读者的艺术想象力的；同时，在不该浪费笔墨的地方也是不肯多写一个字的。这里特别值得玩味的是"其酒尚温"的那个"温"字。这个"温"字真是画龙点睛之笔。"温"字说明时间之短，借用华雄的话来说，就是"如探囊取物"那般轻而易举。那样一个令众诸侯闻风丧胆的华雄，关羽不费吹灰之力就战胜了他，关羽是一个什么样的英雄人物，那还用说吗？读到这里，读者才领悟到，作者花那么多笔墨去写华雄，其实都是在写关羽；也才领悟到，在艺术表现中，恰当地运用对比、映衬、烘托、渲染等艺术手法是能收到事半功倍的艺术效果的。

此外，夸张手法的运用，也是《三国演义》刻画人物常用的一种方法。夸张手法运用得成功与否，关键在于是否突显出人物的本质特征。突显了，读者明知是夸大其词，却仍然信以为真，而且十分喜欢。如第四十二回写"张飞大闹长坂桥"，竟将曹操身边的夏侯杰"惊得肝胆碎裂，倒撞于马下"，且"一时弃枪落盔者，不计其数"，就将张飞的勇猛和英雄气概表现得非常突出。第四十一回至第四十二回写"赵云单骑救主"，在百万军中经过一番激战，而阿斗竟然在赵云怀中"正睡着未醒"，将赵云的忠勇渲染得栩栩如生。这些都是很成功的例子。但也有过分夸大而失实之处，如第九十三回写诸葛亮在阵前将曹操的军师七十六岁的王朗骂死，还写诗赞美说："轻摇三寸舌，骂死老奸臣。"又如前面提到的张飞大闹长坂桥，总的说是成功的，但曹操那样有勇有谋的军事家，居然在张飞的三声大喝之下，吓得"冠簪尽落，披发奔逃"，也未免显得夸张过分。鲁迅在《中国小说史略》中批评的："欲显刘备之长厚而似伪，状诸葛之多智而近妖。"也有夸张过分而失实的原因在内。

《三国演义》的人物描写也存在一些缺点。主要是：

一、人物的性格还未深深地植根于生活的土壤之中，即还没有能写出人物的思想性格和社会环境及个人遭遇的内在联系。这突出地表现为人物性格的定型化，缺少发展，好像曹操生来就奸诈，刘备生来就仁义，关羽生来就忠勇，诸葛亮生来就聪明。

二、人物的性格还有前后不够一致的地方。如赤壁之战中，阚泽献书时，曹操表现得那样机智而保有高度的警惕；而在蒋干第一次过江吃了大亏，实践证明蒋干是一个草包决不是周瑜的对手时，又派他二次过江，显得那样愚蠢而又麻痹。又如徐庶，是一个大孝子，对自己的母亲深有了解；又是一个十分聪明的人，他略施小计就帮助刘备转败为胜，扭转了局面。但他一收到曹操伪造的他母亲给他的信，要他投奔曹操，他就立即信以为真，跑到曹操那里去见他母亲，结果上了大当，受到他母亲的严厉责骂。

第三，《三国演义》的艺术结构也很有特色。

它不像一般长篇小说那样，以一两个主人公的活动所构成的中心事件为线索来组织小说的内容，而是以三国时期的历史发展作为全书的线索，其中又以蜀汉和曹魏的矛盾斗争和兴衰过程作为主线，又穿插进蜀和吴的关系、吴和魏的关系，将前后近一百年纷繁的事件，众多的人物，错综复杂的矛盾，环环紧扣，有条不紊地组织成一个有机的整体，有详有略，有主有次，有虚有实，穿插分合，前后照应。因此全书的结构，既宏伟又严密，既丰富多彩、曲折多变，又脉络分明、前后连贯。三次大的战役，作为全书的重点来描写，重点之外，又有不少次要的情节事件穿插其间，前因后果，互相勾连，表现得清清楚楚。这样的结构在中国古典小说中是罕见的，表现了作者杰出的艺术才能。

第四，《三国演义》的语言，吸取了史传文学的语言而又有新的发展，其特色如庸愚子序中所说，是"文不甚深，言不甚俗"[1]。在浅近文言的基础上，又适当地吸收了一些口语的成分，做到了简洁明快，雅俗共赏。《三国演义》的语言在普及文言方面起到了一定的作用。但作为小说艺术语言来说，在表现生活和刻画人物上，终不如纯白话的《水浒传》《金瓶梅》等作品那样流畅和生动，更富于表现力。

---

1 见《三国志通俗演义》卷首。

第七章

《三国演义》的影响

《三国演义》问世以后产生了广泛的社会影响，这主要有两个方面，一方面是思想精神方面的影响，另一方面是文学发展特别是小说创作方面的影响。

在中国古典小说中，《三国演义》可以说是在群众中影响最为广泛的一部。从明清一直到今天，不断被改编为戏剧在舞台上上演，甚至搬上银幕和屏幕，它的一些重要情节和主要人物都家喻户晓，深入人心。据说它所描写的军事斗争的经验，成为明清时期农民起义领袖李自成、张献忠、洪秀全等人的重要参考，"攻城略地，伏险设防……皆以《三国演义》中战案为玉帐惟一之秘本"[1]。《三国演义》的战争描写突出斗智，其中的谋略给人多方面的启示，因而是一本教人增长智慧的书。过去民谚中有"少不看《水浒》，老不看《三国》"的说法，意思是《水浒》描写"官逼民反"，是歌颂造反的，年轻人年少气盛，读了以后就容易走上反抗的道路；而《三国演义》则主要描写战争，突出人的计谋，让人增长智慧，年纪大的人阅历多，本来就有丰富的生活经验，再读《三国演义》就会变得更加老谋深算了。

---

[1] 蛮：《小说小话》，载《小说林》第八、九期，引自陈平原、夏晓虹编《二十世纪中国小说理论资料》第一卷，第264页，北京大学出版社，1989年。

据说在今天的商海中，中外的企业家也都有人从《三国演义》中学习谋略，运用到经商上而取得成功的。

《三国演义》的社会影响，还表现在伦理道德方面。"桃园三结义"所宣扬的"不求同年同月同日生，但求同年同月同日死"的"信义"观念，成为历代下层人民团结互助，进行反抗斗争的思想纽带，曾产生过积极的作用。但另一方面，它所宣扬的"忠义"思想和以巩固一家一姓的皇权为目的的"正统思想"，在封建社会中也产生过消极的影响。

《三国演义》在文学上的影响更是不容忽视。一方面是章回小说的形式，经《三国演义》的演变和广泛传播，成为我国古代长篇小说的一种为群众喜闻乐见的民族形式，不仅古典小说作家，在现代作家中也还有人运用这种形式来进行写作。另一方面，从小说类型来看，由于《三国演义》的成就和影响，其后产生了不少历史演义小说，成为一个重要的小说类型系列。明末的可观道人在《新列国志叙》中说："自罗贯中氏《三国志》一书，以国史演为通俗演义，汪洋百余回，为世所尚。嗣是效颦日众，因而有《夏书》《商书》《列国》《两汉》《唐书》《残唐》《南北宋》诸刻，其浩瀚几与正史分签并架。"事实上，中国历史上的每一个朝代，从盘古开天辟地开始，一直到民国时期，都有历史演义，但没有一部的成就和影响能同《三国演义》相比。

在明代，较有成就的历史演义小说有：余邵鱼编写的《列国志传》，从商亡到秦并六国的800年的历史，艺术上比较粗糙；后来经过冯梦龙的扩大、增补和加工，成为一百零八回的《新列国志》，内容则集中写春秋、战国时期的故事，在语言和艺术上都有很大的提高。到清代，又经人删改，最后成为流传很广的蔡元放的《东周列国志》。另外还有《唐书志传通俗演义》《隋唐两朝志传》《隋炀帝艳史》《隋史遗文》等,到清代康熙年间褚人获又将后三种剪裁改写为《隋唐演义》一书,在群众中产生了较大的影响。

小说课堂

王安忆

第八章
小说课堂

关于小说写作能不能教与学的问题，争论一直很热烈，主张不可能的意见可说占压倒性多数。我曾经和一位法国女作家对谈，她是法国许多重要文学奖项的评委，在大学里教授欧洲文学，她就属于反对派。理由是，她说，能够进入教育范围的科目必须具备两项条件——学习和训练，而写作却是在这两项之外，它的特质是想象力，想象力是无从学习和训练的。我说，可是现在许多学府，尤其美国，却设置创意写作的课程和学位，那又如何解释？于是，她拉长声调，以一种特别轻蔑的口气说："美——国——"美国是一个后天形成的民族，是新大陆上的新人类，相信没有什么事是人力不可为，任何事物都可能纳入工业化系统复制生产，如好莱坞、迪士尼、麦当劳，包括创意写作，占全世界学科学位课程百分之九十以上，也确实出来许多作家，我们熟悉的哈金、严歌苓，印度裔女作家、获普利策小说奖的茱帕·拉希里；即便是写作教育初起的欧洲，英国的东英吉利大学创意写作硕士学位课程也出了一位出名的学生，就是《赎罪》的作者伊恩·麦克尤恩，据说从此报考人数激增，学费也因此提高。看起来，创意写作的教育大有发展的趋向。当然，我本人也认为写作从教育中得益有限，决定性的因素是天赋的特质。方才提及的这些人，即便不读学位，也会成为出类拔萃的作家，其中还有命运的成分。但是，在个人努力的那一部分里，教育多少能够提供一些帮助。我们的创意写作课程，做的就是这部分里的事情。经过几年写作教学的实践，不能说总结出什么规律，只是一点点心得，今天和同学们分享一下，也趁此机会，做一个回顾。

一　写作实践课

写小说门槛不高，识字就可一试，尤其现在有了网络，任何写作都可以公之于众，无须经过编辑出版的审读，决定哪一些是合格，哪一些则不太合格，标准就在涣散。问题是，谁都可以写作和发表，那么谁来阅读呢？阅读在自行选择着对象，制约着写作的标准。所以，标准还在，潜在宽泛的表面底下，比较由编辑所代表和掌握的权限，其实更困难于检验真伪，需要有高度的自觉意识，写作者面对的挑战也更严峻了。前一讲是说文字的艰深，这一讲呢，又似乎是说文字的浅显，这确实是挺让人迷惑的，小说使用的材料，浅显到日常通用。记得许多年前，听诗人顾城演讲，他说我们的语言就像钞票，发行过量，且在流通中变得又旧又脏，所以，他企图创造新的语言。我想，即便可能创造新的语言，也是诗人的特权，因为诗是一种不真实的语言，没有人会像诗那样说话，而小说却必须说人话。以这样普遍性的材料，却要创造特殊性，从旧世界生出新世界，可是，小说的乐趣也在这里。我想，凡写小说的人，大约都有一种特质，就是喜欢生活，能从生活中发现美感，就是说懂得生活的美学。大约就因为此，而对生活不满意，怀有更高的期望，期望生活不只是现在的样子，而是另一种样子，有更高的原则。这样的悖论既是小说写作者的困境，同时激发热情，用你我他都认识的文字，写一个超出你我他认识的存在。我喜欢明代冯梦龙的《挂枝儿》，就是喜欢这个："泥人儿，好一似咱两个。捻一个你，塑一个我，看两下里如何？将他来揉和了重新做，重捻一个你，重塑一个我。我身上有你也，你身上有了我。"清代大师王国维对元曲的文章甚是推崇，仿佛"宾白"，就是说话，"述事则如其口出者"，还敢用"俗语"做"衬词"："绿依依墙高柳半遮。静悄悄门掩清秋夜。疏剌剌林梢落叶风。昏惨惨云际穿窗月。"我们小说要做的也是同样，用俗语写出诗。

我在复旦大学中文系为创意写作专业硕士学位教课，课程的名称为"小说写作实践"，时长为一学期，总计十六周，每周三个课时。课程主要为课堂导修，即工作坊，大约占三分之二比例。工作坊合适的总人数在七到八名学生，这样每个同学分配到的时间比较充裕，课程中大约可完成一份作业。但是我们的学生人数通常在十五名，甚至更多，十六、十七，甚而至于十八名，所以只能分组，两周或者三周一轮，而同学们大多立意宏大，所以，课堂上的作业就不能要求完成。我只是尽量使他们体验小说的进程：如何开头，设定动机，再如何发展，向目标前进——也许他们会在课堂外最终完成，也可能就此放下，但希望他们能从中得益，了解虚构写作是怎样一种经验。这一部分的训练——我又想起那位法国女作家所说，写作无法训练，我很同意，很可能，课堂上的训练他们永远不会用于未来的写作实践，假如他们真的成为一个作家，写作的路径千变万化，无法总结规律，很难举一反三。但是，有一次无用的经验也无妨，至少，有这一次，仅仅一次，有所体验。工作坊我是给范围的，类似命题作文。这些题目不一定适合每个学生，曾经就有同学跟我说："王老师，你给出的背景条件和我自身经验不符，我很难想象故事和人物。"我说："这一回你必须服从我的规定，就像绘画学习的素描课，你就要画我制定的石膏。"事实上，在规定范围内更容易想象，因为有现成的条件，例如，在工作坊的同时，我还让他们做些其他训练。方才说了，我们的学生人数多，面对面导修的时间减少，作业量也相应降低，不能让他们闲着，就要多布置作业。我曾经让同学们阅读美国桑顿·怀尔德的剧本《我们的小镇》，让他们每人认领一个人物。这个剧本是个群戏，人物很多，且是在同一个小镇活动，社会环境比较单纯。他们每人认领其中一个人物，然后为这个人物写一个完整的故事，可以是前史，也可以是后续，总之是一段生平。令我惊讶，他们都写得很好，这些距离他们生活遥远的人物，本应该限制了想象，但活灵活现，生动极了。因此，适当的限制是必要的，可让他们有所依凭。设计条件不仅需要想象力，还需要生活阅历，更需要学习如何调动自己的经验。当然，许多人认为，写作不是靠学习完成的，但是从广义上说，什么又不是学习呢？

怎样给同学命题？具体说，是给一个空间，犹如戏剧的舞台。在进入课堂之前，我指定他们去某一个地方，如田子坊。在上海旅游指南上，你们也许都看见过田子坊的名字，是位于上海中心城区里的大型里弄，直弄和横弄纵横相交，几乎占有一整个街区。上海的弄堂在一定程度上体现出阶级的分层：越小型的，阶层越高；越大型，甚至从主弄派生支弄，支弄再派生支弄，逶迤蔓延，房屋的等级和居民的阶层就越低。田子坊正好在高端和低端中间，是中等市民的住所，可谓典型的市井人家。1958年"大跃进"的时候，中国工业从低点起步，上海开出大量集体所有制工厂，以补充计划经济，厂房就设在里弄民居，有手工作坊式的，也有小型的机械化，坊间称作"工场间"。其时，田子坊里就集中了相当数量的工场间，不要小看这些弄堂小厂，上海受到全国青睐的日用产品就来自它们，有一些甚至获得国际金奖、银奖，为冷战时期中国工业产值提供了积累。"文化大革命"结束,改革开放,中国经济从计划走向市场,所有制多元化,这些小厂终因条件有限不利于生存,有的合并,有的转让,有的关闭,还有的在郊区扩展规模开设大厂,田子坊里的厂房逐渐清空,闲置下来。事情大约是画家陈逸飞开始的,他在田子坊租赁一间工场做工作室。可能是同时,摄影家尔东强也到田子坊开工作室,再接着,艺术家们相继而至,把空置的厂房全占用了。然后,居民们捕捉到商机,将自家的住房开辟店铺,餐饮、服装、礼品,因是弄堂居住的格局,所以店铺都是一小间一小间,亭子间里一爿,灶披间里一爿,天井搭了顶棚,阁楼上又一爿,因地制宜反成风格。所以田子坊的形成和新天地不一样——新天地是由政府引进资本建设的,只不过利用弄堂房屋的概念,实际上是推倒旧居,平地而起;田子坊则是自发,在民宅的格式里逐渐形成,至今还有居民在里面生活。这个区域的成分就非常丰富,是商圈,又是创业园区,同时还是民居,而在弄内外墙上,可见得铜牌上记载着1958年工厂的名字,见证着那一段历史。

  我和同学说:你们到田子坊实地走访一下,咖啡馆坐一坐,可以跟店家、住户聊天,也可以在网上搜集数据,然后写一个小说的开头。这个小说可以是在过往的田子坊里发生,也可以是现在的田子坊,可以是过客的故事,也可以是历史的故事,总之,就是和田子坊有关。什么叫开头?就是必要有条件往下发展,这条件包含事情推进的动力和可能性,不是立刻结束,所以就要有一个稍大规模的计划设定。这便是我给出的命题之一。

二 空间的意味

  空间是有意义的,方才说到戏剧的舞台,戏剧的舞台是倒置的空间，就是先有戏剧，然后根据情节的要求设计布景。事实上，空间本身就潜藏着戏剧性，我就是要同学们自己把这戏剧性发现出来。怎么发现？首先是要认识，认识得越深刻，空间的潜能就可发现得越彻底。有一次我指派的地方是上海虹口港的宰牛场"1933"。顾名思义，它在1933年建造，用于宰牛。那时候上海有一定数量的英国侨民居留，他们保持着本土的生活习性，对牛肉的需求量很大，于是建造了这个宰牛场，它是当时远东最大的宰牛场。从建筑的规模和坚固程度来看，他们是计划长久地驻留上海，就像驻留印度、马来西亚等地。英国在海外开拓殖民地的历史是很久远的，他们似乎特别钟情南太平洋地区，是不是因为热带充足的阳光，丰饶的种植——早期工业时代的伦敦气候可是很糟糕的。这宰牛场经过几十年社会历史变迁，用途几度改变，太平洋战争之后停业，闲置下来，1949年曾改作药厂，药厂又撤离，最后又闲置。但是不知出于什么考虑，它的总体结构依旧保持原样，圆筒形状，仿佛一个巨大的烟囱，坡道环绕，盘旋而上，是为牛道，牛群就沿此道走进屠宰场。与牛道相对，是一条阳沟，自上而下，屠宰场的血水就顺阳沟流出。宰牛场早已成为历史，留下一个钢筋水泥的壳，在如今的后工业时代，就呈现出时尚风格，从外部形态到内部隐喻，可为现代主义提供多种诠释，所以，很自然地被利用为创业园区。纽约苏豪区的模式正在全世界推广，替代经典资本主义英国殖民，本身就很有意味。所以我也选择它做小说写作实践课程工作坊的命题对象。

我和学生说：你们去到1933宰牛场，好好观察空间，也可以上网查询历史沿革，然后写一个小说的开头。学生都很认真，有结伴去的，也有单独去的，还有些反复去好几趟，企图从中发现人物和故事的成因。我告诉他们：空间是会说话的，就看你会不会听。

同学们似乎比较容易理解田子坊的空间，因为里面有人的生活。而宰牛场则是抽象的，因为比较孤立，它所体现的历史背景距离常识比较远，于是，走到里面，无论多少次地走进去，都会感到茫然。在什么地方，隐藏着故事呢？那一届班上有一个同学，本科读的是物理，他将牛道想象作"莫比乌斯环"，周而复始，走不到头，一个男生给背叛他的女生送上莫比乌斯环，让她在无穷循环里终其一生。这光构思真的很好，很有想象力，问题是这个物理概念如何在生活中，也就是在常识中实现，我们要为这个周而复始安排怎么样的过程？科幻小说不是好写的，不可以为一进入"幻想"我们就自由了。其实，所谓"幻想"是基于现实世界的蓝本，而且还比具体的现实更多一种逻辑，就是科学定律。所以，这个开头终于没有继续下去，中途放弃了。但我还是认为这个同学从宰牛场生发的想象可谓上乘。这个空间确实令人为难，在现实中就不知道要把它怎么样，几度转换用途，究竟也没有长久之计，创业园区也正走下坡路，萧条下来；在虚构中呢，想象不出人在里面如何活动。与前面那位同学相反，另有一个同学的开头很写实：一个农户养了一头牛，年老力衰，不得不送宰牛场。对于这样现实的情节，我们就要用现实里的规则来检验了。我以为这个故事并不符合宰牛场的性质，为什么？我问同学们，1933年，宰牛场，这个空间意味着什么？大家都好像愣住了，面面相觑，很茫然。然后我告诉他们，这个宰牛场意味着工业化，它是大批量的、流水线的工场，所以我们可以想象在这产业的上端，还应该有养牛场，供给屠宰业。在我们的日常生活中，每个空间都在释放信息，有历史社会的，亦有结构性的，它可能和我们的个人经验不接轨，限制想象，可是，在没有经验性条件可资借用的情况下，也许可培养我们观察和认识的能力。

还有一次命题，是虹口区山阴路的鲁迅故居。我努力寻找资源丰富的地方，可以提供多种故事的动因，这个空间有个陷阱，就是符号性太强，容易遮蔽其他的属性，那就是鲁迅。同学们的思想在五四、鲁迅、左联、新文学运动，这些历史性事件里梭行，而这些命题又太过宏大，需要较多背景知识，于是限制了想象。我提醒他们：你们要知道，鲁迅的故居是在上海虹口山阴路上的大陆新村。第一，它是比田子坊新的弄堂房屋，居民的阶层更高，应属中产阶层。第二，大陆新村在上海孤岛时，是日本人集居的地方，成分很复杂，有日本军界政界的人物，也有潜伏的特工，如尾崎秀实。尾崎秀实是共产国际佐尔格小组成员，他打入日本内阁，取得上层情报，后来暴露身份被判处极刑，牺牲得很壮烈。他的弟弟尾崎秀树是文学批评家，90年代来上海，专门到大陆新村他哥哥的居所窗下，抬头瞻望，久久不离去。第三，虹口是上海旧区改造相对滞后的地区，依然保留许多老房子，大陆新村是其中之一，居民多有迁出，将旧房出租给外来人口——新的故事因素就介入进来了。

三 世事洞察皆文章

同学都很喜欢写作，能够考取我们硕士，无疑具有一定的行文基础，描述人和事也很生动。他们最擅长叙述自己的情绪，多少也是被时下风气所影响——网上的博文、受报章出版鼓励的青春写作，所以，以自我为中心的文字，结果却奇怪地彼此相像，趋于同质化。而到了课堂，面对虚构的叙述，描绘他者的生活，却都觉得下笔困难。我很注重开头，因开头决定写什么，同时还要决定如何写下去，它带有布局的意义。好的开头是有前瞻性的，给将来的发展铺平道路，可继往开来。例如说鲁迅故居一题，有个女生的开头很有意思，她写鲁迅生下海婴以后的故事——我们都知道鲁迅和许广平生下海婴后，鲁迅包办婚姻的妻子朱氏在书信里多次要求看看海婴，但终于没有成行。这个女生就设想朱氏来到了他们家，接下来会发生什么事情呢？这是很让人兴奋的假设，它很能够调动我们的日常经验。这一类的故事似乎没有时间性，哪个时代，哪个地区，哪个人群都会发生，而各种情节常演常新，结局也常有意外之处。尤其是，鲁迅和许广平，还有朱氏，是这样新式的旧式关系，以一种绥靖的方式保持了微妙的平衡。朱氏这一上门，默许就变成明示，可谓新旧文化大对决。

　　写这个开头的女生和班上大多数同学一样，是应届本科毕业生，很年轻，也很单纯，无论心智还是阅历远不够补充情节和细节，将她的假设扩展。于是，故事走向罗曼蒂克的三人行，尖锐的现实感消失了，事情有些进行不下去了。往往这样，很多同学在开头之后就丧失了信心，要求放弃，重新来一个。对此我是不赞成的，写作就是要克服困难，才能进深。重新开始似乎生出新的希望，事实上，很可能还是难以为继。因为实质性的问题没有解决，换一个场景，又卷土重来。但是，她的设想太有挑战性了，不仅是她，包括我们所有人，都不知道这三个人加上海婴将构成什么样的家庭格局。我们大家都热情地参加到讨论里。其时，有一个女生提出建议，在我看来，她的建议是讨论中最有价值的。这个女生不是应届报考的，而是在职生，已经结婚生子，年龄稍长于同班同学，她家在农村，自小生活在族亲伦理之中。她想象朱氏来到以后，鲁迅的家庭结构是这样的：朱氏更像是许广平的婆婆，海婴则像是孙辈。她的生活经验给我们提供了这样一个画面，每个人都找到自己的位置，新的秩序建立起来，于是，故事可以发展了。所以写作和自身的经验很有关系，也许真没有神童这一说，不存在文学神童。这四个人的关系规定妥了，就可以考虑彼此间的互动方式，继而讨论到一些很有趣的问题，比如说，他们在不在一桌吃饭？萧军、萧红来了，朱氏会不会出面接待？他们说话聊天，朱氏会不会插嘴？如果去除"封建婚姻"的标签，她未必是那样无味的人。鲁迅去世后，学生到北京阻止她卖书，说是大先生的"遗产"，她回答，我也是大先生的"遗产"，你们怎么安置我？话里颇有大先生的机锋呢！

四　课上的故事接龙

方才说的工作坊，是小说写作实践课程的主体部分，占三分之二课时，余下的三分之一，我们换一个学习方式，就是故事接龙。工作坊越进行越煎熬，因为越来越接近写作的核心部位，难度日益加剧，而且作业的压力也在增量，需要适当地释放一下，以免让他们对写作生厌。接龙总是很受同学欢迎，我想不需要交作业是一个原因，还有一个原因是大家可以携手合作，比起独自苦思冥想，更像一个游戏，热闹开心。我想告诉大家，写作其实是有趣的，很有趣。我向同学描述其中一次"接龙"，以分享经验。

我让同学每人写一个开头，这个开头要具备发展空间。《红楼梦》里有一回，众人聚在一起行酒令，凤姐起句。王熙凤没读过什么书，她上来说了句："一夜北风紧。"这是一句大俗话，离诗词的意境甚远，可是大家都叫好，说："这句虽粗，不见底下的，这正是会作诗的起法。不但好，而且留了多少地步与后人。""不见底下的"，就是有发展的空间。而交上来的故事开头，往往发展空间有限，因条件太多太具体，限制了可能性，用大观园里人的话说，就是没有留多少地步与后人。首先，我行使特权，粗筛一遍，得出五则，再让大家从中推举。这一班的同学很有意思，先前一直给我沉闷的印象，但是，渐渐地，显出个性了，这是决出开头最漫长的一次。对我推荐的五篇，同学们保持沉默很久，接下来的情形始料未及，多位同学开始申诉自己的开头。虽然事情有些棘手，但我还是很欢迎，我喜欢他们这样，有主张。反复商讨争论，最终从我选拔的范围中决出一篇，本人重申中再决出一篇，两相对峙，各有支持者，而且都态度坚决，委决不下。前者讲一个女孩子大学毕业后，跟几个女生合租一套房子。女主角从来没有谈过恋爱，没爱上过人，也没有被人爱过，她言语拘谨，行为保守，穿着亦很灰暗。与她相反，合租的另一个女孩子则是个性情活跃、交游广泛的人。有一天我们的女主人公回到家，看到门缝插有一张便条，是写给同租的那个女孩子，显然是男孩子的约会，从字条上看，那人只远远地看见女孩子的倩影，印象美好却也模糊。女主人公私自扣留了便条，接受约会，定下地点和时间——这个开头是有些悬念的：她以合租女孩的身份还是以自己的赴约？对方能否辨识真伪？倘若得知实情，是欢迎还是失望，甚或拒绝？那真身女孩会不会发现？发现了又会如何，她有许多异性交道，多一个少一个在意不在意？

半途杀出的后一篇，倒有点像凤姐的起句"一夜北风紧"，比较简单。说的是一对夫妻买了一幢别墅，别墅有一个小小的院子，于是他们想种一棵树，就在挖坑的时候挖到了一个箱子——她觉得自己的开头比较好，因为这个箱子里可能有奇迹发生。我很欣赏她的性格，只是顾虑她的这一个条件过于简单，不像前一个，多少有些规定，不至于完全没有方向。但是她的呼声很高，箱子里到底藏了什么，让大家浮想联翩。于是，开启民主，投票决定，第一轮结果，一半对一半。再让两位助教参加，还是一半对一半，事情僵持着。同学们要求我参加表决，考虑下来还是不参加，因为有滥用权力的嫌疑。再一轮的时候，毛遂自荐的同学再次出手，自投一票，原本她们都礼让着，放弃选举权，于是，"约会"出局，接龙从"箱子"开始。

五　生活找灵感

接下来的一堂课，我们要解决箱子里究竟藏着什么东西。这是个关键性的问题，它意味着要在一片空白上开辟路径。其实，这才是故事的开头，而箱子是开头的开头。选择地下挖出一口箱子，本以为有很多情节的机会，可一上来就把大家难住了，因为过于缺乏限制。同学们想出许多劲爆的箱内储物，年轻人往往重口味，有毒品，有珠宝、赃物、古董，甚至是一具尸体。我不反对尸体，虽然很恐怖，可是往下要怎么发展呢？这具尸体是谁，为什么被杀，怎样被杀，怎样被放进箱子，埋在地下，这件杀人埋尸案，又包含什么意义？一个人的生命是件大事情，你不能随随便便让人死，要让他的死价有所值。其时，同学们都意识到了，箱子里是什么，将决定发生什么样的故事，而什么样的故事又再向我们要求更多的条件。于是，我们暂时放下箱子里的神秘东西，先设计外围。也是让事情逼得退回去，构思前史。

令人欣慰的是，同学开始考虑细节，例如这对夫妻什么年龄、做什么工作、经济状况如何、结婚多少年才买这个房子、有没有孩子……事情在具体化，而这正是之前工作坊我要求他们做，他们且以为多余的。他们作业里的人和事往往很孤立，我免不了要质问这个角色的背景、周遭关系、生活来源，甚至出生年月——哪一年出生就意味着他经历过怎么样的遭际。这一次,他们自觉地考虑这些,因为没有背景,故事不能进行。事实就是,箱子里是什么,就决定给这对夫妻什么样的情节,什么样的情节又反过来规定他们是什么样的人。现实中的事件是顺时序发展,但虚构小说却是从目的地出发,逆向行驶。

经过一番讨论,我们决定他们是一对独立奋斗的夫妻,年龄在三十五岁上下,都市白领阶层,他们一直有一个心愿,就是住一幢带院子的独栋房屋。他们的父母都是一般人家,不能给予很多支持,所以只有靠自己。经过十年努力,终于买下这一幢。以他们的经济条件以及十年积累,别墅式房屋只可能在远离市区的城乡接合部,而且是二手房。那么,这一个盒子就有可能是上一个房主的遗留物,他们之间要不要有什么交谊,朋友,还是故旧?然后我们决定还是通过中介交易,与前房主的关系又要增添一部前史。单是小夫妇俩的已够大家受的了——我已经很满意收获,同学们从实践中承认故事需要来龙去脉,无论事故多么奇出,还是要遵循现实的普遍的逻辑。男女主人公变得具体了,可是,我们依然不能决定箱子里放的是什么!我们卡住了,怎么办?再一次搁置,脱离开,旁出去,说不定在哪里触碰机关,于是,"芝麻开门"。我建议大家各自回忆,生活中有没有发生过诡异事件——挖出一个箱子,箱子里藏了东西,可不是挺诡异的?

这个提议打开了话匣子,尤其是女生们的话匣子,我发现女孩子比男孩对世界的看法更抱神秘主义,而男生更重视实证。有个女生说,每当她谈到某个人的时候,肯定地,这个人就出现在眼前;有个女生说,在她们家乡,凡是举丧,就会飞来碗口大的黑色蝴蝶,村里的人很爱护这些蝴蝶,从来不会捕捉它们,像对待亡灵一般虔敬;又有个女生说,她买的发卡,凡是有发亮的镶嵌物,水晶或者珠子,总是会消失，留下那些不发亮的……课堂变得活跃，只有一个男生参加话题。他的奇异事件严格说更近似一种科学探索，他说他向来羡慕那些梦游的人，在梦游中会经历什么，有一天，他做了一个梦，梦见他在梦游……漫谈一番，回到正题，胶着的状态仿佛松弛一些，思想经过休憩，又获得动力。经又一轮商量，意见集中在两件东西上：一件是古董，可能是盗墓者临时藏匿，这一个别墅区的房屋大多用于投资，并不居住，所以空置着，房屋格式相同，藏匿者就可能找不回来，或者找回来了却已经搬进住户，这样就有了故事的线索——藏宝和夺宝的故事；另一件是一只猫的尸体。猫在民间有很多传说，有灵异的性质，我们常说猫有九条命。这一次的两选一比较顺利，大家同意箱子里的是死猫，死猫比较有隐喻性，发生故事的可能性也就多了。当即有同学想象，猫尸唤起妻子对往事的回顾。原来之前有一段婚史，有一个孩子，孩子养过一只猫，可是孩子死了。这个情节透露出同学们开始倾向选择日常化的人生做虚构对象，并且，他们意识到箱子里的东西揭晓出来，有了模糊的方向，反而需要退回来，进一步完善人物的前史。

六　隐喻和事实

到了接龙的第三课，我们开始讨论这只猫给主人公的生活带来什么影响，这就要求我们更详细地编写这对男女主角的前史，将来的事情跟过往的事情是分不开的。从上一课的设定出发，年轻的孩子总是伤感主义的——这只猫使女主人回想到一段不堪的往事，曾经和另外一个男生恋爱，生下一个孩子，孩子养了只猫，不久孩子死了。女主角的故事大体上决定了，可是接下去，再发生什么呢？这时候，一名男生做出一个非常重大的贡献，这位同学的作业常常让我不寒而栗，他有着惊人的想象力，沉迷可怕的事物，也许将来会成为斯蒂芬·金那样的作家，可是，即便是斯蒂芬·金，不也要遵从现实的法则？这一回他的贡献也很可怕，却具有突破性的价值，弥补了写实主义的不足。有时候，日常化的情节需要奇拔来提升境界，更上一层楼。他建议，有一日他们家中来了一只猫。这事情有点森然，但也有现实依据，小区里总是流浪猫成群。一只猫的出现使死猫的隐喻外化了，并且活动起来，可以具体地介入人物的生活。于是就有同学提出，这只活猫自行出入，会打碎东西，印下爪痕。隐喻的暗示性越来越强烈，可是它终究暗示着什么？就是说，隐喻所指向的事实是什么？隐喻是比较容易决定的，生活中任何细节都可被诠释成隐喻，难的是事实支持，而事实是叙事的主体。有一年复旦大学自主招生面试，由各科系的老师综合组成面试小组，哲学系的一位教授举起一瓶矿泉水，向考生提问：你看到了什么？这个问题我也答不上来，太为难了。可见提出隐喻很容易，顺手即可取得，事实就不那么简单了，它需要整体性的结构。这位老师可说是把方便留给自己，困难留给学生——学生必须为隐喻编制故事。而对小说写作来说，通常是先有故事，然后才派生出隐喻。现在，课堂上，事情反过来了，先确定了隐喻，再发展事实，没有事实，隐喻就缺乏支持。

猫这个隐喻我们完成得很好，发现死猫，家里同时进来一只活猫，既有阴森感，又有神秘感，仿佛那逝去小孩的幽魂在游走。那么这个丈夫该不该知情呢？知道还是不知道妻子的过往？同学们在这点上很聪明地保持一致，认为丈夫不应该知道，以后也不知道为佳，因为如果让他知道了，就变成韩剧一样，不断在现在时里处理过去时的事故，来回纠缠。同学们有意识把故事往前推动，体现出他们对已有事实的不满足，而期望进一步拓宽和进深。那么，就让女人自己回顾往事，沉浸在上一段爱恋的记忆中，男人浑然不觉？那么，男人对这只猫的态度如何？留还是不留？决定留下来，不干涉，让女人对付，他继续上班，不是上班族吗？还要还贷呢。女人要不要上班，难道不挣钱了？也要挣，但是最好是不用上班，在家里的活计。不能让他们同出同进，不方便保守秘密。女人就在家中，干什么？开网店！不用出门，又可和猫厮混，说不定能混出什么情节。男人应该要上下班，比较自由，发生点事情也方便，发生什么呢？几乎众口同声：出轨。所以，下一堂课，也是学期内最后一堂，我们要为男人设计一个婚外恋。

七　爱情和美学

搬入新居这个时间点是有动力的，不能忽略了，要让它起作用。对妻子来说就是启动过往的经历。那么对丈夫而言，搬家的意思又何在呢？十年奋斗目标实现，下十年做什么？同学们同意丈夫出轨一次——不知不觉中在寻找故事的架构，妻子有过一段故事，尽管丈夫不知情，但在客观总量上考虑，丈夫也应该发生一点事情，平衡他们的关系。如果让丈夫知道妻子的事情，然后出轨，就带有一种报复性。复仇的故事难免简单，同时，也损失爱情纯粹的浪漫性了，所以应该让它不自觉中，不以主观意志为转移地发生。

出轨的材料很多，可是要想象一个有新意的出轨故事并不容易。爱情里总归是有一点美学的，爱情的艺术题材经久不衰，就是因为它具有丰富的精神价值。它包含伦理道德的社会属性，同时又有人性本能的自然性，文明和原始两者之间的复杂关系永远在调节中，你升我长，此起彼伏。具体到小说的叙事，必须服从现实的逻辑，安排一个合情合理的出轨，说来容易做起难。现在，我们的出轨者，心理基础有了，客观因素又是什么？具体说，出轨的对象是谁？旧日的同学，老朋友重逢，办公室同事，这都不足以启用搬进新居这一个契机，那是在任何环境下都可能邂逅的关系。为什么以前没有发生，偏在此时发生？应该是迁居所制造的某个条件之下——有同学提出新邻居。这很好，说明他们理解了新形势下的新条件，问题是，邻居是在居处范围内，没有脱离妻子的视线，总归不大方便吧！而且也太现成了，缺乏戏剧性。这时候，有同学提出一个聪明的建议，新居在郊区，上班路程就会长很多，可不可以发生在上下班的路途？路途是个故事的好空间，它既有稳定性，每天都走在这里，同时，又具有流动性，可能介入预期以外的因素。接下来的问题是交通工具，地铁、公交车，邂逅的概率有是有，但都是擦肩而过的概率，时间不够充分。而且，同学们一致提出，这样的年纪，不是三十五岁吗？在他们的年龄，就算是"大叔"了，小中产的大叔，决定在郊区买别墅，一定是有车族，开车上下班，途中就有可能遭遇爱情，如搭车的人，再如网上拼车的同路人——这个建议颇有价值，它使得事情可能向传奇方向走了，为非常态的出轨设立了一个常态的条件。那么是一个长期的拼车伙伴吗？那么，是一个怎么样的拼车伙伴，我们在这上面花去一些功夫。这个女性——当然是女性，我们不打算过于出位，为他找一个同性伴侣，这个女性具备什么特质能够吸引大叔出轨？大叔通常是稳健成熟，同时呢，同学们一致以为大叔是过着一种沉闷的生活——这很有趣，无论对自己的青春有多么不满意，还是会惋惜逝去的青春。对于一个走入平静安稳人生的大叔，长期的拼车伙伴，关系就像婚姻一样，就有落入窠臼的趋向。这话说得有点世故了，在婚姻关系外寻找新鲜感，多少是对婚姻有点厌倦，所以，我们应该给予一个更加刺激、更加炫的邂逅。那么，不要长期的，而是偶尔的、一次性的，带有闪烁、转瞬即逝的意味，意味有了，故事怎么向下进行呢？

一个女生提出，大叔跟过路客拼过一次车以后，魂牵梦绕，再也难忘，决定找到她。寻找是需要条件的，拼车软件留下线索，上下车的地方也是线索之一，还有，车程中的交谈，一定留下蛛丝马迹——车程中的交谈本就是情节部分，他们谈些什么，让大叔忘不了她？有同学说那大叔的人生目标很具体，就是买别墅，所以他是个工作狂，过着两点一线的生活，往返于家和公司，从来不曾去过其他地方。而这个拼车的女生是个传媒工作者，专做旅游节目，她和大叔说将要去一个地方，例如西藏。于是，大叔就去西藏寻找，这一趟路可就远了，真有些"出轨"的意思。

八　自由和限制

我很同意西藏这个地方，但是不太同意路遇人是媒体工作者的身份。我认为有些职业不太适宜担任小说的情节，就如传媒人，因他们有太大的自由，可以任意建立人际关系。建立人际关系正是小说的情节所在，媒体拥有的过度的权力，实际上取消了过程。采访的任务、调查的能力，可以提供任何理由和条件，揭露真相。在那些现代侦探电影里，往往有一个记者介入案情，因为有特权可以去所有我们不能去的地方，又能够突破警察面临的司法限制。可是问题就来了，在叙事取得效率的同时，情节过程压缩了，人和事都省略了。

但是，一时想不出更有效的路遇，女生是传媒工作者这个建议，大家暂且同意了，讨论继续下去。这个女生是负责旅游节目的，会跟这个大叔谈到很多她去过以及将去的地方，例如西藏，大叔会不会跑到西藏去找她呢？我说过，西藏这传说般的地方，确实暗合"出轨"的隐喻，但是事实上，困难很大，故事一下子拉到千里之外，完全离开了盒子里的东西——猫，也就是离开了那一半，妻子的情节。两条线如何应合呢？本来，让他出轨是为平衡故事的结构。于是，传媒人放弃了，暂不定职业和身份，所以，就很神秘，这也意味着同学们开始注意人物性格的特质。一个同学说，这个女生给大叔出了一个谜，或者说，她自己正被困扰着的谜。大叔日思夜想，终于他得出答案，在网络上告诉女生——互联网也是一个陷阱，它无所不能，还不像媒体记者，终究是在与人的交往中解决问题，它是在键盘上，揭晓一切。大数据时代对叙事艺术的挑战，就是取消悬念，取消过程，取消行动，取消人和事，最后，小说没有了。总算，我们这个故事没有过于依赖互联网，可以在网络之外进行。女孩要大叔猜的是一个什么谜呢？我们需要构思一个离奇而有意味的谜，想一个好谜可不那么容易，而且还要负责地给出答案。思路在这里壅塞住了，只好放下，绕道而行，重找出路。又有同学提出，这个女生喜欢烹饪，她在车上和大叔讲了一道菜，令大叔非常入迷。同样的问题来了：那是道什么菜呢？设计一道菜似乎比设计谜语容易，我们不都吃过很多菜吗？水煮鱼、宫保鸡丁……报了一串菜名。同学们的想象力往往是在两极，一头是极端离奇：古董、尸体、毒品；另一头是极端写实，如水煮鱼。我说能不能来个奇特点的，例如像《红楼梦》里，薛宝钗的冷香丸。不一定是现实中有的，太现实了，用张爱玲的话来说，就是太有尘土的味道了。既然决定了给男人一段浪漫史，那就应该是一些异于平常的东西。

讨论到这里，有个女同学发言了。这个女生本是化学专业，已经取得学士学位，又攻读研究生课程，再读一年就可获得硕士学位，可是她却对化学忍无可忍，坚决要转专业，到我们创意写作就读，否则宁可退学。研究院可说专为她破例，插班进来。因缺乏文科基础，又是半途进入，既对文学写作陌生，也对同学陌生，难免是沉寂的，老师们也对她能否顺利毕业而感到担心。但是，偶尔地，她也有意外的表现。学期中，我额外安排一项作业，是续写美国电影故事《我与梦露的一周》。这个电影开篇很好——我说的是文学剧本，电影总是会简化剧本，开篇说的是故事里的"我"，20世纪40年代出身上层的英国年轻人，受世风影响，计划从业电影。对于他学院背景的家庭，不可谓不是离谱，但开明的父母还是为他铺设道路，寻找人脉，介绍到伦敦电影公司求职。坐了几天冷板凳，终于得到机遇，就是费雯·丽的来到。公司正筹拍的作品是由费雯·丽的丈夫奥利弗导演，我们知道，这是一对话剧舞台的明星伉俪，无论奥利弗的对手戏演员，还是执导作品的女主角，总是费雯·丽。可是这一回，换作美国艳星玛丽莲·梦露，费雯·丽多少是不悦的。这个换角计划意味着她的过时，不只是年龄，也是艺术形式——电影即将取代舞台，在这失意的时候，她注意到了年轻人，运用对奥利弗的影响，将他塞进剧组。当玛丽莲·梦露来到，却使翘首以待的人们感到失望，因为她竟然不会演戏，须臾不能离开所谓表演指导，更准确地说，是一位保护人，防止任何人近身。另外还有一位随行，就是玛丽莲·梦露其时的丈夫、作家阿瑟·米勒。面对奥利弗瑟缩抖动的女明星，在某些镜头里，出乎意料地光彩照人，连费雯·丽也不得不折服。这是一个开头，引发很多想象——有关于女演员的事业危机，好莱坞艳星的宿命，有年轻电影人入行的机要，更有电影工业兴起对传统舞台艺术的冲击……可是，令人失望的是，电影的下半部走向通俗化，阿

113

瑟·米勒独自回去美国，丢下妻子独个儿陷入精神崩溃，那年轻人得以陪伴玛丽莲·梦露一周时间，就是片名的来源。多少落入《罗马假日》的套路，严肃的命题被空置了。我要求同学们从阿瑟·米勒离开这一节，重写下半部，启用前半部里所有的条件。这是给同学出难题了。因为阅历有限，对生活认识有限，也是时下流行文艺影响，多数同学还是离不开浪漫史的路数，但亦有少数同学能够往深处掘进。例如有同学写那年轻人从此变成一个猎奇老手，游走在情场，收放自如；又有相反，年轻人再也无法爱上同龄的女孩子；再有一位，放下年轻人的故事，而是转向他的初恋女友、剧组里的服装师，被玛丽莲·梦露夺爱，于是离开剧组，前往美国好莱坞。这一个化学专业出身的女生，她的续写别有新意。剧本里写玛丽莲·梦露在年轻人的陪伴下旅行乡间，享受普通女人的普通生活，做回自己——这位女生写道，当玛丽莲·梦露走入人群，没有被人认出，她感到失落，她更愿意是玛丽莲·梦露。这一个设计很有挑战性，它嘲笑了明星的凡人梦，很可能，女生自己并没有意识，她只是企图另辟蹊径，走出自己的路，但也可见出她在接近文学创作，不只是文字的组织，还有体察生活。

话说回去，回到我们的课堂，大叔遇到了什么？女生提供一个细节，来自她过去的化学课，化学系的晚会上，他们会制作一个魔术，一个玻璃瓶，不停地变换颜色——途中，一个小姑娘搭上大叔便车，手里托一个变色瓶，五颜六色，转啊转，炫得很，大叔就走神了！我希望她从此对学习多年的化学，至少有一点点不遗憾，乏味的实验中其实是有魔术的，而写作，这一个大魔术，却是在艰涩的努力中进行。

九　我们为什么要学习写作

最后一堂课结束了，大家意犹未尽。回望接龙的开端，我们已经走出够远，向前看，目的地更远，许多伏笔需要在未来中呼应，许多断头线，也要在未来中接续，我们召集了这些本不存在的人和事，最后将落实在什么样的结局，这个结局又意味什么，都是未知数。无论怎样，我们一起体验了小说写作，很苦恼，也会开心，总之，它不会让人厌烦。你要问我文学有什么用，我真的回答不出来，它未必能有实际的功效，赚不来很多钱，也未必助你成名，即便赚钱和成名，也未必够平衡付出的劳动。可是，有一点是可以保证的——它很有趣，很有意思。我对学生的要求并不高，我不指望他们有一天变成大作家，每一届的学生积累起来，总有百多人了，其中有一个可以变成好读者，我就很满意了。我只想让同学明白：文学是很有意思的，可帮助我们发现生活，生活其实很有意思，包括化学，那位女生曾被它折磨得忍无可忍，我希望她能与化学和解。这是我数十年写作，仍无一点倦意的原因，也是写作实践课程的目标制定。

第九章

附录：读张爱玲与《红楼梦》

谈到现代文学，我们不能不提张爱玲。人们都把我和张爱玲视为同类型的作家，大约是因为我们都是写实派，题材多是写上海市民阶层的故事，同为女性，尤其是写作《长恨歌》以后，哈佛中国文学教授王德威给我一个命名，"海派写作"，认为我的小说从某种程度解释，可看作张爱玲的人物在1949年以后的遭际。从此就在我与前辈张爱玲之间，建立起联想，这应视作对我的褒奖。

事实上，我自认为和她不太一样，倘若她身后有知，也未必同意我与她的关系。我们是两个世代的人，她生在末世，景象很荒凉；我的时代也许有很多缺点，可在新朝开元，气象总是轩阔的。也正因为有此差别，倒激起我对她的兴趣，当然，我称不上张爱玲的研究者，很多专家、很多文章谈张爱玲，难免过度诠释，可同时她又真是一个未解的谜，吸引着人们的好奇心。近来无意中重读张爱玲的《红楼梦魇》，忽觉得还有想说的话，于是，就有了今天这一讲。

一　张爱玲的《红楼梦魇》

1955年，张爱玲到了美国，写作不像以前丰盛，从现有资料上看，生活也是窘局的。她先生赖雅年事已高，身体不好，她要独自养家，所以经常应邀为香港电懋写电影剧本。从我们目前可以看到的电影，也可得知她在电影上的成果也较平淡。她有一句著名的话，"成名要早"，可有时候早熟似乎又是早衰，好运气很快用完，甚至透支。家国两变，人事更替，才华无可阻止地退潮，可以想象她的寂寥。她写《我看苏青》，称苏青"乱世佳人"，激励说将来会有一个理想国，苏青叹息一声："那有什么好呢？到那时候已经老了。在太平的世界里，我们变得寄人篱下了吗？"现如今，无论时间还是空间，张爱玲都可说"寄人篱下"，是个域外人，研究《红楼梦》，就有一种乡愁在里面。也因此，和其他"红学"不同，《红楼梦魇》是可窥见研究者其人其境，即又一个"张看"，"张"是主体，宾语方才是"红楼"。

据张爱玲自序说，此书耗时十年，读多个版本，自拟诗文两句："十年一觉迷考据，赢得红楼梦魇名。"如此，出版了《红楼梦魇》。她虽自称"迷考据"。其实我认为，她并不属考据派，至少，目的不同。她用意不在证明小说的出处、文本的历史背景、作者的身世来历——总之，虚构和事实的关系，而是从虚构到虚构。本书《三详红楼梦》一章，副题即"是创作不是自传"，表明她的考据只在文本内部进行，以文本提供的条件比对、互证，回复"红楼"的本相。就是说，倘若《红楼梦》最终完成的话，将会是什么样貌。在自序中，她称自己的工作"像迷宫，像拼图游戏，又像推理侦探小说"。你们知道，张爱玲喜欢推理小说，尤其是克里斯蒂的推理小说，张爱玲和克里斯蒂的关系，又是另一个话题。克里斯蒂小说里的大侦探波罗，他经常说还原犯罪现场就像拼图游戏，缺一块不成。可是有时候，所有碎片都在，你不知道这一块在哪里，那一块又在哪里。这一块看起来在尾巴上，事实上，却在别的地方。侦探就是要把所有碎片，拼成完整的图画。张爱玲从各种版本、抄本、残本里搜索线索，尽量接近曹雪芹的初衷，呈现《红楼梦》的全景，就类似波罗的工作，还原现场。然而，对我来说，接近曹雪芹的初衷与否还不是最重要的，重要的是从张爱玲的"红楼"图景，也就是"张看"的"红楼"，窥见张爱玲的世界，这是我好奇所在。

二 张爱玲的世界观

《红楼梦》的未完成，现存版本中的种种缺错，使红迷们牵肠挂肚，无法释怀。仿佛天机不可泄露，多少代人可说"上穷碧落下黄泉"，终究还是无解。越无解越欲罢不能，便成悬案，张爱玲就是一个解谜人。她发现不同《红楼梦》版本，宝玉、黛玉、宝钗的年龄都不同。较早的版本，他们年纪较长；后来的版本，则偏幼小。之间的差异很大，基本上，版本越晚近，年龄越小，小至十二三岁。以此推算，宝黛初次见面时才六七岁，显然与人物行为不符。因此，同一版本里，就会有前后矛盾的地方。对这年龄上的硬伤，张爱玲的解释是："中国人的伊甸园是儿童乐园。个人唯一抵制的方法是早熟。"这句话大约就可说得通，《红楼梦》中的人物虽然年纪很小，但已经通人情、识世故，而且诗书文理皆有修为。作者要他们享受纯净的快乐，没有世事负担，没有人生忧愁。但是小孩子的快乐，终究是有限的，红尘的魅惑肯定不只是儿童的。"大荒山无稽崖青埂峰"本就是伊甸园，那块顽石，死乞白赖要僧道二人带去凡间，不就是向往"富贵场温柔乡"？不记得张爱玲在哪一篇文章里写道，不动情的人生又太"轻描淡写"。怎样把更多的故事、更多的情感注入"儿童乐园"呢？张爱玲认为的方法就是早熟。按她所说，《红楼梦》里的人不长大，年岁也不添，可是心智和感情却在走入成年，就是早熟的意思。

张爱玲这一句话很有意思，她说这是一个"抵制"，抵制人世，抵制长大，留在"儿童乐园"，可是儿童的世界又不令人满足，成长自有欢愉。我认为她对曹雪芹的诠释未必十分精确，但却反映出她自己的人生观念，我们将在她的小说中找到佐证。

张爱玲在《红楼梦魇》提出了只有早熟才能滞留伊甸园，伊甸园在《红楼梦》中的现身则是大观园。为佐证这个看法，她举出实例，比如关于香菱住进大观园的一节。书中《四详红楼梦》一章里，专述庚辰本有一条脂砚斋的长批："细想香菱之为人也，根基不让迎探，容貌不让凤秦，端雅不让纨钗，风流不让湘黛，贤惠不让袭平，所惜者青年罹祸，命运乖蹇，至为侧室，且虽曾读书，不能与林湘辈并驰于海棠之社耳。然此一人岂可不入园哉？"于是，脂批继续论道，为让香菱入大观园，颇有一番筹措。首要条件，必须是薛蟠不在。我们都知道香菱是薛蟠的房中人，他要在家，香菱是脱不了身的，就要安排他远行，这"呆兄"又有什么地方可远行呢？这一条批写得有意思："曰名不可，利不可，正事不可，必得万人想不到，自己忽一发机之事方可。"就是说，不靠谱的人，行不靠谱的事，这桩事虽是偶然突发，却不能外加给他，应从人物性格出发，所以又是必然所致。这一偶发事件就是第四十七回目："呆霸王调情遭苦打　冷郎君惧祸走他乡"。呆霸王对柳湘莲起邪念，谁料想这柳湘莲其实是好出身，父母早逝，家道没落，就过着一种清士的生活，因年轻貌美，又善管弦，常被人误以为是名伶。薛蟠只看见他与宝玉亲近，更当是这路关系，自己有的是钱，有什么狎昵不得的！结果被柳湘莲狠狠整一顿，且不说受伤与受辱，单是熟人圈里的舆论，就够他受的。妹妹宝钗很识大体，压住事态，不让继续发酵。这薛蟠倒是老实了，躲在家里，不敢出门见人。就在此时，遇到一单生意，需外出远行，不由得动心，一则学学买卖，二则逛逛山水，于是跑码头去了。留下香菱，宝钗就向母亲要来，带进大观园，和自己做伴。然后才有香菱学诗一节，即"慕雅女雅集苦吟诗"，不只进了园子，还有入诗社的可能，呼声很高呢！以张爱玲的看法，就是回归了伊甸园。张爱玲读了很多版本，最后她拼成的拼图，是集她所要、弃她不要，所以，我们不能以考据派的方向去读《红楼梦魇》。

关于大观园是伊甸园的观点，张爱玲还提出佐证，也是在《四详红楼梦》一章内，她举友人宋淇的《论大观园》一文中发现："像秦可卿就始终没机会入园——大观园还没造她已经死了。"秦可卿才貌德情俱全，倘活着一定也会进大观园，可是却有一段秘辛，十分不堪，张爱玲认为曹雪芹让她早死就是为了保持大观园的清洁。又提出全抄本第七十三回脂砚斋一句批语："大观园何等严肃清幽之地。"还有一批："奸邪婢岂是怡红应答者，故即逐之。"所以，张爱玲认为："红玉一有了私情事，立即被放逐，不过作者爱才，让她走得堂皇，走得光鲜，此后在狱神庙又让她大显身手，捧足了她，唯有在大观园居留权上毫不通融。"宝玉的这个小丫头红玉，背景比较好，是总管林之孝家的孩子，虽然她进大观园比较晚，但人才很出色。张爱玲心中属意于她，特别是"狱神庙慰宝玉"一回，荣府抄家势败，宝玉寄身家庙，红玉和茜雪前去探望，称其"美人恩"。"这一章的命意好到极点"，早几种版本中时隐时现，最后终于遗失不见，令人扼腕。即便如此，张爱玲依然认为不留红玉在园子里更好，是曹雪芹的本意，不可让污秽的东西进入，破坏大观园的清净。

张爱玲在《红楼梦魇》最后一章《五详红楼梦》里写宝黛关系时有这么一句话："因此他们俩的场面是此书最晚熟的部分。""因此"——原因比较繁复，是对"旧时真本"甄别所得，而我特别注意

"晚熟"两个字，在这个用"早熟"来抵制长大、从伊甸园除籍的境遇里，晚熟又是何种用意？从人情世故说，他们不也是早熟的？早本中第二十八回内，元春从宫中送端午节礼，宝玉和宝钗的一份相同，红学家们都以为暗示元妃主张金玉联姻。而更前的回目中则以灯谜预言元春将逝，所以，没有宣布媒聘，因元春的丧仪既是国孝也是家孝，有种种忌讳，近八十回方才正式成亲。这个情节几番移动，将钗玉的婚聘推迟。张爱玲想象不出，宝玉婚后如何与黛玉相处，早早有了婚约的宝玉，免不了还要与黛玉见面，至少，必要向贾母请安，这是相当难堪的："他们俩的关系有一种出尘之感，相形之下，有一方面已婚，就有泥土气了。"因此，他们俩命定不可结亲，就像俗话说的，有缘无分，像西方童话中火王子和水公主的关系，还像雨果《巴黎圣母院》的爱斯梅拉达和卡西莫多，一旦拥抱便化为灰烬。这一详中还提到佚名氏的《读红楼梦随笔》的抄本，解释三十一回目"因麒麟伏白首双星"，预言宝钗嫁宝玉不久离世，然后再醮湘云，也遭张爱玲反感。总之，宝玉和黛玉不成，也不能与其他人成，倘若与其他人成，就从此与黛玉断绝。这两人不是尘缘而是仙缘，为加强论调，她不惜推翻"是创作不是自传"，出来一个新观点——"而宝黛是根据脂砚小时候的一段恋情拟想的，可用的资料太少"，于是"他们俩的场面是此书最晚熟的部分"，大约也考虑到"不是自传"的定论，所以做一个变通，是脂砚而非曹雪芹的小时忆，可不是也有一种说法吗？以为脂砚斋就是作者本人。就这样，宝黛二人延宕进入成人社会，停留在儿童时代，黛玉刚进荣府的时候，与宝玉同在贾母处居住，同宿同起，朝夕相处，要不是两个很小的孩子，可是不靠谱了。"情切切良宵花解语　意绵绵静日玉生香"的回目里，这两人挤在一张睡榻，嬉闹玩笑，也是小孩子形状。张爱玲在此一章中，特别排列两人之间的激情戏，二十九回，因张道士提亲而起，是谓"最剧烈的一次争吵"；三十二回，"诉肺腑心迷活宝玉"；接着，三十四回，宝玉被父亲打伤，黛玉探病；三十五回末，黛玉再来，宝玉说声"快请"，即收尾。张爱玲遗憾道："写宝黛的场面正得心应手时被斩断了，令人痛惜。"而后又道："这七回是二人情感上的高潮，此后几乎只是原地踏步，等候悲剧发生。"这些场面，确乎是"晚熟"的，倘是正常年龄和心智，就不合道统礼数，以贾母批判传奇话本"陈腐旧套"的话说，就是"鬼不成鬼，贼不成贼"。所以，这样热情天真的爱恋，只能发生在"儿童乐园"，中国的伊甸园里，那是天上人间。

张爱玲由衷珍惜的伊甸园，活动着早熟的男女儿童，认真地玩着成人的摹仿游戏，不是吗？只有认真地游戏，才有真快乐，这就是太虚幻境牌坊两边所写："假作真时真亦假，无为有处有还无。"而她自己，却是不得不服从现实的规则，在她的小说里，罕见有"儿童乐园"，也罕见有"出尘之感"的男女（她笔下多是急煎煎要嫁人的女儿，是另一种"早熟"）、伊甸园里的少年风情，而是急于速成人生。张爱玲在《太太万岁》题记中写道"中国女人向来是一结婚立刻由少女变为中年人，跳掉了少妇这一阶段，就像《金锁记》里的长安，人还没有长大，就已经有她寡母的举止——"揸开了两腿坐着，两只手按在胯间露出的凳子上，歪着头，下巴搁在心口上凄凄惨惨瞅住了对面的人说道：'一家有一家的苦处呀，表嫂——一家有一家的苦处！'"是不是张爱玲认为现代人不配得伊甸园，也许是张爱玲的小说观，觉得小说这一种世俗的产物，不是为伊甸园所设？那么《红楼梦》呢？显然不能当作小说看的，要是小说，也是小说的"梦魇"。然而，总归是喜欢《红楼梦》的人，而且有那样的世界观，终会有漏网的，我认为大约就是《心经》里的许小寒、《沉香屑·第二炉香》

里的愫细——一个外国女子,还有《花凋》里的川嫦。当然,她们的处境都很尴尬,结局都是无果,另一种无果。

三　张爱玲的伊甸园

《心经》中的许小寒

　　故事在许小寒二十岁生日的派对上开始。二十岁在《红楼梦》里可老大不小了,王熙凤亦不过二十岁,已经为人妻母,掌管家政。但现代社会,进化和教育使人们普遍延长生命,就可在儿童时代延宕得久一点,所以许小寒还是个孩子。张爱玲写"她的脸,是神话里的小孩的脸,圆鼓鼓的腮帮子,尖尖下巴"。开篇第一幅场景,是险伶伶地坐在屋顶花园的水泥栏杆上,"介于天与上海之间",可说是仙境幻化于人间的图画。这天,许小寒请了要好的女同学参加她的生日晚会,一群未嫁的女生聚在一起,莺莺燕燕,吱吱喳喳,也有点伊甸园的意思了。但和大观园里人的娱乐不同,非棋琴书画,而是吃零食,看电影,男朋友,是非八卦——这大约可认作"早熟"了,"儿童乐园"中的世故人情。但许小寒是个例外,她不想长大,是一个晚熟的人。女生间交换衣饰,她戴了闺密段绫卿的樱桃红月钩式的耳环,显得年长几岁,就是说有成熟的风韵,却立即摘下来发誓:"我一辈子也不佩戴这个。"段绫卿说:"你难道打算做一辈子小孩子?"她的回答很微妙:"我就守在家里做一辈子孩子,又怎么着?不见得我家里有谁容不得我!"这个"谁"其实就是指她的父亲许峰仪,一个成功的生意人,文中描写他"高大身材,苍黑脸",听起来颇为男性,而且很年轻,有时会被人认为是许小寒的男朋友。这是许小寒很欢迎的误会,也是她不愿意长大的缘故,唯有父亲许峰仪知道:"你怕你长大了，我们就要生疏了，是不是？"父女俩亲密的时候，母亲进来了，颇有意味地说："小寒说小也不小了，……二十岁的人了——"总之，二十岁的生日，要与过往说一声再见，否则，很多事情的性质就要改变，伊甸园里的男女可能就会变成"洛丽塔"。而许峰仪自许为："我是极其赞成健康的，正常的爱。"

这对父女之间，何以产生这不伦之恋？张爱玲没有做详细的交代，看起来更像是许小寒一厢情愿，不是要用早熟来抵抗逐出伊甸园吗？许小寒不想长大，荷尔蒙按正常规律成熟和分泌，她要做一个早熟的小孩子，在她的伊甸园里没有宝玉这样可与其配对的人，她最易寻找的就是身边的异性，没有兄弟，就找她的父亲。父亲那端又是什么样的情形，张爱玲透露了一点，也是二十岁生日的次日。那真是决定性的年龄，父亲说："事情是怎样开头的，我并不知道。七八年了——你才那么点高的时候……"七八年之前，许小寒十二三岁，正是大观园里宝玉、黛玉的年龄，而父亲是一个成年人，无论承认不承认，无论怎么"赞成健康的，正常的爱"，当时当地，多少有一点"洛丽塔"情结，但是不那么彻底，大约只是停留在审美，而无法进入情欲。后来寻找的外室段绫卿，长得像许小寒，是长大的许小寒。两个人对着镜子照，果然很相像，只是段绫卿"凝重"些，"凝重"两个字不是很有意味？而对于许小寒的晚熟，许峰仪并不能同情。还是在二十岁生日的晚上，许峰仪对许小寒说"你对我用不着时时刻刻装出孩子气的模样"，二十岁是个坎，勿管愿不愿意，必须脱离"儿童乐园"了，至少，许峰仪是不想作陪了。下一晚，有一个画面，父女俩一个里一个外，隔着一扇玻璃门，张爱玲写道："隔着玻璃，峰仪的手按在小寒的胳膊上——象牙黄的圆圆的手臂，袍子是幻丽的花洋纱，朱漆似的红底子，上面印着青头白脸的孩子，无数的孩子在他的指头缝里蠕动。小寒——那可爱的大孩子，有着丰泽的，象牙黄的肉体的大孩子……峰仪猛力掣回他的手……"是生怕被不伦的爱再一次攫住？又似乎更像是心理上起了反感。一个大孩子，虚假的"洛丽塔"，他宁可要一个长大的，至少有"健康的，正常的爱"。于是，许小寒一个人滞留在伊甸园里，早熟的心和晚熟的形最后都落得孑然一身。

张爱玲是一个严苛的写实主义者，现实的力量对她来说是非常强大的，她没法阻止她的人物长大，也无法让伊甸园实现，只可让它破产。但是既是知道不可能，为什么又要虚晃一枪，眼睁睁看着人物狼狈地失败？她似乎总是告诉我们不可能，而不是可能，人们难免以为她对人世是失望的，五四的人对人世都是失望的，奋而起来启蒙，张爱玲并不愿意被归入新文学同人，自认是旧传统里的人，对启蒙也有着刻薄的讥诮。但事实上呢，她对人世的失望里又存着某些向往，例如她在散文《谈女人》里谈到尤金·奥尼尔《大神布朗》里的地母，可见她对神性的敬仰，还有宝玉和黛玉，这一对出尘的人，最终消散于无形，"质本洁来还洁去"。只是有太多的因素阻挡人回归伊甸园，尤其现代人，走出太远，走在了下坡路上。

《沉香屑·第二炉香》中的愫细

《沉香屑·第二炉香》的女主角愫细蜜秋儿，是个外国人，因讲述人是英国爱尔兰裔，所以就假定愫细也是与其同族的人。张爱玲对寄居香港或者上海的外国侨民总是带有刻薄的悲悯，从她给女主角的译名"愫细蜜秋儿"，也流露出一点亵玩的意味。再是殖民者的身份，总是在客边，久而久之，他们既不像本国人又不像异国人，仿佛在文明和原始之间。张爱玲描写他们的表情都是落寞的，行为也很乖戾，似乎对将来去国的处境预先做出自嘲。其时，她挑选愫细担纲故事的情节，可能与素材的来源有关；亦可能因为，身处教养空窗的女子更合适出任这尴尬角色；或者，我猜测还有一种无意识的意识，那就是西人的面孔不是很像伊甸园里的夏娃，偷吃禁果之前天真的夏娃——她的丈夫不是说她是"这么一个稚气的夫人"？而他很快就要尝到"稚气"的苦果了。

愫细蜜秋儿当然是长得非常漂亮，比许小寒长一岁，二十一岁，但是有严格的家教，孤立的文化背景，张爱玲写道："她的心理的发育也没有成熟，但是她的惊人的美貌不能容许她晚婚。"因此，事实上，她可能比许小寒更孩子气。故事开始在她大喜的那一日。丈夫名叫罗杰，也是英国人，在香港某一所大学教了十五年书，四十岁光景，与许小寒的父亲差不多年纪。悬殊的年纪是可让人有儿童的错觉，有晚熟的理由，同时又是早熟的，小孩做大人事，如结婚。这些延宕在伊甸园里的人，和大观园的人相反。大观园中人是用"早熟"充实伊甸园的欢乐，年龄不长，心智长；张爱玲小说里人则相反，年龄依着自然规律长，心智却不长，好像专门提供给"洛丽塔"情结的礼物。

这一天的早上，罗杰去到丈母娘的家，明知道看不见新娘，因为在进礼拜堂前，新人不应当见面，但是他很激动，还是想去一次，似乎为了证实新娘在不在，心里才踏实，热恋中的人总是焦虑的。他找了一个名义，送花，就这么去了。可是，这一次造访不太顺利。当天天气非常燥热，说不出是阴还是晴，好像已经有不祥的预兆。但他还是很激动，因为他要娶一个漂亮的白种姑娘了，在异国他乡找到同种族的人是不容易的。第二件令他感到沮丧的事情是，当他走进丈母娘家，发现家中的气氛很凄惨，愫细的母亲泪痕满面。他当然知道女孩出嫁是一个人生的嬗变，哭一哭也是正常，但他还是感到扫兴。第三件令他难堪的事情——是她的姐姐。她的姐姐靡丽笙——张爱玲为人名译音选择的汉字多是古怪的，含着轻慢。靡丽笙是个离婚女人，她的表现非常失态，她向罗杰控诉她的前夫是个"禽兽"，为妹妹的婚姻担心，当罗杰安慰她，"禽兽"式的男人终归少数，她回答道："你怎么知道你不是少数中的一个？"这话说得再明白不过了，就是他亦有可能是"禽兽"，而愫细同样有可能在婚姻里受伤，落入靡丽笙命运的窠臼。种种迹象都显示出不吉利，罗杰心情大受影响，变得烦躁不安，婚礼依然如期进行。可是，初婚之夜，到底出事了，愫细从新房里逃走，因罗杰是男生宿舍的舍监，所以，逃跑的新娘跑进了学生宿舍。老师的新娘出现在男生宿舍，衣衫不整，一派受侮辱与受损害的模样，男孩子们立刻激愤起来，簇拥去到校长宅第。校长劝她回罗杰身边，孩子们越加激愤，觉得校长不公平，因为和老师罗杰向来交好，难免护短，于是再簇拥往教务主任办公室。事情闹得不可开交，当事人罗杰却还不知道究竟发生什么事，新娘又去了哪里，百思不解之后终于觉悟起来，那就是："原来靡丽笙的丈夫是一个顶普通的人！和他一模一样的一个普通的人！"校长哂笑着说："她还是个孩子……一个任性的孩子……"从愫细娘家接妻子回到他们的新房后，愫细允许他吻她了，似乎有转机的可能，但是他已经对"稚气"生畏，原先撩动欲望的"小蓝牙齿"，婴儿般的，变成"庞大的黑影子在头顶上晃动"。这一段荒唐滑稽的公案的结局是罗杰失去工作，得"禽兽"名称，步靡丽笙前夫的后尘，自杀了。张爱玲是毫不容情的，她揭示出"晚熟"的可笑，几乎是残酷的，都能杀人，反推出"儿童乐园"的虚假和伪善。看起来并不仅在于中国人有没有伊甸园的可能，还针对所有的现代人，靡丽笙和愫细蜜秋儿不都是英国人吗？张爱玲对现实社会的伊甸园完全没有信心。这是第二部关于人间伊甸园的悲剧。

《花凋》中的川嫦

第三部小说，就是《花凋》。《花凋》里的川嫦，我觉得是触动张爱玲恻隐之心的，她流露出惋惜，不像对待前面两位那样尖锐。这个女子也不像前面的两位，非要以早熟或者晚熟抵抗人生，她是驯服的，没有一点造作，因循自然规律成长，如果一切顺利，不出意外，她就当告别儿童乐园，然后走入成人世界，为人妻母。以她的性格，大概会是《红玫瑰与白玫瑰》里的白玫瑰孟烟鹂，遭到张爱玲的刻薄。但世事难料，疾病挽留住她，不让她继续长大，只得在"儿童乐园"里终局。而她的"乐园"是多么不靠谱，张爱玲对她的双亲如此描写："郑先生是连演四十年的一出闹剧，他夫人则是一出冗长单调的悲剧。"然后又为闹剧和悲剧的结合画像："说不上来郑家是穷还是阔。呼奴使婢的一大家子人，住了一幢洋房，床只有两张，小姐们每晚抱了铺盖到客室里打地铺。客室里稀稀朗朗几件家具也是借来的，只有一架无线电是自己置的，留声机匣子里有最新的流行唱片。他们不断地吃零食，全家坐了汽车看电影去。孩子蛀了牙齿没钱补，在学校里买不起钢笔头。用人们因为积欠工资过多，不得不做下去。下人在厨房里开一桌饭，全巷堂的底下人都来分享，八仙桌四周的长板凳上挤满了人。厨子的远房本家上城来的时候，向来是耽搁在郑公馆里。"张爱玲笔下，女儿们的娘家，大约是现实化的伊甸园，又是她的笔下，女儿们来不及往外逃。《倾城之恋》里的白流苏算一个；《封锁》里的吴翠远算一个；《金锁记》的长安也算一个；《鸿鸾禧》的邱玉清算一个，小姑子二乔和四美是想逃但来不及逃的两个……因此，张爱玲关于人生走下坡路的论调，证明之一大约就是伊甸园变得越来越粗鄙了。

郑先生"有钱的时候在外面生孩子,没钱的时候在家里生孩子",女儿们看来很体面,像千金小姐,实际上过的是你争我斗的生活。川嫦是女孩子里排行最末的那一个,身体比较弱,性格也是弱的,争不过姐姐,常常被欺压。即便是在这样的环境里生活,她还是有自己的快乐,她简单的头脑里,总是抱着希望,张爱玲称之为"痴心",事情会好起来。果不其然,姐姐们都出嫁以后,从屈抑中焕发出来,她突然变得漂亮了,适时交了男朋友章云藩。章云藩上门的情形,有一点让人想起《金锁记》里童世舫造访长安家的一幕。虽然郑太太不像曹七巧,章云藩也不像童世舫,川嫦更不是长安,但是同样有一种不祥,这里或者那里,潜藏着一劫。事情往不同方向发展,章云藩没有被这个古怪的家庭吓退,依然保持交往,并且婚期临近。可是就在此时,川嫦患了肺病。在那个时代肺病就是个绝症,治愈的概率极有限。章云藩很仁义,依然没有退缩,而是天天探望她,替她注射空气针。可是天不由人,她继续病着,两年过去,章云藩终于有了新女友。长安的失婚可以怪罪母亲曹七巧,川嫦就无人可怪了,只能怪她命不好,应了坊间一句话,人算不如天算,可见张爱玲是不相信好运气这一说的。就这样,川嫦在病床上挨着日子,自觉来日无多。有一天,让老妈子背她下楼,雇一辆三轮车,在外面逛一圈。坐在车上看看市容,西菜馆里吃一顿饭,电影院里坐了两个小时——都会里的伊甸园,统不过是消费型的,非常人间化,就像《心经》里,许小寒的派对,吃、喝、八卦、电影、男朋友。这是一个告别,不久后川嫦就死了,这一年她也是二十一岁。小说开篇,写的是父母为川嫦修墓,"坟前添了个白大理石的天使,垂着头,合着手,脚底下环绕着一群小天使"。这群小天使,很像《心经》里,父女俩隔着玻璃门,许峰仪看见的画面。"在石头的缝里，翻飞着白石的头发，白石的裙褶子，露出一身健壮的肉，乳白的肉冻子，冰凉的。"这些天使，它们可是有伊甸园的户籍的，就像不愿长大的儿童，早熟的儿童，或者说晚熟的成人，无论怎样，都让张爱玲不仅心理甚至生理上感到恶心。显见得她以为世间人都不配拥有《红楼梦》里的大观园，只能在不伦的爱、愚蠢无知和疾病里消耗我们的"儿童乐园"。这是我看《红楼梦魇》的第一点心得。

四　张爱玲的文艺观

第二点就涉及作者对文学的观念。
《红楼梦魇》第一章《红楼梦未完》，张爱玲检点《红楼梦》几种续书，发现关于尤二姐、尤三姐的描写有不同之处。脂本中，二尤与姐夫贾珍早有瓜葛，而且更甚，全本亦是今本第六十四回中，还有蛛丝马迹："却说贾琏素日既闻尤氏姐妹之名，恨无缘得见。近因贾敬停灵在家，每日与二姐三姐相认已熟，不禁动了垂涎之意。况知与贾珍贾蓉等素有聚麀之诮，因而乘机百般撩拨，眉目传情。"张爱玲从"贾珍贾蓉等"字样看出，并不止父子二人，可能还包括贾蔷。如此不堪，比焦大的恶骂还丑陋。但是在某一种续书里，尤三姐改为完人，旧本第一百十六回宝玉重游太虚幻境竟还遇见她。"如照脂本与贾珍有染，怎么有资格入太虚幻境？"张爱玲如是说。后又写道："而且二尤并提，续书者既已将尤三姐改为贞女，尤二姐方面也可能是谣言。"张爱玲还断定，续书人还斗胆将前文动掉一句传神之笔："珍蓉父子回家奔丧，听见二位姨娘来了，贾蓉'便向贾珍一笑'，改为'喜得笑容满面'。"以取消聚麀的嫌疑。二尤的形状在此续本

130

中得到翻案,至少看得过眼,张爱玲是这样去解释的:"但是续书人本着通俗小说家的观点,觉得尤二姐至多失身于贾珍,再有别人,往后的遭遇就太不使人同情了。"在此提到"通俗小说家",并且,显然是有微词。虽然她数度表示对鸳鸯蝴蝶小说的好感,而划清与五四知识分子写作的界限,事实上,多少有一点言不由衷。

同一章节,又有一处引我注意。第五回"游幻境指迷十二钗 饮仙醪曲演红楼梦"中,关于妙玉的曲文中有这样的句子,"风尘肮脏违心愿,好一似无瑕白玉遭泥陷",张爱玲说"落风尘向指为娼",诸种旧本,续书对妙玉归宿的大方向无出入,都说是被强盗劫走,以曲文透露的命运,应是卖入妓院。续书有含糊其词的,"不知妙玉被劫,或是甘受污辱。还是不屈而死,不知下落,也难妄拟";有避而不谈的,写群盗落网,"'解到法司衙门审问去了,'邢大舅道,'咱们别管这些,快吃饭罢,今夜做个大输赢。'"断开了;又有甲本经人补写,写强盗被追捕——"恍惚有人说是有个内地里的人,城里犯了事,抢了一个女人下海去了。那女人不依,被那贼寇杀了。"张爱玲讥讽道:"这大概是卫道的甲本的手笔,一定要妙玉不屈而死才放心,宁可不符堕落的预言。"这观念看起来挺五四的,无论对"通俗小说家"的不屑,还是"卫道"的可笑,都与五四有所关系。那么,我们究竟应该如何看待张爱玲和五四的关系呢?

五 张爱玲与五四运动

张爱玲自许"国粹",比较著名的一句是关于小提琴——"我最怕的是凡哑林,水一般地流着,将人生紧紧把握贴恋着的一切东西都流了去了。胡琴就好得多,虽然也苍凉,到临了总像着北方人的

'话又说回来了',远兜远转,依然回到人间。"这一句其实有一种微妙,似乎对小提琴的不喜欢是因为它揭开了人生的真相,使人坠入虚无,而胡琴则是挽回了生活的兴致,有点像中国人的"禅",将极端的性质中和了。大约是因此,张爱玲常引五四为笑谈,也是在同一篇散文《谈音乐》中,也是同样地著名,她写道:"大规模的交响乐自然又不同,那是浩浩荡荡五四运动一般地冲了来,把每一个人的声音都变了它的声音,前后左右呼啸喊嚓的都是自己的声音,人一开口就震惊于自己的声音的深宏远大……"她又说:"我是中国人,喜欢喧哗吵闹,中国的锣鼓是不问情由,劈头劈脑打下来的,再吵些我也能够忍受,但是交响乐的攻势是慢慢来的,需要不少时间把大喇叭小喇叭钢琴凡哑林——安排布置,四下里埋伏起来,此起彼应,这样有计划的阴谋我害怕。"这话说得很俏皮,又有些自贬,似乎宁可做不讲理的中国人,也不要接受西方人的道理,带着一股拒绝,且又像是遮蔽,遮蔽某一种真情实感,因为言不符实,不符合她一贯以为的人生在走下坡路的悲观。她还有一篇散文,题目就有意味:《洋人看京戏及其他》——我其实并不情愿到作者散文里去找佐证,一个小说家最能体现对世界看法的是虚构的文本——小说,散文则接近自供,提供的是旁证,最后还是回到小说。这篇散文题目是"洋人看",而不是"张看",这双洋人的眼睛是不是可以解释作启蒙的发现?是张爱玲不愿意向五四新文化妥协,借"洋人"做一个障眼法。"洋人"也是不那么恭敬的一个称呼,稍比"番人"好一点点。从洋人的眼睛里看见了什么呢?《秋海棠》里最动人的唱词"酒逢知己千杯少,话不投机半句多",很平常的一句,但在秋海棠的境遇里"凭空添上了无限的苍凉感慨";《红鬃烈马》自私的薛平贵,却依然写成一个好人,"京戏的可爱就在这种浑朴含蓄处";《乌盆记》里冤魂幽禁在便桶里,"西方人绝对不能了解，怎么这种污秽可笑的，提也不能提的事竟与崇高的悲剧成分掺杂在一起"；还有《空城计》，她"只想掉眼泪"，因觉得诸葛亮内心或许有"不值得"之感，于是"锣鼓喧天中，略有点凄寂的况味"……说是西方人不懂，可明明又是"洋人看"，倘若没有洋人的眼睛，这些"况味"大约是得不出来的。中国人走进现代，才对悠久的文明生出苍凉的心情，张爱玲身在其中，也不可脱其影响。

她还有一篇散文《谈看书》，文章只谈两部分，一是西方小说，一是民国小说，没有提及五四新小说，感觉她越过了五四，直接从西方里获取养料。显然，她对西方小说不如交响乐的反感，前面也说过，她对尤金·奥尼尔《大神布朗》的感动。《谈看书》里，她耐心地复述多篇西方小说，并且提到一个人物郁达夫，可见她还是读新文学作品的，她提到郁达夫常用的一个西方概念，她译成"三底门答尔"(sentimental)，她没有直接肯定或否定这个概念，只是以此作为衡量，凡"三底门答尔"的大概都属通俗小说，而"现代西方态度严肃的文艺，至少在宗旨上力避'三底门答尔'"，我认为应是伤感主义的意思吧。以此可见，张爱玲对西方文学观念是很注意而且研究的。有时候一个作者表述自己，会受某一种情绪控制，所以我们要会听话。她谈到美国的"行业小说"，应属"类型小说"，她真看了不少，对它们的路数也相当了解，以为"远不及中国的社会小说"，但也承认趋势下沉。这里又提到新文艺一次，"清末民初的讽刺小说的宣传教育性，被新文艺继承了去"，也透露给我们，张爱玲还是关注新文艺的。不知道张爱玲有没有读过苏联小说《日瓦戈医生》，倘若读过我估计她会喜欢，它是说当旧生活腐烂了，新生活脱胎而出的痛苦，终于来临平安的时代，乱世里人又好比"寄人篱下"。旧时代的人世，五四是要以启蒙来改造的，而张爱玲则以为是历史的必然，不动是走下坡路,动则也是下坡路。她的小说《五四遗事》,可说将这观念具体和生动化了。

这是一部颇有讽刺意味的小说,主题与鲁迅的《伤逝》接近,说的都是革命的不彻底性,使生活没有进步反而倒退了。但不同的是,《伤逝》充满着惋惜的痛楚,《五四遗事》则自头至尾都透露着谐谑,犹如一出滑稽戏。故事讲的是一对自由恋爱的男女,女方姓范,文中很西式地称之"密斯范",是女校高才生,新女性的代表。男方也是很新式地简称一个字"罗",中学教书先生,已经结婚。五四时期的自由男女仔细推敲总有一点不对等,女性常是单身,革命性的恋爱往往是人生第一次,属初恋;男性却多已经完成封建家庭交予的责任,结婚甚至生子,鲁迅不也有母亲赠送的礼物——朱氏?就这样,已婚的罗和密斯范情投意合,私定终身。这一天罗先生向家中宣布,和妻子离婚,之后便是分居和交涉,拖延数年。密斯范终于等不起了,开始另觅婚嫁机会,对象是个开当铺的,不是先进男女里的人,但交往倒已染了时下风气,有点新派的意思,约会吃的是西餐,订婚物也依西方规矩,送一枚钻戒。此事刺激了罗,离婚这种事本来"开弓没有回头箭",只有再接再厉,赔付巨款做赡养费,协议离婚。是不是负气,还是本来就有点厌倦,娶了一位极年轻有钱的王小姐,给王小姐买了一颗更大的钻石。密斯范这头的事却不大顺利,当铺老板到底不怎么信任新女性,又听说密斯范以前交过男朋友,婚事就取消了。罗和密斯范同在杭州城,难免抬头不见低头见,且又挡不住昔日的同道推波助澜,于是巧不巧地,邂逅在西湖,鸳梦重温,旧情复燃。罗又回家和王小姐闹离婚,这一回就是走法庭,打官司,再一番倾家荡产,换来离婚书。有情人终成眷属,这一对旧好到底走在了一起,照理说应该从此过着幸福的生活。可是事与愿违,又是事出必然,结婚后的日子过得就像《花凋》里的郑家，潦倒得很。当年的丽人密斯范呢，无味如《红玫瑰与白玫瑰》的孟烟鹂，琐碎如《留情》里的敦凤，乖戾则有《金锁记》曹七巧之风范。张爱玲对婚姻似乎一律无兴趣，她笔下的家庭无论旧还是新都没有幸福可言，唯一的例外大约可算《倾城之恋》的范柳原和白流苏，"成千上万的人死去，成千上万的人痛苦着，跟着是惊天动地的大改革……"终于换来，是一个传奇，其实她又不相信奇迹。罗和密斯范结婚时在西湖边新建成的白色房子，很快变得旧了，里边的人旧得更厉害，脆弱时又听说王小姐还未嫁，就有多事人撮合，不叫"纳妾"，而是"接她回来"。再接着，又有罗家族中的长辈诘问："既然把王家的接回来了，你第一个太太为什么不接回来？让人家说你不公平。"于是，罗就有了三个妻子，朋友们很促狭地取笑道："至少你们不用另外找搭子。关起门来就是一桌麻将。"故事结束，既没有伤感主义"三底门答尔"，也不是批判现实主义的严肃，大约有一点从民国讽刺小说移植过来的"宣传教育性"，移植到哪里？她不会同意是新文艺，因为有成见。张爱玲确是现代文学里的一个另类，就依她意见，不归到五四文学，但是无疑地，她是在西方启蒙思想影响下的小说家，从这点说，她又是和五四同源。

张爱玲小说写的多是小市民，既不在知识分子以为有启蒙价值的范围里，也不在左翼文艺歌颂的群体，是被摈弃的人生，但在张爱玲，却是在"成千上万的人死去，成千上万的人痛苦着"的"成千上万的人"里，以众生平等的观念，不也是五四的民主科学精神？对这平庸的人群，张爱玲自有看法，在散文《自己的文章》里，她为小说《连环套》做辩护——傅雷批评为"恶俗的漫画气息"。她写道："姘居的女人呢，她们的原来地位总比男人还要低些，但多是些有着泼辣的生命力的。"很有意思，虽然不是革命的，可是有生命力。回头看她的《倾城之恋》，白流苏也是有生命力的一个。她争夺范柳原，是把自己的人生做赌注的，每一步跨出去都没有回头路。她随范柳原去香港，先是在舆论上，然后在事实上，成为"姘居的女人"，范柳原则是可进可退，这有点像托尔斯泰的《安娜·卡列尼娜》，安娜与沃伦斯基同居，前者被逐出社交圈，后者却依然正常地生活。所以白流苏走出这一步是非常悲壮的，张爱玲给出一个香港沦陷的背景，仿佛是赋予烈士的形象。《金锁记》里的曹七巧更是原始野蛮，张爱玲的野蛮人是在物质文明里，原始性异化成强烈的破坏欲望。沈从文的原始性是在自然山水之间，和谐美好，现代都会却是原始人的囚笼，势必是可怖的，也会被风雅的先生们视作"恶俗"。

以上就是我对《红楼梦魇》的两点心得，是与认识张爱玲有关。一点是她对人世的看法，人世最好的时候是在儿童，最好不要长大，但是不长大又很尴尬。也是个人处境使然，生活在乱世里，看不到好起来的迹象，哪里有一个大观园？第二点就是她的文艺观，无论张爱玲怎样抽离她和五四的关系，还是时代中人。尤其她对通俗与严肃的分界，显然得之于西方小说思想。

小说史略

鲁迅

第十章

史家对于小说之著录及论述

小说之名，昔者见于庄周之云"饰小说以干县令"(《庄子·外物》)，然案其实际，乃谓琐屑之言，非道术所在，与后来所谓小说者固不同。桓谭言"小说家合残丛小语，近取譬喻，以作短书，治身理家，有可观之辞"。(李善注《文选》三十一引《新论》) 始若与后之小说近似，然《庄子》云尧问孔子，《淮南子》云共工争帝地维绝，当时亦多以为"短书不可用"，则此小说者，仍谓寓言异记，不本经传，背于儒术者矣。后世众说，弥复纷纭，今不具论，而征之史：缘自来论断艺文，本亦史官之职也。

秦既燔灭文章以愚黔首，汉兴，则大收篇籍，置写官，成哀二帝，复先后使刘向及其子歆校书秘府，歆乃总群书而奏其《七略》。《七略》今亡，班固作《汉书》，删其要为《艺文志》，其三曰《诸子略》，所录凡十家，而谓"可观者九家"，小说则不与，然尚存于末，得十五家。班固于志自有注，其有某曰云云者，唐颜师古注也。

《伊尹说》二十七篇。(其语浅薄，似依托也。)

《鬻子说》十九篇。(后世所加。)

《周考》七十六篇。(考周事也。)

《青史子》五十七篇。(古史官记事也。)

《师旷》六篇。(见《春秋》，其言浅薄本与此同，似因托之。)

《务成子》十一篇。（称尧问，非古语。）

《宋子》十八篇。（孙卿道："宋子，其言黄老意。"）

《天乙》三篇。（天乙谓汤，其言者殷时，皆依托也。）

《黄帝说》四十篇。（迂诞依托。）

《封禅方说》十八篇。（武帝时。）

《待诏臣饶心术》二十五篇。（武帝时。师古曰，刘向《别录》云："饶，齐人也，不知其姓，武帝时待诏，作书，名曰《心术》。"）

《待诏臣安成未央术》一篇。（应劭曰：道家也，好养生事，为未央之术。）

《臣寿周纪》七篇。（项国圉人，宣帝时。）

《虞初周说》九百四十三篇。（河南人，武帝时以方士侍郎，号黄车使者。应劭曰，其说以《周书》为本。师古曰，《史记》云："虞初，洛阳人。"即张衡《西京赋》"小说九百，本自虞初"者也。）

《百家》百三十九卷。

右小说十五家，千三百八十篇。

小说家者流，盖出于稗官，街谈巷语，道听途说者之所造也。孔子曰："虽小道，必有可观者焉，致远恐泥。"是以君子弗为也，然亦弗灭也，闾里小知者之所及，亦使缀而不忘，如或一言可采，此亦刍荛狂夫之议也。

右所录十五家，梁时已仅存《青史子》一卷，至隋亦佚；惟据班固注，则诸书大抵或托古人，或记古事，托人者似子而浅薄，记事者近史而悠缪者也。

唐贞观中，长孙无忌等修《隋书》，《经籍志》撰自魏徵，祖述晋荀勖《中经簿》而稍改变，为经史子集四部，小说故隶于子。其所著录，《燕丹子》而外无晋以前书，别益以记谈笑应对，叙艺术器物

139

游乐者，而所论列则仍袭《汉书·艺文志》(后略称《汉志》)：

> 小说者，街谈巷语之说也，《传》载舆人之颂，《诗》美询于刍荛，古者圣人在上，史为书，瞽为诗，工诵箴谏，大夫规诲，士传言而庶人谤；孟春，徇木铎以求歌谣，巡省，观人诗以知风俗，过则正之，失则改之，道听途说，靡不毕纪，周官诵训掌道方志以诏观事，道方慝以诏避忌，而职方氏掌道四方之政事与其上下之志，诵四方之传道而观其衣物是也。孔子曰："虽小道，必有可观者焉，致远恐泥。"

石晋时，刘昫等因韦述旧史作《唐书·经籍志》(后略称《唐志》)，则以毋煚等所修之《古今书录》为本，而意主简略，删其小序发明，史官之论述由是不可见。所录小说，与《隋书·经籍志》(后略称《隋志》) 亦无甚异，惟删其亡书，而增张华《博物志》十卷，此在《隋志》，本属杂家，至是乃入小说。

宋皇祐中，曾公亮等被命删定旧史，撰志者欧阳修，其《艺文志》(后略称《新唐志》) 小说类中，则大增晋至隋时著作，自张华《列异传》，戴祚《甄异传》至吴筠《续齐谐记》等志神怪者十五家一百十五卷，王延秀《感应传》至侯君素《旌异记》等明因果者九家七十卷，诸书前志本有，皆在史部杂传类，与耆旧、高隐、孝子、良吏、列女等传同列，至是始退为小说，而史部遂无鬼神传；又增益唐人著作，如李恕《诫子拾遗》等之垂教诫，刘孝孙《事始》等之数典故，李涪《刊误》等之纠讹谬，陆羽《茶经》等之叙服用，并入此类，例乃愈棼，元修《宋史》，亦无变革，仅增芜杂而已。

明胡应麟 (《少室山房笔丛》二十八) 以小说繁夥，派别滋多，于是综核大凡，分为六类：

一曰志怪：《搜神》《述异》《宣室》《酉阳》之类是也；
一曰传奇：《飞燕》《太真》《崔莺》《霍玉》之类是也；
一曰杂录：《世说》《语林》《琐言》《因话》之类是也；
一曰丛谈：《容斋》《梦溪》《东谷》《道山》之类是也；
一曰辩订：《鼠璞》《鸡肋》《资暇》《辩疑》之类是也；
一曰箴规：《家训》《世范》《劝善》《省心》之类是也。

清乾隆中，敕撰《四库全书总目提要》，以纪昀总其事，于小说别为三派，而所论列则袭旧志。

……迹其流别，凡有三派：其一叙述杂事，其一记录异闻，其一缀缉琐语也。唐宋而后，作者弥繁，中间诬谩失真，妖妄荧听者，固为不少，然寓劝戒，广见闻，资考证者，亦错出其中。班固称"小说家流盖出于稗官"，如淳注谓"王者欲知闾巷风俗，故立稗官，使称说之"。然则博采旁搜，是亦古制，固不必以冗杂废矣。今甄录其近雅驯者，以广见闻，惟猥鄙荒诞，徒乱耳目者，则黜不载焉。

《西京杂记》六卷。《世说新语》三卷。……

右小说家类杂事之属……

《山海经》十八卷。《穆天子传》六卷。《神异经》一卷。……

《搜神记》二十卷。……《续齐谐记》一卷。……

右小说家类异闻之属……

141

《博物志》十卷。《述异记》二卷。《酉阳杂俎》二十卷，《续集》十卷。……
　　　　右小说家类琐语之属……

　　右三派者，校以胡应麟之所分，实止两类，前一即杂录，后二即志怪，第析叙事有条贯者为异闻，钞录细碎者为琐语而已。传奇不著录；丛谈、辩订、箴规三类则多改隶于杂家，小说范围，至是乃稍整洁矣。然《山海经》《穆天子传》又自是始退为小说，案语云："《穆天子传》旧皆入起居注类，……实则恍忽无征，又非《逸周书》之比，……以为信史而录之，则史体杂，史例破矣。今退置于小说家，义求其当，无庸以变古为嫌也。"于是小说之志怪类中又杂入本非依托之史，而史部遂不容多含传说之书。
　　至于宋之平话，元明之演义，自来盛行民间，其书故当甚夥，而史志皆不录。惟明王圻作《续文献通考》，高儒作《百川书志》，皆收《三国志演义》及《水浒传》，清初钱曾作《也是园书目》，亦有通俗小说《三国志》等三种，宋人词话《灯花婆婆》等十六种。然《三国》《水浒》，嘉靖中有都察院刻本，世人视若官书，故得见收，后之书目，寻即不载，钱曾则专事收藏，偏重版本，缘为旧刊，始以入录，非于艺文有真知，遂离叛于曩例也。史家成见，自汉迄今盖略同：目录亦史之支流，固难有超其分际者矣。

第十一章
神话与传说

志怪之作，庄子谓有齐谐，列子则称夷坚，然皆寓言，不足征信。《汉志》乃云出于稗官，然稗官者，职惟采集而非创作，"街谈巷语"自生于民间，固非一谁某之所独造也，探其本根，则亦犹他民族然，在于神话与传说。

昔者初民，见天地万物，变异不常，其诸现象，又出于人力所能以上，则自造众说以解释之：凡所解释，今谓之神话。神话大抵以一"神格"为中枢，又推演为叙说，而于所叙说之神之事，又从而信仰敬畏之，于是歌颂其威灵，致美于坛庙，久而愈进，文物遂繁。故神话不特为宗教之萌芽，美术所由起，且实为文章之渊源。惟神话虽生文章，而诗人则为神话之仇敌，盖当歌颂记叙之际，每不免有所粉饰，失其本来，是以神话虽托诗歌以光大，以存留，然亦因之而改易，而销歇也。如天地开辟之说，在中国所留遗者，已设想较高，而初民之本色不可见，即其例矣。

天地混沌如鸡子，盘古生其中，一万八千岁。天地开辟，阳清为天，阴浊为地，盘古在其中，一日九变，神于天，圣于地。天日高一丈，地日厚一丈，盘古日长一丈，如此万八千岁，天数极高，地数极深，盘古极长。后乃有三皇。（《艺文类聚》一引徐整《三五历记》）

天地，亦物也。物有不足，故昔者女娲氏练五色石以补其阙，断鳌之足以立四极。其后共工氏与颛顼争为帝，怒而触不周之山，折天柱，绝地维，故天倾西北，日月星辰就焉，地不满东南，故百川水潦归焉。(《列子·汤问》)

迨神话演进，则为中枢者渐近于人性，凡所叙述，今谓之传说。传说之所道，或为神性之人，或为古英雄，其奇才异能神勇为凡人所不及，而由于天授，或有天相者，简狄吞燕卵而生商，刘媪得交龙而孕季，皆其例也。此外尚甚众。

尧之时，十日并出，焦禾稼，杀草木，而民无所食。猰貐凿齿九婴大风封豨修蛇，皆为民害。尧乃使羿……上射十日而下杀猰貐。……万民皆喜，置尧以为天子。(《淮南子·本经训》)

羿请不死之药于西王母，姮娥窃以奔月。(《淮南子·览冥训》。高诱注曰，姮娥羿妻。羿请不死之药于西王母，未及服之。姮娥盗食之，得仙，奔入月中为月精。)

昔尧殛鲧于羽山，其神化为黄熊以入于羽渊。(《春秋·左氏传》)

瞽瞍使舜上涂廪，从下纵火焚廪，舜乃以两笠自扞而下，去，得不死。瞽瞍又使舜穿井，舜穿井为匿空，旁出。(《史记·舜本纪》)

中国之神话与传说，今尚无集录为专书者，仅散见于古籍，而《山海经》中特多。《山海经》今所传本十八卷，记海内外山川神祇异物及祭祀所宜，以为禹益作者固非，而谓因《楚辞》而造者亦未

144

是；所载祠神之物多用糈（精米），与巫术合，盖古之巫书也，然秦汉人亦有增益。其最为世间所知，常引为故实者，有昆仑山与西王母。

> 昆仑之丘，是实惟帝之下都，神陆吾司之，其神状虎身而九尾，人面而虎爪。是神也，司天之九部及帝之囿时。（《西山经》）
>
> 玉山，是西王母所居也。西王母其状如人，豹尾虎齿而善啸，蓬发戴胜，是司天之厉及五残。（同上）
>
> 昆仑之墟方八百里，高万仞；上有木禾，长五寻，大五围；面有九井，以玉为槛；面有九门，门有开明兽守之。百神之所在。在八隅之岩，赤水之际，非仁羿莫能上。（《海内西经》）
>
> 西王母梯几而戴胜杖（案：此字当衍），其南有三青鸟，为西王母取食，在昆仑墟北。（《海内北经》）
>
> 大荒之中有山，名曰丰沮玉门，日月所入。有灵山，巫咸巫即巫盼巫彭巫姑巫真巫礼巫抵巫谢巫罗十巫从此升降，百药爰在。（《大荒西经》）
>
> 西海之南，流沙之滨，赤水之后，黑水之前，有大山，名曰昆仑之丘。有神人面虎身有尾皆白处之。其下有弱水之渊环之。其外有炎火之山，投物辄然。有人戴胜，虎齿豹尾，穴处，名曰西王母。此山万物尽有。（同上）

晋咸宁五年，汲县民不准盗发魏襄王冢，得竹书《穆天子传》五篇，又杂书十九篇。《穆天子传》今存，凡六卷；前五卷记周穆王驾八骏西征之事，后一卷记盛姬卒于途次以至反葬，盖即杂书之一篇。

《传》亦言见西王母，而不叙诸异相，其状已颇近于人王。

　　吉日甲子，天子宾于西王母，乃执白圭玄璧以见西王母。好献锦组百纯，□组三百纯，西王母再拜受之。□乙丑。天子觞西王母于瑶池之上。西王母为天子谣，曰："白云在天，山陵自出，道里悠远，山川间之，将子无死，尚能复来。"天子答之曰："予归东土，和治诸夏，万民平均，吾愿见汝，比及三年，将复而野。"天子遂驱升于弇山，乃纪丌迹于弇山之石，而树之槐，眉曰西王母之山。（卷三）

　　有虎在乎葭中。天子将至。七萃之士高奔戎请生捕虎，必全之，乃生捕虎而献之。天子命之为柙而畜之东虞，是为虎牢。天子赐奔戎畋马十驷，归之太牢，奔戎再拜稽首。（卷五）

　　汉应劭说，《周书》为虞初小说所本，而今本《逸周书》中惟《克殷》《世俘》《王会》《太子晋》四篇，记述颇多夸饰，类于传说，余文不然。至汲冢所出周时竹书中，本有《琐语》十一篇，为诸国卜梦妖怪相书，今佚，《太平御览》间引其文；又汲县有晋立《吕望表》，亦引《周志》，皆记梦验，甚似小说，或虞初所本者为此等，然别无显证，亦难以定之。

　　齐景公伐宋，至曲陵，梦见有短丈夫宾于前。晏子曰："君所梦何如哉？"公曰："其宾者甚短，大上小下，其言甚怒，好俯。"晏子曰："如是，则伊尹也。伊尹甚大而短，大上小下，赤色而髯，其言好俯而下声。"公曰："是矣。"晏子曰："是怒君师，不如违之。"遂不果伐宋。（《太平御览》三百七十八）

146

文王梦天帝服玄以立于令狐之津。帝曰："昌，赐汝望。"文王再拜稽首，太公于后亦再拜稽首。文王梦之之夜，太公梦之亦然。其后文王见太公而讯之曰："而名为望乎？"答曰："唯，为望。"文王曰："吾如有所见于汝。"太公言其年月与其日，且尽道其言："臣以此得见也。"文王曰："有之，有之。"遂与之归，以为卿士。（晋立《太公吕望表》石刻，以东魏立《吕望表》补阙字。）

他如汉前之《燕丹子》，汉杨雄之《蜀王本纪》，赵晔之《吴越春秋》，袁康、吴平之《越绝书》等，虽本史实，并含异闻。若求之诗歌，则屈原所赋，尤在《天问》中，多见神话与传说，如"夜光何德，死则又育？厥利惟何，而顾菟在腹？""鲧何所营？禹何所成？康回凭怒，地何故以东南倾？""昆仑县圃，其尻安在？增城九重，其高几里？""鲮鱼何所？鬿堆焉处？羿焉弹日？乌焉解羽？"是也。王逸曰："屈原放逐，彷徨山泽，见楚有先王之庙及公卿祠堂，图画天地山川神灵琦玮谲佹及古贤圣怪物行事，……因书其壁，何而问之。"（本书注）是如此种故事，当时不特流传人口，且用为庙堂文饰矣。其流风至汉不绝，今在墟墓间犹见有石刻神祇怪物圣哲士女之图。晋既得汲冢书，郭璞为《穆天子传》作注，又注《山海经》，作图赞，其后江灌亦有图赞，盖神异之说，晋以后尚为人士所深爱。然自古以来，终不闻有荟萃融铸为巨制，如希腊史诗者，第用为诗文藻饰，而于小说中常见其迹象而已。

中国神话之所以仅存零星者，说者谓有二故：一者华土之民，先居黄河流域，颇乏天惠，其生也勤，故重实际而黜玄想，不更能集古传以成大文；二者孔子出，以修身齐家治国平天下等实用为教，不欲

147

言鬼神，太古荒唐之说，俱为儒者所不道，故其后不特无所光大，而又有散亡。

然详案之，其故殆尤在神鬼之不别。天神地祇人鬼，古者虽若有辨，而人鬼亦得为神祇。人神淆杂，则原始信仰无由蜕尽；原始信仰存则类于传说之言日出而不已，而旧有者于是僵死，新出者亦更无光焰也。如下例，前二为随时可生新神，后三为旧神有转换而无演进。

蒋子文，广陵人也，嗜酒好色，佻挞无度；常自谓骨青，死当为神。汉末为秣陵尉，逐贼至钟山下，贼击伤额，因解绶缚之，有顷遂死。及吴先主之初，其故吏见文于道，……谓曰："我当为此土地神，以福尔下民，尔可宣告百姓，为我立庙，不尔，将有大咎。"是岁夏大疫，百姓辄相恐动，颇有窃祠之者矣。（《太平广记》二九三引《搜神记》）

世有紫姑神，古来相传云是人家妾，为大妇所嫉，每以秽事相次役，正月十五日感激而死。故世人以其日作其形，夜于厕间或猪栏边迎之。……投者觉重（案投当作捉，持也），便是神来，奠设酒果，亦觉貌辉辉有色，即跳躞不住；能占众事，卜未来蚕桑，又善射钩；好则大儛，恶便仰眠。（《异苑》五）

沧海之中，有度朔之山，上有大桃木，……其枝间东北曰鬼门，万鬼所出入也。上有二神人，一曰神荼，一曰郁垒，主阅领万鬼，害恶之鬼，执以苇索而以食虎。于是黄帝乃作礼，以时驱之，立大桃人，门户画神荼郁垒与虎，悬苇索，以御凶魅。（《论衡》二十二引《山海经》，案今本中无之。）

东南有桃都山，……下有二神，左名隆，右名窭，并执苇索，伺不祥之鬼，得而煞之。今人正朝作两桃人立门旁，……盖

遗象也。(《太平御览》二九及九一八引《玄中记》以《玉烛宝典》注补)

门神，乃是唐朝秦叔保胡敬德二将军也。按传，唐太宗不豫，寝门外抛砖弄瓦，鬼魅呼号。……太宗惧之，以告群臣。秦叔保出班奏曰:"臣平生杀人如剖瓜，积尸如聚蚁，何惧魍魉乎?愿同胡敬德戎装立门外以伺。"太宗可其奏，夜果无警，太宗嘉之，命画工图二人之形像，……悬于宫掖之左右门，邪祟以息。后世沿袭，遂永为门神。(《三教搜神大全》七)

第十二章
《汉书·艺文志》所载小说

《汉志》之叙小说家，以为"出于稗官"，如淳曰："细米为稗。街谈巷说，甚细碎之言也。王者欲知里巷风俗，故立稗官，使称说之。"（本注）其所录小说，今皆不存，故莫得而深考，然审察名目，乃殊不似有采自民间，如《诗》之《国风》者。其中依托古人者七，曰：《伊尹说》《鬻子说》《师旷》《务成子》《宋子》《天乙》《黄帝》。记古事者二，曰：《周考》《青史子》，皆不言何时作。明著汉代者四家：曰《封禅方说》《待诏臣饶心术》《臣寿周纪》《虞初周说》。《待诏臣安成未央术》与《百家》，虽亦不云何时作，而依其次第，自亦汉人。

《汉志》道家有《伊尹说》五十一篇，今佚；在小说家之二十七篇亦不可考，《史记·司马相如传》注引《伊尹书》曰："箕山之东，青鸟之所，有卢橘夏熟。"当是遗文之仅存者。《吕氏春秋·本味篇》述伊尹以至味说汤，亦云"青鸟之所有甘栌"，说极详尽，然文丰赡而意浅薄，盖亦本《伊尹书》。伊尹以割烹要汤，孟子尝所详辩，则此殆战国之士之所为矣。

《汉志》道家有《鬻子》二十二篇，今仅存一卷，或以其语浅薄，疑非道家言。然唐宋人所引逸文，又有与今本《鬻子》颇不类者，则殆真非道家言也。

　　武王率兵车以伐纣。纣虎旅百万，阵于商郊，起自黄鸟，至于赤斧,走如疾风,声如振霆。三军之士,靡不失色。武王乃命太公把白旄以麾之,纣军反走。(《文选》李善注及《太平御览》三百一)

青史子为古之史官,然不知在何时。其书隋世已佚,刘知几《史通》云"《青史》由缀于街谈"者,盖据《汉志》言之,非逮唐而复出也。遗文今存三事,皆言礼,亦不知当时何以入小说。

古者胎教,王后腹之七月而就宴室,太史持铜而御户左,太宰持斗而御户右,太卜持蓍龟而御堂下,诸官皆以其职御于门内。比及三月者,王后所求声音非礼乐,则太史缊瑟而称不习;所求滋味者非正味,则太宰倚斗而不敢煎调,而言曰:"不敢以待王太子。"太子生而泣,太史吹铜曰:"声中某律。"太宰曰:"滋味上某。"太卜曰:"命云某。"然后为王太子悬弧之礼义。……(《大戴礼记·保傅篇》,《贾谊新书·胎教十事》)

古者年八岁而出就外舍,学小艺焉,履小节焉;束发而就大学,学大艺焉,履大节焉。居则习礼文,行则鸣佩玉,升车则闻和鸾之声,是以非僻之心无自入也。……古之为路车也,盖圆以象天,二十八橑以象列星,轸方以象地,三十幅以象月。故仰则观天文,俯则察地理,前视则睹和鸾之声,侧听则观四时之运:此巾车教之道也。(《大戴礼记·保傅篇》)

鸡者,东方之畜也。岁终更始,辨秩东作,万物触户而出,故以鸡祀祭也。(《风俗通义》八)

《汉志》兵阴阳家有《师旷》八篇,是杂占之书;在小说家者

151

不可考，惟据本志注，知其多本《春秋》而已。《逸周书·太子晋》篇记师旷见太子，聆声而知其不寿，太子亦自知"后三年当宾于帝所"，其说颇似小说家。

虞初事详本志注，又尝与丁夫人等以方祠诅匈奴大宛，见《郊祀志》，所著《周说》几及千篇，而今皆不传。晋唐人引《周书》者，有三事如《山海经》及《穆天子传》，与《逸周书》不类，朱右曾（《逸周书集训校释》十一）疑是《虞初说》。

> 岘山，神蓐收居之。是山也，西望日之所入，其气圆，神经光之所司也。（《太平御览》三）
> 天狗所止地尽倾，余光烛天为流星，长十数丈，其疾如风，其声如雷，其光如电。《山海经》（注十六）
> 穆王田，有黑鸟若鸠，翩飞而跱于衡，御者毙之以策，马佚，不克止之，踬于乘，伤帝左股。（《文选》李善注十四）

《百家》者，刘向《说苑》叙录云："《说苑杂事》，……其事类众多，……除去与《新序》复重者，其余者浅薄不中义理，别集以为《百家》。"《说苑》今存，所记皆古人行事之迹，足为法戒者，执是以推《百家》，则殆为故事之无当于治道者矣。

其余诸家，皆不可考。今审其书名，依人则伊尹、鬻熊、师旷、黄帝，说事则封禅养生，盖多属方士假托。惟青史子非是。又务成子名昭，见《荀子》，《尸子》尝记其"避逆从顺"之教；宋子名钘，见《庄子》，《孟子》作宋牼，《韩非子》作宋荣子，《荀子》引子宋子曰："明见侮之不辱，使人不斗。"则"黄老意"，然俱非方士之说也。

第十三章

今所见汉人小说

现存之所谓汉人小说，盖无一真出于汉人，晋以来，文人方士，皆有伪作，至宋明尚不绝。文人好逞狡狯，或欲夸示异书，方士则意在自神其教，故往往托古籍以炫人；晋以后人之托汉，亦犹汉人之依托黄帝，伊尹矣。此群书中，有称东方朔、班固撰者各二，郭宪、刘歆撰者各一，大抵言荒外之事则云东方朔、郭宪，关涉汉事则云刘歆、班固，而大旨不离乎言神仙。

称东方朔撰者有《神异经》一卷，仿《山海经》，然略于山川道里而详于异物，间有嘲讽之辞。《山海经》稍显于汉而盛行于晋，则此书当为晋以后人作；其文颇有重复者，盖又尝散佚，后人钞唐宋类书所引逸文复作之也。有注，题张华作，亦伪。

南方有邪䗈之林，其高百丈，围三尺八寸，促节，多汁，甜如蜜。咋啮其汁，令人润泽，可以节蚘虫。人腹中蚘虫，其状如蚓，此消谷虫也，多则伤人，少则谷不消。是甘蔗能灭多益少，凡蔗亦然。（《南荒经》）

西南荒中出訛兽，其状若菟，人面能言，常欺人，言东而西，言恶而善。其肉美，食之，言不真矣。（原注，言食其肉，则其人言不诚。）一名诞。（《西南荒经》）

昆仑之山有铜柱焉，其高入天，所谓"天柱"也，围三千里，周圆如削。下有回屋，方百丈，仙人九府治之。上有大鸟，

153

名曰希有，南向，张左翼覆东王公，右翼覆西王母；背上小处无羽，一万九千里，西王母岁登翼上，会东王公也。(《中荒经》)

《十洲记》一卷，亦题东方朔撰，记汉武帝闻祖洲、瀛洲、玄洲、炎洲、长洲、元洲、流洲、生洲、凤麟洲、聚窟洲等十洲于西王母，乃延朔问其所有之物名，亦颇仿《山海经》。

玄洲在北海之中，戌亥之地，方七千二百里，去南岸三十六万里。上有大玄都，仙伯真公所治。多丘山。又有风山，声响如雷电，对天西北门。上多太玄仙官宫室，宫室各异。饶金芝玉草。乃是三天君下治之处，甚肃肃也。

征和三年，武帝幸安定。西胡月支献香四两，大如雀卵，黑如桑葚。帝以香非中国所有，以付外库。……到后元元年，长安城内病者数百，亡者大半。帝试取月支神香烧之于城内，其死未三月者皆活，芳气经三月不歇，于是信知其神物也，乃更秘录余香，后一旦又失之。……明年，帝崩于五柞宫，已亡月支国人鸟山震檀却死等香也。向使厚待使者，帝崩之时，何缘不得灵香之用耶？自合殒命矣！

东方朔虽以滑稽名，然诞谩不至此。《汉书·朔传》赞云："朔之诙谐逢占射覆，其事浮浅，行于众庶，儿童牧竖，莫不眩耀，而后之好事者因取奇言怪语附著之朔。"则知汉世于朔，已多附会之谈。二书虽伪作，而《隋志》已著录，又以辞意新异，齐梁文人亦往往引为故实。《神异经》固亦神仙家言，然文思较深茂，盖文人之为。《十洲记》特浅薄，观其记月支国反生香，及篇首云："方朔云：臣，学仙者也，非得道之人，以国家之盛美，将招名儒墨于文教之内，抑绝俗之道于虚诡之迹，臣故韬隐逸而赴王庭，藏养生而侍朱阙。"则但为方士窃虑失志，借以震眩流俗，且自解嘲之作而已。

称班固作者，一曰《汉武帝故事》，今存一卷，记武帝生于猗兰殿至崩葬茂陵杂事，且下及成帝时。其中虽多神仙怪异之言，而颇不信方士，文亦简雅，当是文人所为。《隋志》著录二卷，不题撰人，宋晁公武《郡斋读书志》始云"世言班固作"，又云："唐张柬之书《洞冥记》后云，《汉武故事》，王俭造也。"然后人遂径属之班氏。

帝以乙酉年七月七日生于猗兰殿，年四岁，立为胶东王。数岁，长公主抱置膝上，问曰："儿欲得妇不？"胶东王曰："欲得妇。"长主指左右长御百余人，皆云不用。末指其女问曰："阿娇好不？"于是乃笑对曰："好。若得阿娇，当作金屋贮之也。"长主大悦，乃苦要上，遂成婚焉。

上尝辇至郎署，见一老翁，须鬓皓白，衣服不整。上问曰："公何时为郎？何其老也？"对曰："臣姓颜名驷，江都人也，以文帝时为郎。"上问曰："何其老而不遇也？"驷曰："文帝好文而臣好武，景帝好老而臣尚少，陛下好少而臣已老：是以三世不遇。"上感其言，擢拜会稽都尉。

七月七日，上于承华殿斋，日正中，忽见有青鸟从西方来。上问东方朔，朔对曰："西王母暮必降尊像上。"……是夜漏七刻，空中无云，隐如雷声，竟天紫气。有顷，王母至，乘紫车，玉女夹驭；戴七胜；青气如云；有二青鸟，夹侍母旁。下车，上迎拜，延母坐，请不死之药。母曰："……帝滞情不遣，欲心尚多，不死之药，未可致也。"因出桃七枚，母自啖二枚，与帝五

155

枚。帝留核著前。王母问曰："用此何为？"上曰："此桃美，欲种之。"母笑曰："此桃三千年一著子，非下土所植也。"留至五更，谈语世事而不肯言鬼神，肃然便去。东方朔于朱鸟牖中窥母。母曰："此儿好作罪过，疏妄无赖，久被斥逐，不得还天，然原心无恶，寻当得还，帝善遇之！"母既去，上惆怅良久。

其一曰《汉武帝内传》，亦一卷，亦记孝武初生至崩葬事，而于王母降特详。其文虽繁丽而浮浅，且窃取释家言，又多用《十洲记》及《汉武故事》中语，可知较二书为后出矣。宋时尚不题撰人，至明乃并《汉武故事》皆称班固作，盖以固名重，因连类依托之。

到夜二更之后，忽见西南如白云起，郁然直来，径趋宫庭，须臾转近。闻云中箫鼓之声，人马之响。半食顷，王母至也。县投殿前，有似鸟集，或驾龙虎，或乘白麟，或乘白鹤，或乘轩车，或乘天马，群仙数千，光曜庭宇。既至，从官不复知所在，唯见王母乘紫云之辇，驾九色斑龙。别有五十天仙，……咸住殿下。王母唯扶二侍女上殿。侍女年可十六七，服青绫之袿，容眸流盼，神姿清发，真美人也！王母上殿，东向坐，著黄金褡襹，文采鲜明，光仪淑穆，带灵飞大绶，腰佩分景之剑，头上太华髻，戴太真晨婴之冠，履玄璚凤文之舄，视之可年三十许，修短得中，天姿掩蔼，容颜绝世，真灵人也！

帝跪谢。……上元夫人使帝还坐。王母谓夫人曰："卿之为戒，言甚急切，更使未解之人，畏于意志。"夫人曰："若其志道，将以身投饿虎，忘躯破灭，蹈火履水，固于一志，必无忧也。……急言之发，欲成其志耳，阿母既有念，必当赐以尸解之方耳。"王母曰:"此子勤心已久,而不遇良师,遂欲毁其正志,当疑天下必无仙人,是故我发阆宫,暂舍尘浊,既欲坚其仙志,又欲令向化不惑也。今日相见,令人念之。至于尸解下方,吾甚不惜。后三年,吾必欲赐以成丹半剂,石象散一。具与之,则彻不得复停。当今匈奴未弥,边陲有事,何必令其仓卒舍天下之尊,而便入林岫?但当问笃志何如。如其回改,吾方数来。"王母因拊帝背曰:"汝用上元夫人至言,必得长生,何不勖勉耶?"帝跪曰:"彻书之金简,以身佩之焉。"

又有《汉武洞冥记》四卷,题后汉郭宪撰。全书六十则,皆言神仙道术及远方怪异之事;其所以名《洞冥记》者,序云:"汉武帝明俊特异之主,东方朔因滑稽以匡谏,洞心于道教,使冥迹之奥,昭然显著。今籍旧史之所不载者,聊以闻见,撰《洞冥记》四卷,成一家之书。"则所凭借亦在东方朔。郭宪字子横,汝南宋人,光武时征拜博士,刚直敢言,有"关东觥觥郭子横"之目,徒以瀽酒救火一事,遽为方士攀引,范晔作《后汉书》,遂亦不察而置之《方术列传》中。然《洞冥记》称宪作,实始于刘昫《唐书》,《隋志》但云郭氏,无名。六朝人虚造神仙家言,每好称郭氏,殆以影射郭璞,故有《郭氏玄中记》,有《郭氏洞冥记》。《玄中记》今不传,观其遗文,亦与《神异经》相类;《洞冥记》今全,文如下:

> 黄安,代郡人也,为代郡卒,……常服朱砂,举体皆赤,冬不著裘,坐一神龟,广二尺。人问:"子坐此龟几年矣?"对曰:"昔伏羲始造网罟,获此龟以授吾;吾坐龟背已平矣。此虫畏日月之光,二千岁即一出头,吾坐此龟,已见五出头矣。"……

（卷二）

天汉二年，帝升苍龙阁，思仙术，召诸方士言远国遐方之事。唯东方朔下席操笔跪而进。帝曰："大夫为朕言乎？"朔曰："臣游北极，至种火之山，日月所不照，有青龙衔烛火以照山之四极。亦有园圃池苑，皆植异木异草；有明茎草，夜如金灯，折枝为炬，照见鬼物之形。仙人宁封常服此草，于夜暝时，转见腹光通外。亦名洞冥草。"帝令锉此草为泥，以涂云明之馆，夜坐此馆，不加灯烛；亦名照魅草；以藉足，履水不沉。（卷三）

至于杂载人间琐事者，有《西京杂记》，本二卷，今六卷者宋人所分也。末有葛洪跋，言"其家有刘歆《汉书》一百卷，考校班固所作，殆是全取刘氏，小有异同，固所不取，不过二万许言。今钞出为二卷，以补《汉书》之阙"。然《隋志》不著撰人，《唐志》则云葛洪撰，可知当时皆不信为真出于歆。段成式（《酉阳杂俎·语资篇》）云："庾信作诗，用《西京杂记》事，旋自追改曰，'此吴均语，恐不足用。'"后人因以为均作。然所谓吴均语者，恐指文句而言，非谓《西京杂记》也，梁武帝敕殷芸撰《小说》，皆钞撮故书，已引《西京杂记》甚多，则梁初已流行世间，固以葛洪所造为近是。或又以文中称刘向为家君，因疑非葛洪作，然既托名于歆，则摹拟歆语，固亦理势所必至矣。书之所记，正如黄省曾序言："大约有四：则猥琐可略，闲漫无归，与夫杳昧而难凭，触忌而须讳者。"然此乃判以史裁，若论文学，则此在古小说中，固亦意绪秀异，文笔可观者也。

司马相如初与卓文君还成都，居贫愁懑，以所著鹔鹴裘就市人阳昌贳酒，与文君为欢。既而文君抱颈而泣曰："我生平富足,今乃以衣裘贳酒!"遂相与谋,于成都卖酒。相如亲着犊鼻裈涤器,以耻王孙。王孙果以为病,乃厚给文君,文君遂为富人。文君姣好,眉色如望远山,脸际常若芙蓉,肌肤柔滑如脂,为人放诞风流,故悦长卿之才而越礼焉。……(卷二)

郭威,字文伟,茂陵人也,好读书,以谓《尔雅》周公所制,而《尔雅》有"张仲孝友",张仲,宣王时人,非周公之制明矣。余尝以问杨子云,子云曰:"孔子门徒游夏之俦所记,以解释六艺者也。"家君以为《外戚传》称"史佚教其子以《尔雅》",《尔雅》,小学也。又记言"孔子教鲁哀公学《尔雅》",《尔雅》之出远矣,旧传学者皆云周公所记也,"张仲孝友"之类,后人所足耳。(卷三)

司马迁发愤作《史记》百三十篇,先达称为良史之才。其以伯夷居列传之首,以为善而无报也;为《项羽本纪》,以踞高位者非关有德也。及其序屈原贾谊,辞旨抑扬,悲而不伤,亦近代之伟才。(卷四)

(广川王去疾聚无赖发)栾书冢,棺柩明器,朽烂无余。有一白狐,见人惊走,左右击之,不能得,伤其左脚。其夕,王梦一丈夫须眉尽白,来谓王曰:"何故伤吾左脚?"乃以杖叩王左脚。王觉,脚肿痛生疮,至死不差。(卷六)

葛洪字稚川,丹阳句容人,少以儒学知名,究览典籍,尤好神仙导养之法,太安中,官伏波将军。以平贼功封关内侯。干宝深相亲善,荐洪才堪国史,而洪闻交阯出丹。自求为勾漏令,行至广州,为刺史所留,遂止罗浮,年八十一,兀然若睡而卒(约二九〇—三七〇),有传在《晋书》。洪著作甚多,可六百卷,其《抱朴子》(内篇三)言太丘长颍川陈仲弓有《异闻记》，且引其文，略云郡人张广定以避乱置其四岁女于古冢中，三年复归，而女以效龟息得不死。然陈实此记，史志既所不载，其事又甚类方士常谈，疑亦假托。葛洪虽去汉未远，而溺于神仙，故其言亦不足据。

又有《飞燕外传》一卷，记赵飞燕姊妹故事，题汉河东都尉伶玄子于撰，司马光尝取其"祸水灭火"语入《通鉴》，殆以为真汉人作，然恐是唐宋人所为。又有《杂事秘辛》一卷，记后汉选阅梁冀妹及册立事，杨慎序云，"得于安宁土知州万氏"，沈德符（《野获编》二十三）以为即慎一时游戏之作也。

第十四章
六朝之鬼神志怪书（上）

中国本信巫，秦汉以来，神仙之说盛行，汉末又大畅巫风，而鬼道愈炽；会小乘佛教亦入中土，渐见流传。凡此，皆张皇鬼神，称道灵异，故自晋讫隋，特多鬼神志怪之书。其书有出于文人者，有出于教徒者。文人之作，虽非如释道二家，意在自神其教，然亦非有意为小说，盖当时以为幽明虽殊途，而人鬼乃皆实有，故其叙述异事，与记载人间常事，自视固无诚妄之别矣。

《隋志》有《列异传》三卷，魏文帝撰，今佚。惟古来文籍中颇多引用，故犹得见其遗文，则正如《隋志》所言，"以序鬼物奇怪之事"者也。文中有甘露年间事，在文帝后，或后人有增益，或撰人是假托，皆不可知。两《唐志》皆云张华撰，亦别无佐证，殆后有悟其抵牾者，因改易之。惟宋裴松之《三国志注》，后魏郦道元《水经注》皆已征引，则为魏晋人作无疑也。

南阳宗定伯年少时，夜行逢鬼，问曰："谁？"鬼曰："鬼也。"鬼曰："卿复谁？"定伯欺之，言我亦鬼也。鬼问欲至何所，答曰欲至宛市，鬼言我亦欲至宛市。共行数里，鬼言步行大亟，可共迭相担也。定伯曰大善。鬼便先担定伯数里，鬼言卿大重，将非鬼也？定伯言我新死，故重耳。定伯因复担鬼，鬼略无重。如是再三。定伯复言我新死，不知鬼悉何所畏忌？鬼曰唯不喜人唾。……行欲至宛市，定伯便担鬼至头上，急持之。鬼大呼，声咋咋索下。不复听之，径至宛市中，著地化为一羊。便卖之。恐其便化，乃唾之，得钱千五百。(《太平御览》八百八十四，《法苑珠林》六)

神仙麻姑降东阳蔡经家，手爪长四寸。经意曰："此女子实好佳手，愿得以搔背。"麻姑大怒。忽见经顿地，两目流血。(《太平御览》三百七十)

武昌新县北山上有望夫石，状若人立者。相传云，昔有贞妇，其夫从役，远赴国难，妇携幼子，饯送此山，立望而形化为石。(《太平御览》八百八十八)

晋以后人之造伪书，于记注殊方异物者每云张华，亦如言仙人神境者之好称东方朔。张华字茂先，范阳方城人，魏初举太常博士，入晋官至司空，领著作，封壮武郡公，永康元年四月赵王伦之变，华被害，夷三族，时年六十九(二三二—三〇〇)，传在《晋书》。华既通图纬，又多览方伎书，能识灾祥异物，故有博物洽闻之称，然亦遂多附会之说。梁萧绮所录王嘉《拾遗记》(九)言华尝"捃采天下遗逸，自书契之始，考验神怪，及世间闾里所说，造《博物志》四百卷，奏于武帝"，帝令芟截浮疑，分为十卷。其书今存，乃类记异境奇物及古代琐闻杂事，皆剌取故书，殊乏新异，不能副其名，或由后人缀辑复成，非其原本欤？今所存汉至隋小说，大抵此类。

《周书》曰："西域献火浣布，昆吾氏献切玉刀，火浣布污则烧之则洁，刀切玉如蜡。"布汉世有献者，刀则未闻。(卷二《异产》)

取鳖锉令如棋子大，捣赤苋汁和合，厚以茅苞，五六月中作，投池中，经旬脔脔尽成鳖也。（卷四《戏术》）

燕太子丹质于秦，……欲归，请于秦王。王不听。谬言曰："令乌头白，马生角，乃可。"丹仰而叹，乌即头白，俯而嗟，马生角。秦王不得已而遣之，为机发之桥，欲陷丹，丹驱驰过之而桥不发。遁到关，关门不开，丹为鸡鸣，于是众鸡悉鸣，遂归。（卷八《史补》）

老子云："万民皆付西王母；唯王，圣人，真人，仙人，道人之命，上属九天君耳。"（卷九《杂说》上）

新蔡干宝字令升，晋中兴后置史官，宝始以著作郎领国史，因家贫求补山阴令，迁始安太守，王导请为司徒右长史，迁散骑常侍（四世纪中）。宝著《晋纪》二十卷，时称良史；而性好阴阳术数，尝感于其父婢死而再生，及其兄气绝复苏，自言见天神事，乃撰《搜神记》二十卷。以"发明神道之不诬"（自序中语），见《晋书》本传。《搜神记》今存者正二十卷，然亦非原书，其书于神祇灵异人物变化之外，颇言神仙五行，又偶有释氏说。

汉下邳周式，尝至东海，道逢一吏，持一卷书，求寄载，行十余里，谓式曰："吾暂有所过，留书寄君船中，慎勿发之！"去后，式盗发视，书皆诸死人录，下条有式名。须臾吏还，式犹视书。吏怒曰："故以相告，而忽视之！"式叩头流血，良久，吏曰："感卿远相载，此书不可除卿名，今日已去，还家三年勿出门，可得度也。勿道见吾书！"式还，不出已二年余，家皆怪之。邻人卒亡，父怒使往吊之，式不得已，适出门，便见此吏。

163

吏曰："吾令汝三年勿出，而今出门，知复奈何？吾求不见连累为鞭杖，今已见汝，可复奈何？后三日日中，当相取也。"……至三日日中，果见来取，便死。（卷五）

阮瞻字千里，素执无鬼论，物莫能难，每自谓此理足以辨正幽明。忽有客通名诣瞻，寒温毕，聊谈名理，客甚有才辨，瞻与之言良久，及鬼神之事，反复甚苦，客遂屈，乃作色曰："鬼神古今圣贤所共传，君何得独言无？即仆便是鬼！"于是变为异形，须臾消灭。瞻默然，意色大恶，岁余而卒。（卷十六）

焦湖庙有一玉枕，枕有小坼。时单父县人杨林为贾客，至庙祈求，庙巫谓曰："君欲好婚否？"林曰："幸甚。"巫即遣林近枕边，因入坼中，遂见朱楼琼室。有赵太尉在其中，即嫁女与林，生六子，皆为秘书郎。历数十年，并无思归之志，忽如梦觉，犹在枕傍，林怆然久之。（今本无此条，见《太平寰宇记》一百二十六引）

续干宝书者，有《搜神后记》十卷。题陶潜撰。其书今具存，亦记灵异变化之事如前记，陶潜旷达，未必拳拳于鬼神，盖伪托也。

干宝字令升，其先新蔡人。父莹，有嬖妾。母至妒，宝父葬时，因生推婢著藏中，宝兄弟年小，不之审也。经十年而母丧，开墓，见其妾伏棺上，衣服如生，就视犹暖，舆还家，终日而苏，云宝父常致饮食，与之寝接，恩情如生。家中吉凶辄语之，校之悉验，平复数年后方卒。宝兄常病，气绝积日不冷，后遂寤，云见天地间鬼神事，如梦觉，不自知死。（卷四）

晋中兴后，谯郡周子文家在晋陵，少时喜射猎。常入山，忽山岫间有一人长五六丈，手捉弓箭，箭镝头广二尺许，白如霜雪，忽出声唤曰："阿鼠！"（原注，子文小字）子文不觉应曰："喏。"此人便牵弓满镝向子文，子文便失魂厌伏。（卷七）

晋时，又有荀氏作《灵鬼志》，陆氏作《异林》，西戎主簿戴祚作《甄异传》，祖冲之作《述异记》，祖台之作《志怪》，此外作志怪者尚多，有孔氏、殖氏、曹毗等，今俱佚，间存遗文。至于现行之《述异记》二卷，称梁任昉撰者，则唐宋间人伪作，而袭祖冲之之书名者也，故唐人书中皆未尝引。

刘敬叔字敬叔，彭城人，少颖敏有异才，晋末拜南平国郎中令，入宋为给事黄门郎，数年，以病免，泰始中卒于家（约三九〇—四七〇），所著有《异苑》十余卷，行世。（详见明胡震亨所作小传，在汲古阁本《异苑》卷首）。《异苑》今存者十卷，然亦非原书。

魏时，殿前大钟无故大鸣，人皆异之，以问张华，华曰："此蜀郡铜山崩，故钟鸣应之耳。"寻蜀郡上其事，果如华言。（卷二）

义熙中，东海徐氏婢兰忽患羸黄，而拂拭异常，共伺察之，见扫帚从壁角来趋婢床，乃取而焚之，婢即平复。（卷八）

晋太元十九年，鄱阳桓阐杀犬祭乡里绥山，煮肉不熟。神怒，即下教于巫曰："桓阐以肉生贻我，当谪令自食也。"其年忽变作虎，作虎之始，见人以斑皮衣之，即能跳跃噬逐。（卷八）

东莞刘邕性嗜食疮痂，以为味似鳆鱼。尝诣孟灵休，灵休先患灸疮，痂落在床，邕取食之，灵休大惊，痂未落者悉褫取饴

邕。南康国吏二百许人，不问有罪无罪，递与鞭，疮痂落，常以给膳。（卷十）

临川王刘义庆（四〇三—四四四）为性简素，爱好文义，撰述甚多（详见《宋书·宗室传》），有《幽明录》三十卷，见《隋志》史部杂传类，《新唐志》入小说。其书今虽不存。而他书征引甚多，大抵如《搜神》《列异》之类；然似皆集录前人撰作，非自造也。唐时尝盛行，刘知几（《史通》）云《晋书》多取之。

宋散骑侍郎东阳无疑有《齐谐记》七卷，亦见《隋志》，今佚。梁吴均作《续齐谐记》一卷，今尚存，然亦非原本。吴均字叔庠，吴兴故鄣人，天监初为吴兴主簿，旋兼建安王伟记室，终除奉朝请，以撰《齐春秋》不实免职，已而复召，使撰通史，未就，普通元年卒，年五十二（四六九—五二〇），事详《梁书·文学传》。均夙有诗名，文体清拔，好事者或模拟之，称"吴均体"，故其为小说，亦卓然可观，唐宋文人多引为典据，阳羡鹅笼之记，尤其奇诡者也。

阳羡许彦于绥安山行，遇一书生，年十七八，卧路侧，云脚痛，求寄鹅笼中。彦以为戏言，书生便入笼，笼亦不更广，书生亦不更小，宛然与双鹅并坐，鹅亦不惊。彦负笼而去，都不觉重。前行息树下，书生乃出笼谓彦曰："欲为君薄设。"彦曰："善。"乃口中吐出一铜奁子，奁子中具诸肴馔。……酒数行，谓彦曰："向将一妇人自随。今欲暂邀之。"彦曰："善。"又于口中吐一女子，年可十五六，衣服绮丽，容貌殊绝，共坐宴。俄而书生醉卧，此女谓彦曰："虽与书生结妻，而实怀怨，向亦窃得一男子同行，书生既眠，暂唤之，君幸勿言。"彦曰："善。"女子于口中吐出一男子，年可二十三四，亦颖悟可爱，乃与彦叙寒温。书生卧欲觉，女子口吐一锦行障遮书生，书生乃留女子共卧。男子谓彦曰："此女虽有情，心亦不尽，向复窃得一女人同行，今欲暂见之，愿君勿泄。"彦曰："善。"男子又于口中吐一妇人，年可二十许，共酌，戏谈甚久，闻书生动声，男子曰："二人眠已觉。"因取所吐女人，还纳口中。须史，书生处女乃出谓彦曰："书生欲起。"乃吞向男子，独对彦坐。然后书生起谓彦曰："暂眠遂久，君独坐，当悒悒耶？日又晚，当与君别。"遂吞其女子，诸器皿悉纳口中，留大铜盘可二尺广，与彦别曰："无以藉君，与君相忆也。"彦大元中为兰台令史，以盘饷侍中张散；散看其铭题，云是永平三年作。

然此类思想，盖非中国所故有，段成式已谓出于天竺，《酉阳杂俎》(《续集·贬误篇》)云："释氏《譬喻经》云，昔梵志作术，吐出一壶，中有女子与屏，处作家室。梵志少息，女复作术，吐出一壶，中有男子，复与共卧。梵志觉，次第互吞之，拄杖而去。余以吴均尝览此事，讶其说以为至怪也。"所云释氏经者，即《旧杂譬喻经》，吴时康僧会译，今尚存；而此一事，则复有他经为本，如《观佛三昧海经》(卷一)说观佛苦行时白毫毛相云："天见毛内有百亿光，其光微妙，不可具宣。于其光中，现化菩萨，皆修苦行，如此不异。菩萨不小，毛亦不大。"当又为梵志吐壶相之渊源矣。魏晋以来，渐译释典，天竺故事亦流传世间，文人喜其颖异，于有意或无意中用之，遂蜕化为国有，如晋人荀氏作《灵鬼志》，亦记道人入笼子中事，尚云来自外国，至吴均记，乃为中国之书生。

太元十二年，有道人外国来，能吞刀吐火，吐珠玉金银，自说其所受师，即白衣，非沙门也。尝行，见一人担担，上有小笼子，可受升余，语担人云："吾步行疲极，欲寄君担。"担人甚怪之，虑是狂人，便语之云："自可耳。"……即入笼中，笼不更大，其人亦不更小，担之亦不觉重于先。既行数十里，树下住食，担人呼共食，云"我自有食"，不肯出。……食未半，语担人"我欲与妇共食"，即复口吐出女子，年二十许，衣裳容貌甚美，二人便共食。食欲竟，其夫便卧；妇语担人："我有外夫，欲来共食，夫觉，君勿道之。"妇便口中出一年少丈夫，共食。笼中便有三人，宽急之事，亦复不异。有顷，其夫动，如欲觉，妇便以外夫内口中。夫起，语担人曰："可去！"即以妇内口中，次及食器物。……（《法苑珠林》六十一，《太平御览》三百五十九）

第十五章

六朝之鬼神志怪书（下）

释氏辅教之书，《隋志》著录九家，在子部及史部，今惟颜之推《冤魂志》存，引经史以证报应，已开混合儒释之端矣，而余则俱佚。遗文之可考见者，有宋刘义庆《宣验记》、齐王琰《冥祥记》、隋颜之推《集灵记》、侯白《旌异记》四种，大抵记经像之显效，明应验之实有，以震耸世俗，使生敬信之心，顾后世则或视为小说。王琰者，太原人，幼在交趾，受五戒，于宋大明及建元（五世纪中）年，两感金像之异，因作记，撰集像事，继以经塔，凡十卷，谓之《冥祥》，自序其事甚悉（见《法苑珠林》卷十七）。《冥祥记》在《珠林》及《太平广记》中所存最多，其叙述亦最委曲详尽，今略引三事，以概其余。

汉明帝梦见神人，形垂二丈，身黄金色，项佩日光。以问群臣，或对曰："西方有神，其号曰佛，形如陛下所梦，得无是乎？"于是发使天竺，写致经像。表之中夏，自天子王侯，咸敬事之，闻人死精神不灭，莫不惧然自失。初，使者蔡愔将西域沙门迦叶摩腾等赍优填王画释迦佛像，帝重之，如梦所见也，乃遣画工图之数本，于南宫清凉台及高阳门显节寿陵上供养。又于白马寺壁画千乘万骑绕塔三匝之像，如诸传备载。（《珠林》十三）

晋谢敷字庆绪，会稽山阴人也，……少有高操，隐于东山，笃信大法，精勤不倦，手写《首楞严经》，当在都白马寺中，寺为灾火所延，什物余经，并成煨尽，而此经止烧纸头界外而已，文字悉存，无所毁失。敷死时，友人疑其得道，及闻此经，弥复惊异。……（《珠林》十八）

晋赵泰字文和，清河贝丘人也，……年三十五时，尝卒心痛，须臾而死。下尸于地，心暖不已，屈伸随人。留尸十日，平旦，喉中有声如雨，俄而苏活。说初死之时，梦有一人来近心下，复有二人乘黄马，从者二人，扶泰腋径将东行，不知可几里，至一大城，崔巍高峻，城色青黑。将泰向城门入，经两重门，有瓦屋可数千间，男女大小亦数千人，行列而立。吏著皂衣，有五六人，条疏姓字，云"当以科呈府君"。泰名在三十，须臾，将泰与数千人男女一时俱进。府君西向坐，简视名簿讫，复遣泰南入黑门。有人著绛衣坐大屋下，以次呼名，问："生时所事？作何孽罪？行何福善？谛汝等辞，以实言也！此恒遣六部使者常在人间，疏记善恶，具有条状，不可得虚。"泰答："父兄仕宦，皆二千石。我少在家，修学而已，无所事也，亦不犯恶。"乃遣泰为水官将作。……后转泰水官都督知诸狱事，给泰兵马，令案行地狱。所至诸狱，楚毒各殊：或针贯其舌，流血竟体；或被头露发，裸形徒跣，相牵而行，有持大杖，从后催促，铁床铜柱，烧之洞然，驱迫此人，抱卧其上，赴即焦烂，寻复还生；……或剑树高广，不知限量，根茎枝叶，皆剑为之，人众相訾，自登自攀，若有欣竞，而身首割截，尺寸离断。泰见祖父母及二弟在此狱中，相见涕泣。泰出狱门，见有二人赍文书，来语狱吏，言有三人，其家为其于塔寺中悬幡烧香，救解其罪，可出福舍。俄见三人自狱而出，已有自然衣服，完整在身，南诣一门，云名开光大舍。……泰案行毕，还水官处。……主者曰："卿无罪过，故相使为水官都督，不尔，与地狱中人无以异也。"泰问主者曰："人有何行，死得乐报？"主者唯言："奉法弟子精进持戒，得乐报，无有谪罚也。"泰复问曰："人未事法时所行罪过，事法之后，得以除不？"答曰："皆除也。"语毕，主者开滕箧检泰年纪，尚有余算三十年在，乃遣泰还。……时晋太始五年七月十三日也。……（《珠林》七。《广记》三百七十七）

佛教既渐流播，经论日多，杂说亦日出，闻者虽或悟无常而归依，然亦或怖无常而却走。此之反动，则有方士亦自造伪经，多作异记，以长生久视之道，网罗天下之逃苦空者，今所存汉小说，除一二文人著述外，其余盖皆是矣。方士撰书，大抵托名古人，故称晋宋人作者不多有，惟类书间有引《神异记》者，则为道士王浮作。浮，晋人，有浅妄之称，即惠帝时（三世纪末至四世纪初）与帛远抗论屡屈，遂改换《西域传》造老子《明威化胡经》者也（见唐释法琳《辩正论》六）。其记似亦言神仙鬼神，如《洞冥》《列异》之类。

陈敏，孙皓之世为江夏太守，自建业赴职，闻宫亭庙验（原注云言灵验），过乞在任安稳，当上银杖一枚。年限既满，作杖拟以还庙，捶铁以为干，以银涂之。寻征为散骑常侍，往宫亭，送杖于庙中讫，即进路。日晚，降神巫宣教曰："陈敏许我银杖，今以涂杖见与，便投水中，当以还之。欺蔑之罪，不可容也！"于是取银杖看之，剖视中见铁干，乃置之湖中。杖浮在水上，其疾如飞，遥到敏舫前，敏身遂覆也。（《太平御览》七百十）

丹丘生大茗，服之生羽翼。(《事类赋》注十六)

《拾遗记》十卷，题晋陇西王嘉撰，梁萧绮录。《晋书·艺术列传》中有王嘉，略云，嘉字子年，陇西安阳人，初隐于东阳谷，后入长安，苻坚累征不起，能言未然之事，辞如谶记，当时鲜能晓之。姚苌入长安，逼嘉自随；后以答问失苌意，为苌所杀（约三九〇）。嘉尝造《牵三歌谶》，又著《拾遗录》十卷，其事多诡怪，今行于世。传所云《拾遗录》者，盖即今记，前有萧绮序，言书本十九卷，二百二十篇，当苻秦之季，典章散灭，此书亦多有亡，绮更删繁存实，合为一部，凡十卷。今书前九卷起庖牺迄东晋，末一卷则记昆仑等九仙山，与序所谓"事讫西晋之末"者稍同。其文笔颇靡丽，而事皆诞谩无实，萧绮之录亦附会，胡应麟（《笔丛》三十二）以为"盖即绮撰而托之王嘉"者也。

少昊以金德王，母曰皇娥，处璇宫而夜织，或乘桴木而昼游，经历穷桑沧茫之浦。时有神童，容貌绝俗，称为白帝之子，即太白之精，降乎水际，与皇娥宴戏，奏便娟之乐，游漾忘归。穷桑者，西海之滨，有孤桑之树，直上千寻，叶红椹紫，万岁一实，食之后天而老。……帝子与皇娥并坐，抚桐峰梓瑟，皇娥倚瑟而清歌曰："天清地旷浩茫茫，万象回薄化无方。浛天荡荡望沧沧，乘桴轻漾著日傍。当其何所至穷桑，心知和乐悦未央。"俗谓游乐之处为桑中也，《诗·卫风》云"期我乎桑中"，盖类此也。……及皇娥生少昊，号曰穷桑氏，亦曰桑丘氏。至六国时，桑丘子著阴阳书，即其余裔也。……（卷一）

刘向于成帝之末，校书天禄阁，专精覃思。夜，有老人著黄有传）撰《小说》三十卷，至隋仅存十卷，明初尚存，今乃止见于《续谈助》及原本《说郛》中，亦采集群书而成，以时代为次第，而特置帝王之事于卷首，继以周汉，终于南齐。

晋咸康中，有士人周谓者，死而复生，言天帝召见，引升殿，仰视帝，面方一尺。问左右曰："是古张天帝耶？"答云："上古天帝，久已圣去，此近曹明帝也。"（《绀珠集》二）

孝武未尝见驴，谢太傅问曰："陛下想其形当何所似？"孝武掩口笑云："正当似猪。"（《续谈助》四。原注云：出《世说》。案今本无之。）

孔子尝游于山，使子路取水。逢虎于水所，与共战，揽尾得之，内怀中；取水还。问孔子曰："上士杀虎如之何？"子曰："上士杀虎持虎头。"又问曰："中士杀虎如之何？"子曰："中士杀虎持虎耳。"又问："下士杀虎如之何？"子曰："下士杀虎捉虎尾。"子路出尾弃之，因恚孔子曰："夫子知水所有虎，使我取水，是欲死我。"乃怀石盘欲中孔子，又问："上士杀人如之何？"子曰："上士杀人使笔端。"又问曰："中士杀人如之何？"子曰："中士杀人用舌端。"又问："下士杀人如之何？"子曰："下士杀人怀石盘。"子路出而弃之，于是心服。（原本《说郛》二十五。原注云，出《冲波传》。）

鬼谷先生与苏秦张仪书云："二君足下，功名赫赫，但春华到秋，不得久茂。日数将冬，时讫将老。子独不见河边之树乎？仆御折其枝，波浪激其根；此木非与天下人有仇怨，盖所居者然。子见嵩岱之松柏，华霍之树檀？上叶干青云，下根通三泉，上有猿狖，下有赤豹麒麟，千秋万岁，不逢斧斤之伐：此木非与天下之人有骨肉，亦所居者然。今二子好朝露之荣，忽长久之功，轻乔松之求延，贵一旦之浮爵，夫'女爱不极席，男欢不毕轮'，痛夫痛夫，二君二君！"(《续谈助》四。原注云，出《鬼谷先生书》。)

《隋志》又有《笑林》三卷，后汉给事中邯郸淳撰。淳一名竺，字子礼，颍川人，弱冠有异才，元嘉元年（一五一），上虞长度尚为曹娥立碑，淳者尚之弟子，于席间作碑文，操笔而成，无所点定，遂知名，黄初初（约二二一），为魏博士给事中，见《后汉书·曹娥传》及《三国·魏志·王粲传》等注。《笑林》今佚，遗文存二十余事，举非违，显纰缪，实《世说》之一体，亦后来诽谐文字之权舆也。

  鲁有执长竿入城门者，初，竖执之不可入，横执之亦不可入，计无所出。俄有老父至曰："吾非圣人，但见事多矣，何不以锯中截而入！"遂依而截之。(《太平广记》二百六十二)
  平原陶丘氏，取渤海墨台氏女，女色甚美，才甚令，复相敬，已生一男而归。母丁氏，年老，进见女婿。女婿既归而遣妇。妇临去请罪，夫曰："襄见夫人年德已衰，非昔日比，亦恐新妇老后，必复如此，是以遣，实无他故。"(《太平御览》四百九十九)
  甲父母在，出学三年而归。舅氏问其学何所得，并序别父久。乃答曰："渭阳之思，过于秦康。"既而父数之："尔学奚益。"答曰："少失过庭之训，故学无益。"(《广记》二百六十二)
  甲与乙争斗，甲啮下乙鼻，官吏欲断之，甲称乙自啮落。吏曰："夫人鼻高而口低，岂能就啮之乎？"甲曰："他踏床子就啮

之。"（同上）

《笑林》之后，不乏继作，《隋志》有《解颐》二卷，杨松玢撰，今一字不存，而群书常引《谈薮》，则《世说》之流也。《唐志》有《启颜录》十卷，侯白撰。白字君素，魏郡人，好学有捷才，滑稽善辩，举秀才为儒林郎，好为诽谐杂说，人多爱狎之，所在之处，观者如市。隋高祖闻其名，召令于秘书修国史，后给五品食，月余而死（约六世纪后叶）。见《隋书·陆爽传》。《启颜录》今亦佚，然《太平广记》引用甚多，盖上取子史之旧文，近记一己之言行，事多浮浅，又好以鄙言调谑人，诽谐太过，时复流于轻薄矣。其有唐世事者，后人所如也；古书中往往有之，在小说尤甚。

开皇中，有人姓出名六斤，欲参（杨）素，赍名纸至省门，遇白，请为题其姓，乃书曰"六斤半"。名既入，素召其人，问曰："卿姓六斤半？"答曰："是出六斤。"曰："何为六斤半？"曰："向请侯秀才题之，当是错矣。"即召白至，谓曰："卿何为错题人姓名？"对云："不错。"素曰："若不错，何因姓出名六斤，请卿题之，乃言六斤半？"对曰："白在省门，会卒无处觅称，既闻道是出六斤，斟酌只应是六斤半。"素大笑之。（《广记》二百四十八）

山东人娶蒲州女，多患瘿，其妻母项瘿甚大。成婚数月，妇家疑婿不慧，妇翁置酒盛会亲戚，欲以试之。问曰："某郎在山东读书，应识道理。鸿鹤能鸣，何意？"曰："天使其然。"又曰："松柏冬青，何意？"曰："天使其然。"又曰："道旁树有骨䤋，何意？"曰："天使其然。"妇翁曰："某郎全不识道理，何因浪住山东？"因以戏之曰："鸿鹤能鸣者颈项长，松柏冬青者心中强，道边树有骨骺者车拨伤：岂是天使其然？"婿曰："虾蟆能鸣，岂是颈项长？竹亦冬青，岂是心中强？夫人项下瘿如许大，岂是车拨伤？"妇翁羞愧，无以对之。（同上）

其后则唐有何自然《笑林》，今亦佚，宋有吕居仁《轩渠录》，沈征《谐史》，周文玘《开颜集》，天和子《善谑集》，元明又十余种；大抵或取子史旧文，或拾同时琐事，殊不见有新意。惟托名东坡之《艾子杂说》稍卓特，顾往往嘲讽世情，讥刺时病，又异于《笑林》之无所为而作矣。

至于《世说》一流，仿者尤众，刘孝标有《续世说》十卷，见《唐志》，然据《隋志》，则殆即所注临川书。唐有王方庆《续世说新书》（见《新唐志》杂家，今佚），宋有王谠《唐语林》、孔平仲《续世说》、明有何良俊《何氏语林》、李绍文《明世说新语》、焦竑《类林》及《玉堂丛话》、张墉《廿一史识余》、郑仲夔《清言》等，然纂旧闻则别无颖异，述时事则伤于矫揉，而世人犹复为之不已，至于清，又有梁维枢作《玉剑尊闻》，吴肃公作《明语林》，章抚功作《汉世说》，李清作《女世说》，颜从乔作《僧世说》，王晫作《今世说》，汪琬作《说铃》而惠栋为之补注，今亦尚有易宗夔作《新世说》也。

第十七章
唐之传奇文（上）

小说亦如诗，至唐代而一变，虽尚不离于搜奇记逸，然叙述宛转，文辞华艳，与六朝之粗陈梗概者较，演进之迹甚明，而尤显者乃在是时则始有意为小说。胡应麟（《笔丛》三十六）云，"变异之谈，盛于六朝，然多是传录舛讹，未必尽幻设语，至唐人乃作意好奇，假小说以寄笔端。"其云"作意"，云"幻设"者，则即意识之创造矣。此类文字，当时或为丛集，或为单篇，大率篇幅曼长，记叙委曲，时亦近于俳谐，故论者每訾其卑下，贬之曰"传奇"，以别于韩柳辈之高文。顾世间则甚风行，文人往往有作，投谒时或用之为行卷，今颇有留存于《太平广记》中者他书所收，时代及撰人多错误不足据，实唐代特绝之作也。然而后来流派，乃亦不昌，但有演述，或者摹拟而已，惟元明人多本其事作杂剧或传奇，而影响遂及于曲。

幻设为文，晋世固已盛，如阮籍之《大人先生传》，刘伶之《酒德颂》，陶潜之《桃花源记》《五柳先生传》皆是矣，然咸以寓言为本，文词为末，故其流可衍为王绩《醉乡记》、韩愈《圬者王承福传》、柳宗元《种树郭橐驼传》等，而无涉于传奇。传奇者流，源盖出于志怪，然施之藻绘，扩其波澜，故所成就乃特异，其间虽亦或托讽喻以纾牢愁，谈祸福以寓惩劝，而大归则究在文采与意想，与昔之传鬼神明因果而外无他意者，甚异其趣矣。

隋唐间，有王度者，作《古镜记》（见《广记》二百三十，题曰

《王度》），自述获神镜于侯生，能降精魅，后其弟勣（当作绩）远游，借以自随，亦杀诸鬼怪，顾终乃化去。其文甚长，然仅缀古镜诸灵异事，犹有六朝志怪流风。王度，太原祁人，文中子通之弟，东皋子绩兄也，盖生于开皇初（宋晁公武《郡斋读书志》十云通生于开皇四年），大业中为御史，罢归河东，复入长安为著作郎，奉诏修国史，又出兼芮城令，武德中卒（约五八五—六二五），史亦不成（见《古镜记》《唐文粹》及《新唐书·王绩传》，惟传云兄名凝，未详孰是），遗文仅存此篇而已。绩弃官归龙门后，史不言其游涉，盖度所假设也。

唐初又有《补江总白猿传》一卷，不知何人作，宋时尚单行，今见《广记》（四百四十四，题曰《欧阳纥》）中。传言梁将欧阳纥略地至长乐，深入溪洞，其妻遂为白猿所掠，逮救归，已孕，周岁生一子，"厥状肖焉"。纥后为陈武帝所杀，子询以江总收养成人，入唐有盛名，而貌类猕猴，忌者因此作传，云以补江总，是知假小说以施诬蔑之风，其由来亦颇古矣。

武后时，有深州陆浑人张鷟字文成，以调露初登进士第，为岐王府参军，屡试皆甲科，大有文誉，调长安尉，然性躁卞，儇荡无检，姚崇尤恶之；开元初，御史李全交劾鷟讪短时政，贬岭南，旋得内徙，终司门员外郎（约六六〇—七四〇，详见两《唐书·张荐传》）。日本有《游仙窟》一卷，题宁州襄乐县尉张文成作，莫休符谓"鷟弱冠应举，下笔成章，中书侍郎薛元超特授襄乐尉"（《桂林风土记》），则尚其年少时所为。自叙奉使河源，道中夜投大宅，逢二女曰十娘五嫂，宴饮欢笑，以诗相调，止宿而去，文近骈俪而时杂鄙语，气度与所作《朝野佥载》，《龙筋凤髓判》正同，《唐书》谓"鷟下笔辄成，浮艳少理致，其论著率诋诮芜秽，然大行一时，晚进莫不传记。……新罗日本使至，必出金宝购其文"，殆实录矣。《游仙窟》中国久失传，后人亦不复效其体制，今略录数十言以见大概，乃升堂燕饮时情状也。

> ……十娘唤香儿为少府设乐，金石并奏，箫管间响：苏合弹琵琶，绿竹吹筚篥，仙人鼓瑟，玉女吹笙，玄鹤俯而听琴，白鱼跃而应节。清音眺叨，片时则梁上尘飞，雅韵铿锵，卒尔则天边雪落，一时忘味，孔丘留滞不虚，三日绕梁，韩娥余音是实。……两人俱起舞，共劝下官，……遂舞著词曰："从来巡绕四边，忽逢两个神仙，眉上冬天出柳，颊中旱地生莲，千看千处妩媚，万看万种婳妍，今宵若其不得，刺命过与黄泉。"又一时大笑。舞毕，因谢曰："仆实庸才，得陪清赏，赐垂音乐，惭荷不胜。"十娘咏曰："得意似鸳鸯，情乖若胡越，不向君边尽，更知何处歇？"十娘曰："儿等并无可收采，少府公云'冬天出柳，旱地生莲'，总是相弄也。"……

然作者蔚起，则在开元天宝以后。大历中有沈既济，苏州吴人，经学该博，以杨炎荐，召拜左拾遗史馆修撰。贞元时炎得罪，既济亦贬处州司户参军，既入朝，位礼部员外郎，卒（约七五〇—八〇〇）。撰《建中实录》，人称其能，《新唐书》有传。《文苑英华》（八百三十三）录其《枕中记》（亦见《广记》八十二，题曰《吕翁》）一篇，为小说家言，略谓开元七年，道士吕翁行邯郸道中，息邸舍，见旅中少年卢生侘傺叹息，乃探囊中枕授之。生梦娶清河崔氏，举进士，官至陕牧，入为京兆尹，出破戎虏，转吏部侍郎，迁户部尚书兼御史大夫，为时宰所忌，以飞语中之，贬端州刺史，越三年征为常侍，未几同中书门下平章事。

　　嘉谟密命，一日三接，献替启沃，号为贤相，同列害之，复诬与边将交结，所图不轨，下制狱，府吏引从至其门而急收之。生惶骇不测，谓妻子曰："吾家山东有良田五顷，足以御寒馁，何苦求禄？而今及此，思衣短褐乘青驹行邯郸道中，不可得也！"引刃自刎，其妻救之获免。其罹者皆死，独生为中官保之，减罪死投驩州。数年，帝知冤，复追为中书令，封燕国公，恩旨殊异。生五子，……其姻媾皆天下望族，有孙十余人。……后年渐衰迈，屡乞骸骨，不许。病，中人候问，相踵于道，名医上药，无不至焉，……薨；生欠伸而悟，见其身方偃于邸舍，吕翁坐其傍，主人蒸黍未熟；触类如故。生蹶然而兴曰："岂其梦寐也？"翁谓主人曰："人生之适，亦如是矣。"生怃然良久，谢曰："夫宠辱之道，穷达之运，得丧之理，死生之情，尽知之矣；此先生所以窒吾欲也。敢不受教！"稽首再拜而去。

　　如是意想，在歆慕功名之唐代，虽诡幻动人，而亦非出于独创，干宝《搜神记》有焦湖庙祝以玉枕使杨林入梦事（见第五篇），大旨悉同，当即此篇所本。明人汤显祖之《邯郸记》，则又本之此篇。既济文笔简练，又多规诲之意，故事虽不经，尚为当时推重，比之韩愈《毛颖传》；间亦有病其俳谐者，则以作者尝为史官，因而绳以史法，失小说之意矣。既济又有《任氏传》（见《广记》四百五十二）一篇，言妖狐幻化，终于守志殉人，"虽今之妇人有不如者"，亦讽世之作也。

　　"吴兴才人"（李贺语）沈亚之字下贤，元和十年进士第，太和初为德州行营使者柏耆判官，耆以罪贬，亚之亦谪南康尉，终郢州掾（约八世纪末至九世纪中），集十二卷，今存。亚之有文名，自谓"能创窈窕之思"，今集中有传奇文三篇（《沈下贤集》卷二卷四，亦见《广记》二百八十二及二百九十八），皆以华艳之笔，叙恍忽之情，而好言仙鬼复死，尤与同时文人异趣。《湘中怨》记郑生偶遇孤女，相依数年，一旦别去，自云"蛟宫之娣"，谪限已满矣，十余年后，又遥见之画舻中，含嚬悲歌，而"风涛崩怒"，竟失所在。《异梦录》记邢凤梦见美人，示以"弓弯"之舞；及王炎梦侍吴王久，忽闻笳鼓，乃葬西施，因奉教作挽歌，王嘉赏之。《秦梦记》则自述道经长安，客橐泉邸舍，梦为秦官有功，时弄玉婿萧史先死，因尚公主，自题所居曰翠微宫。穆公遇亚之亦甚厚，一日，公主忽无疾卒，穆公乃不复欲见亚之，遣之归。

  将去，公置酒高会，声秦声，舞秦舞，舞者击髀拊髀呜呜而音有不快，声甚怨。……既，再拜辞去，公复命至翠微宫与公主侍人别，重入殿内时，见珠翠遗碎青阶下，窗纱檀点依然，宫人泣对亚之。亚之感咽良久，因题宫门诗曰："君王多感放东归，从此秦宫不复期，春景自伤秦丧主，落花如雨泪胭脂。"竟别去，……觉卧邸舍。明日，亚之与友人崔九万具道；九万，博陵人，谙古，谓余曰："《皇览》云，'秦穆公葬雍橐泉祈年宫下'，非其神灵凭乎？"亚之更求得秦时地志，说如九万云。呜呼！弄玉既仙矣，恶又死乎？

  陈鸿为文，则辞意慷慨，长于吊古，追怀往事，如不胜情。鸿少学为史，贞元二十一年登太常第，始闲居遂志，乃修《大统纪》三十卷，七年始成（《唐文粹》九十五），在长安时，尝与白居易为友，为《长恨歌》作传（见《广记》四百八十六）。《新唐志》小说家类有陈鸿《开元升平源》一卷，注云"字大亮，贞元主客郎中"，或亦其人也（约八世纪后半至九世纪中叶）。所作又有《东城老父传》（见《广记》四百八十五），记贾昌于兵火之后，忆念太平盛事，荣华苓落，两相比照，其语甚悲。《长恨歌传》则作于元和初，亦追述开元中杨妃入宫以至死蜀本末，法与《贾昌传》相类。杨妃故事，唐人本所乐道，然鲜有条贯秩然如此传者，又得白居易作歌，故特为世间所知，清洪昇撰《长生殿传奇》，即本此传及歌意也。传今有数本，《广记》及《文苑英华》（七百九十四）所录，字句已多异同，而明人附载《文苑英华》后之出于《丽情集》及《京本大曲》者尤异，盖后人（《丽情集》之撰者张君房？）又增损之。

　　天宝末，兄国忠盗丞相位，愚弄国柄，及安禄山引兵向阙，以讨杨氏为词。潼关不守，翠华南幸，出咸阳，道次马嵬亭，六军徘徊，持戟不进，从官郎吏伏上马前，请诛晁错以谢天下，国忠奉氂缨盘水，死于道周。左右之意未快，上问之，当时敢言者请以贵妃塞天下怨，上知不免，而不忍见其死，反袂掩面，使牵之而去；仓皇展转，竟就死于尺组之下。（《文苑英华》所载）

　　天宝末，兄国忠盗丞相位，窃弄国柄，羯胡乱燕，二京连陷，翠华南幸，驾出都西门百余里，六师徘徊，拥戟不行，从官郎吏伏上马前，请诛错以谢之；国忠奉氂缨盘水，死于道周。左右之意未快，当时敢言者请以贵妃塞天下之怒，上惨容，但心不忍见其死，反袂掩面，使牵之而去。拜于上前，回眸血下，坠金钿翠羽于地，上自收之。呜呼，蕙心纨质，天王之爱，不得已而

死于尺组之下，叔向母云"甚美必甚恶"，李延年歌曰"倾国复倾城"，此之谓也。（《丽情集》及《大曲》所载）

白行简字知退，其先盖太原人，后家韩城，又徙下邽，居易之弟也。贞元末进士第，累迁司门员外郎主客郎中，宝历二年（八二六）冬病卒，年盖五十余，两《唐书》皆附见《居易传》。有集二十卷，今不存，而《广记》（四百八十四）收其传奇文一篇曰《李娃传》，言荥阳巨族之子溺于长安倡女李娃，贫病困顿，至流落为挽郎，复为李娃所拯，勉之学，遂擢第，官成都府参军。行简本善文笔，李娃事又近情而耸听，故缠绵可观；元人已本其事为《曲江池》，明薛近兖则以作《绣襦记》。行简又有《三梦记》一篇（见原本《说郛》四），举"彼梦有所往而此遇之者，或此有所为而彼梦之者，或两相通梦者"三事，皆叙述简质，而事特瑰奇，其第一事尤胜。

天后时，刘幽求为朝邑丞，尝奉使夜归，未及家十余里，适有佛寺，路出其侧，闻寺中歌笑欢洽。寺垣短缺，尽得睹其中。刘俯身窥之，见十数人儿女杂坐，罗列盘馔，环绕之而共食。见其妻在坐中语笑。刘初愕然，不测其故，久之，且思其不当至此，复不能舍之。又熟视容止言笑无异，将就察之，寺门闭不得入，刘掷瓦击之，中其罍洗，破迸散走，因忽不见。刘逾垣直入，与从者同视殿庑，皆无人，寺扃如故。刘讶益甚，遂驰归。比至其家，妻方寝，闻刘至，乃叙寒暄讫，妻笑曰："向梦中与数十人同游一寺，皆不相识，会食于殿庭，有人自外以瓦砾投之，杯盘狼藉，因而遂觉。"刘亦具陈其见，盖所谓彼梦有所往而此遇之也。

第十八章

唐之传奇文（下）

然传奇诸作者中，有特有关系者二人：其一，所作不多而影响甚大，名亦甚盛者曰元稹；其二，多所著作，影响亦甚大而名不甚彰者曰李公佐。

元稹字微之，河南河内人，举明经，补校书郎，元和初应制策第一，除左拾遗，历监察御史，坐事贬江陵，又自虢州长史征入，渐迁至中书舍人承旨学士，进工部侍郎同平章事，未几罢相，出为同州刺史，又改越州，兼浙东观察使。太和初，入为尚书左丞检校户部尚书，兼鄂州刺史武昌军节度使，五年七月暴疾，一日而卒于镇，时年五十三（七七九—八三一），两《唐书》皆有传。稹自少与白居易唱和，当时言诗者称元白，号为"元和体"，然所传小说，止《莺莺传》（见《广记》四百八十八）一篇。

《莺莺传》者，即叙崔张故事，亦名《会真记》者也。略谓贞元中，有张生者，性貌温美，非礼不动，年二十三未尝近女色。时生游于蒲，寓普救寺，适有崔氏孀妇将归长安，过蒲，亦寓兹寺，绪其亲则于张为异派之从母。会浑瑊薨，军人因丧大扰蒲人，崔氏甚惧，而生与蒲将之党有善，得将护之，十余日后廉使杜确来治军，军遂戢。崔氏由此甚感张生，因招宴，见其女莺莺，生惑焉，托崔之婢红娘以《春词》二首通意，是夕得彩笺，题其篇曰《明月三五夜》，辞云："待月西厢下，迎风户半开，隔墙花影动，疑是玉人来。"张喜且骇，已而崔至，则端服严容，责其非礼，竟去，张自失者久之，数夕后，崔又至，将晓而去，终夕无一言。

……张生辨色而兴，自疑曰："岂其梦邪？"及明，睹妆在臂，香在衣，泪光荧荧然犹莹于茵席而已。是后又十余日，杳不复知。张生赋《会真诗》三十韵，未毕而红娘适至，因授之，以贻崔氏。自是复容之，朝隐而出，暮隐而入，同安于曩所谓西厢者几一月矣。张生常诘郑氏之情，则曰："我不可奈何矣。"因欲就成之。无何，张生将至长安，先以情谕之，崔氏宛然无难词，然而愁怨之容动人矣。将行之夕，不可复见，而张生遂西下。……

明年，文战不利，张生遂止于京，贻书崔氏以广其意，崔报之，而生发其书于所知，由是为时人传说。杨巨源为赋《崔娘诗》，元稹亦续生《会真诗》三十韵，张之友闻者皆耸异，而张志亦绝矣。元稹与张厚，问其说，张曰：

大凡天之所命尤物也，不妖其身，必妖于人。使崔氏子遇合富贵，秉娇宠，不为云为雨，则为蛟为螭，吾不知其变化矣。昔殷之辛，周之幽，据万乘之国，其势甚厚，然而一女子败之，溃其众，屠其身，至今为天下僇笑，予之德不足以胜妖孽，是用忍情。

越岁余，崔已适人，张亦别娶，适过其所居，请以外兄见，崔终不出；后数日，张生将行，崔则赋诗一章以谢绝之云："弃置今何道，当时且自亲，还将旧来意，怜取眼前人。"自是遂不复知。时人多许张为善补过者云。

元稹以张生自寓，述其亲历之境，虽文章尚非上乘，而时有情致，固亦可观，惟篇末文过饰非，遂堕恶趣，而李绅、杨巨源辈既各赋诗以张之，稹又早有诗名，后秉节钺，故世人仍多乐道，宋赵德麟已取其事作《商调蝶恋花》十阕（见《侯鲭录》），金则有董解元《弦索西厢》，元则有王实甫《西厢记》、关汉卿《续西厢记》，明则有李日华《南西厢记》、陆采《南西厢记》等，其他曰《竟》、曰《翻》、曰《后》、曰《续》者尤繁，至今尚或称道其事。唐人传奇留遗不少，而后来煊赫如是者，惟此篇及李朝威《柳毅传》而已。

李公佐字颛蒙，陇西人，尝举进士，元和中为江淮从事，后罢归长安（见所作《谢小娥传》中）。会昌初，又为杨府录事，大中二年，坐累削两任官（见《唐书·宣宗纪》），盖生于代宗时，至宣宗初犹在（约七七〇—八五〇），余事未详；《新唐书·宗室世系表》有千牛备身公佐，则别一人也。其著作今存四篇，《南柯太守传》（见《广记》四百七十五，题《淳于棼》，今据《唐语林》改正）最有名，传言东平淳于棼家广陵郡东十里，宅南有大槐一株，贞元七年九月因沉醉致疾，二友扶生归家，令卧东庑下，而自秣马濯足以俟之。生就枕，昏然若梦，见二紫衣使称奉王命相邀，出门登车，指古槐穴而去。使者驱车入穴，忽见山川，终入一大城，城楼上有金书题曰"大槐安国"。生既至，拜驸马，复出为南柯太守，守郡三十载，"风化广被，百姓歌谣，建功德碑，立生祠宇"，王甚重之，递迁大位，生五男二女，后将兵与檀萝国战，败绩，公主又薨。生罢郡，而威福日盛，王疑惮之，遂禁生游从，处之私第，已而送归。既醒，则"见家之童仆拥篲于庭，二客濯足于榻，斜日未隐于西垣，余樽尚湛于东牖，梦中倏忽，若度一世矣"。其立意与《枕中记》同，而描摹更为尽致，明汤显祖亦本之作传奇曰《南柯记》。篇末言命仆发穴，以究根源，乃见蚁聚，悉符前梦，则假实证幻，余韵悠然，虽未尽于物情，已非《枕中》之所及矣。

……有大穴，根洞然明朗，可容一榻。上有积土壤以为城郭殿台之状，有蚁数斛，隐聚其中。中有小台，其色若丹，二大蚁处之，素翼朱首，长可三寸，左右大蚁数十辅之，诸蚁不敢近，此其王矣：即槐安国都是也。又穷一穴，直上南枝可四丈，宛转方中，亦有土城小楼，群蚁亦处其中：即生所领南柯郡也……追想前事，感叹于怀，……不欲令二客坏之，遽令掩塞如旧。……复念檀萝征伐之事，又请二客访迹于外，宅东一里有古涧洞，侧有大檀树一株，藤萝拥织，上不见日，旁有小穴，亦有群蚁隐聚其间。檀萝之国，岂非此耶？嗟乎！蚁之灵异犹不可穷，况山藏木伏之大者所变化乎？……

《谢小娥传》（见《广记》四百九十一）言小娥姓谢，豫章人，八岁丧母，后嫁历阳侠士段居贞。夫妇与父皆习贾，往来江湖间，为盗所杀，小娥亦折足堕水，他船拯起之，流转至上元县，依妙果寺尼以居。初，小娥尝梦父告以仇人为"車中猴東門草"，又梦夫告以仇人为"禾中走一日夫"，广求智者，皆不能解，至公佐乃辨之曰："車中猴，車字去上下各一画，是申字，又申属猴，故曰車中猴；草下有門，門中有東，乃蘭字也。又禾中走是穿田过，亦是申字也；一日夫者，夫上更一画，下有日，是春字也。杀汝父是申蘭，杀汝夫是申春，足可明矣。"小娥乃变男子服为佣保，果遇二贼于浔阳，刺杀之，并闻于官，擒其党，而小娥得免死。解谜获贼，甚乏理致，而当时亦盛传，李复言已演其文入《续玄怪录》，明人则本之作平话（见《拍案惊奇》十九）。

所余二篇，其一未详原题，《广记》则题曰《庐江冯媪》（三百四十三），记董江妻亡更娶，而媪见有女泣路隅一室中，后乃知即亡人之墓，董闻则罪以妖妄，逐媪去之，其事甚简，故文亦不华。其一曰《古岳渎经》（见《广记》四百六十七，题曰《李汤》），有李汤者，永泰时楚州刺史，闻渔人见龟山下水中有大铁锁，乃以人牛曳出之，风涛陡作，"一兽状有如猿，白首长鬐，雪牙金爪，闯然上岸，高五丈许，蹲踞之状若猿猴，但两目不能开，兀若昏昧，……久乃引颈伸欠，双目忽开，光彩若电，顾视人焉，欲发狂怒，观者奔走，兽亦徐徐引锁曳牛入水去，竟不复出。"当时汤与楚州知名之士，皆错愕不知其由。后公佐访古东吴，泛洞庭，登包山，入灵洞，探仙书，于石穴间得《古岳渎经》第八卷，乃得其故，而其经文字奇古，编次蠹毁，颇不能解，公佐与道士焦君共详读之，如下文：

禹理水，三至桐柏山，惊风走雷，石号木鸣，土伯拥川，天老肃兵，功不能兴。禹怒，召集百灵，授命夔龙，桐柏等山君长稽首请命，禹因囚鸿蒙氏，章商氏，兜卢氏，犁娄氏，乃获淮涡水神名无支祁，善应对言语，辨江淮之浅深，原隰之远近，形若猿猴，缩鼻高额，青躯白首，金目雪牙，颈伸百尺，力逾九象，搏击腾踔疾奔，轻利倏忽，闻视不可久。禹授之童律，不能制；授之乌木由，不能制；授之庚辰，能制。鸱脾桓胡木魅水灵山袄石怪奔号聚绕，以数千载，庚辰以战（一作戟）逐去，颈锁大索，鼻穿金铃，徙淮阴之龟山之足下，俾淮水永安流注海也。庚辰之后，皆图此形者，免淮涛风雨之难。

宋朱熹（《楚辞辨证》中）尝斥僧伽降伏无支祁事为俚说，罗泌（《路史》）有《无支祁辩》，元吴昌龄《西游记》杂剧中有"无支祁是他姊妹"语，明宋濂亦隐括其事为文，知宋元以来，此说流传不绝，且广被民间，致劳学者弹纠，而实则仅出于李公佐假设之作而已。惟后来渐误禹为僧伽或泗洲大圣，明吴承恩演《西游记》，又移其神变奋迅之状于孙悟空，于是禹伏无支祁故事遂以堙昧也。

传奇之文，此外尚夥，其较显著者，有陇西李朝威作《柳毅传》（见《广记》四百十九），记毅以下第将归湘滨，道经泾阳，遇牧羊女子言是龙女，为舅姑及婿所贬，托毅寄书于父洞庭君，洞庭君有弟钱塘君性刚暴，杀婿取女归，欲以配毅，因毅严拒而止。后毅丧妻，徙家金陵，娶范阳卢氏，则龙女也，又徙南海，复归洞庭，其表弟薛嘏尝遇之于湖中，得仙药五十丸，此后遂绝影响。金人已取其事为杂剧（语见董解元《弦索西厢》中），元尚仲贤则作《柳毅传书》，翻案而为《张生煮海》，清李渔又折衷之而成《蜃中楼》。又有蒋防作《霍小玉传》（见《广记》四百八十七），言李益年二十擢进士第，入长安，思得名妓，乃遇霍小玉，寓于其家，相从者二年，其后年，生授郑县主簿，则坚约婚姻而别。及生觐母，始知已订婚卢氏，母又素严，生不敢拒，遂与小玉绝。小玉久不得生音问，竟卧病，踪迹招益，益亦不敢往。一日益在崇敬寺，忽有黄衫豪士强邀之，至霍氏家，小玉力疾相见，数其负心，长恸而卒。益为之缟素，且夕哭泣甚哀，已而婚于卢氏，然为怨鬼所祟，竟以猜忌出其妻，至于三娶，莫不如是。杜甫《少年行》有云，"黄衫年少宜来数，不见堂前东逝渡"，谓此也。又有许尧佐作《柳氏传》（见《广记》四百八十五），记诗人韩翃得李生艳姬柳氏，会安禄山反，因寄柳于法灵寺而自为淄青节度使书记，乱平复来，则柳已为蕃将沙吒利所取，淄青诸将中有侠士许虞侯者，劫以还翃。其事又见于孟棨《本事诗》，盖亦实录矣。他如柳珵（《广记》二百七十五《上清传》），薛调（又四百八十六《无双传》），皇甫枚（又四百九十一《非烟传》），房千里（同上《杨娟传》）等，亦皆有造作。而杜光庭之《虬髯客传》（见《广记》一百九十三）流传乃独广，光庭为蜀道士，事王衍，多所著述，大抵诞谩，此传则记杨素妓人之执红拂者识李靖于布衣时，相约遁去，道中又逢虬髯客，知其不凡，推资财，授兵法，令佐太宗兴唐，而自率海贼入扶余国杀其主，自立为王云。后世乐此故事，至作画图，谓之三侠；在曲则明凌初成有《虬髯翁》，张凤翼张太和皆有《红拂记》。

上来所举之外，尚有不知作者之《李卫公别传》《李林甫外传》，郭湜之《高力士外传》，姚汝能之《安禄山事迹》等，惟著述本意，或在显扬幽隐，非为传奇，特以行文枝蔓，或拾事琐屑，故后人亦每以小说视之。

第十九章

唐之传奇集及杂俎

造传奇之文，会萃为一集者，在唐代多有，而煊赫莫如牛僧孺之《玄怪录》。僧孺字思黯，本陇西狄道人，居宛叶间，元和初以贤良方正对策第一，条指失政，鲠讦不避宰相，至考官皆调去，僧孺则调伊阙尉，穆宗即位，渐至御史中丞，后以户部侍郎同中书门下平章事，武宗时累贬循州长史，宣宗立，乃召还为太子少师，大中二年卒，赠太尉，年六十九（七八〇—八四八），谥曰文简，有传在两《唐书》。僧孺性坚僻，而颇嗜志怪，所撰《玄怪录》十卷，今已佚，然《太平广记》所引尚三十一篇，可以考见大概。其文虽与他传奇无甚异，而时时示人以出于造作，不求见信；盖李公佐李朝威辈，仅在显扬笔妙，故尚不肯言事状之虚，至僧孺乃并欲以构想之幻自见，因故示其诡设之迹矣。《元无有》即其一例：

宝应中，有元无有，常以仲春末独行维扬郊野。值日晚，风雨大至，时兵荒后，人户多逃，遂入路旁空庄。须臾霁止，斜月方出，无有坐北窗，忽闻西廊有行人声，未几见月中有四人，衣冠皆异，相与谈谐吟咏甚畅，乃云："今夕如秋，风月若此，吾辈岂得不为一言，以展平生之事也？"……吟咏既朗，无有听之具悉。其一衣冠长人即先吟曰："齐纨鲁缟如霜雪，寥亮高声予所发。"其二黑衣冠短陋人诗曰："嘉宾良会清夜时，煌煌灯烛我能持。"其三故弊黄衣冠人,亦短陋,诗曰:"清泠之泉候朝汲,桑绠相牵常出入。"其四故黑衣冠人诗曰:"爨薪贮泉相煎熬,充他口腹我为劳。"无有亦不以四人为异,四人亦不虞无有之在堂隍也,递相襃赏,观其自负,则虽阮嗣宗《咏怀》,亦若不能加矣。四人迟明乃归旧所;无有就寻之,堂中惟有故杵、灯台、水桶、破铛;乃知四人即此物所为也。(《广记》三百六十九)

牛僧孺在朝,与李德裕各立门户,为党争,以其好作小说,李之门客韦瓘遂托僧孺名撰《周秦行纪》以诬之。记言自以举进士落第将归宛叶,经伊阙鸣皋山下,因暮失道,遂止薄太后庙中,与汉唐妃嫔燕饮。太后问今天子为谁,则对曰:"'今皇帝先帝长子。'太真笑曰,'沈婆儿作天子也。大奇!'"复赋诗,终以昭君侍寝,至明别去,"竟不知其何如"(详见《广记》四百八十九)。德裕因作论,谓僧孺姓应图谶,《玄怪录》又多造隐语,意在惑民,《周秦行纪》则以身与后妃冥遇,欲证其身非人臣相,"及至戏德宗为沈婆儿,以代宗皇后为沈婆,令人骨战,可谓无礼于其君甚矣!"作逆若非当代,必在子孙,故"须以'太牢'少长成置于法,则刑罚中而社稷安"也(详见《李卫公外集》四)。自来假小说以排陷人,此为最怪,顾当时说亦不行。惟僧孺既有才名,又历高位,其所著作,世遂盛传。而摹拟者亦不鲜,李复言有《续玄怪录》十卷,"分仙术感应二门",薛渔思有《河东记》三卷,"亦记谲怪事,序云续牛僧孺之书"(皆见宋晁公武《郡斋读书志》十三);又有撰《宣室志》十卷,以记仙鬼灵异事迹者,曰张读字圣朋,则张鷟之裔而牛僧孺之外孙也(见《唐书·张荐传》),后来亦疑为"少而习见,故沿其流波"(清《四库提

196

要》子部小说家类三）云。

　　他如武功人苏鹗有《杜阳杂编》，记唐世故事，而多夸远方珍异，参蓼子高彦休有《唐阙史》，虽间有实录，而亦言见梦升仙，故皆传奇，但稍迁变。至于康骈《剧谈录》之渐多世务，孙棨《北里志》之专叙狭邪，范摅《云溪友议》之特重歌咏，虽若弥近人情，远于灵怪，然选事则新颖，行文则逶迤，固仍以传奇为骨者也。迨裴铏著书，径称《传奇》，则盛述神仙怪谲之事，又多崇饰，以惑观者。铏为淮南节度副大使高骈从事，骈后失志，尤好神仙，卒以叛死，则此或当时谀导之作，非由本怀。聂隐娘胜妙手空空儿事即出此书（文见《广记》一百九十四），明人取以入伪作之段成式《剑侠传》，流传遂广，迄今犹为所谓文人者所乐道也。

　　段成式字柯古，齐州临淄人，宰相文昌子也，以荫为校书郎，累迁至吉州刺史，大中中归京，仕至太常少卿，咸通四年（八六三）六月卒，《新唐书》附见段志玄传末（余见《酉阳杂俎》及《南楚新闻》）。成式家多奇篇秘籍，博学强记，尤深于佛书，而少好畋猎，亦早有文名，词句多奥博，世所珍异，其小说有《庐陵官下记》二卷，今佚；《酉阳杂俎》二十卷凡三十篇，今具在，并有《续集》十卷：卷一篇，或录秘书，或叙异事，仙佛人鬼以至动植，弥不毕载，以类相聚，有如类书，虽源或出于张华《博物志》，而在唐时，则犹之独创之作矣。每篇各有题目，亦殊隐僻，如纪道术者曰《壶史》，钞释典者曰《贝编》，述丧葬者曰《尸窀》，志怪异者曰《诺皋记》，而抉择记叙，亦多古艳颖异，足副其目也。

　　夏启为东明公，文王为西明公，邵公为南明公，季札为北明公，四时主四方鬼。至忠至孝之人，命终皆为地下主者，一百四十年，乃授下仙之教，授以大道。有上圣之德，命终受三官书，为地下主者，一千年乃转三官之五帝，复一千四百年方得游行太清，为九宫之中仙。（卷二《玉格》）

始生天者五相，一光覆身而无衣，二见物生希有心，三弱颜，四疑，五怖。（卷三《贝编》）

国初僧玄奘往五印取经，西域敬之。成式见倭国僧金刚三昧，言尝至中天寺，寺中多画玄奘麻屩及匙箸，以彩云乘之，盖西域所无者，每至斋日，辄膜拜焉。（同上）

天翁姓张，名坚，字刺渴，渔阳人，少不羁，无所拘忌。常张罗得一白雀，爱而养之，梦刘天翁责怒，每欲杀之，白雀辄以报坚，坚设诸方待之，终莫能害。天翁遂下观之，坚盛设宾主，乃窃骑天翁车，乘白龙，振策登天，天翁乘余龙追之，不及。坚既到玄宫，易百官，杜塞北门，封白雀为上卿侯，改白雀之胤不产于下土。刘翁失治，徘徊五岳作灾，坚患之，以刘翁为太山太守，主生死之籍。（卷十四《诺皋记》）

大历中，有士人庄在渭南，遇疾卒于京，妻柳氏因庄居。……士人祥斋日，暮，柳氏露坐逐凉，有胡蜂绕其首面，柳氏以扇击堕地，乃胡桃也。柳氏遽取，玩之掌中；遂长，初如拳，如椀，惊顾之际，已如盘矣。嚗然分为两扇，空中轮转，声如分蜂，忽合于柳氏首。柳氏碎首，齿著于树。其物因飞去，竟不知何怪也。（同上）

又有聚文身之事者曰《黥》，述养鹰之法者曰《肉攫部》，《续集》则有《贬误》以收考证，有《寺塔记》以志伽蓝，所涉既广，遂多珍异，为世爱玩，与传奇并驱争先矣。

成式能诗，幽涩繁缛如他著述，时有祁人温庭筠字飞卿，河内李商隐字义山，亦俱用是相夸，号"三十六体"。温庭筠亦有小说三卷曰《干𦠄子》，遗文见于《广记》，仅录事略，简率无可观，与其诗赋之艳丽者不类。李于小说无闻，今有《义山杂纂》一卷，《新唐志》不著录，宋陈振孙（《直斋书录解题》十一）以为商隐作，书皆集俚俗常谈鄙事，以类相从，虽止于琐缀，而颇亦穿世务之幽隐，盖不特聊资笑噱而已。

杀风景

　　松下喝道　看花泪下　苔上铺席　斫却垂杨　花下晒裈　游春重载　石笋系马　月下把火　步行将军　背山起楼　果园种菜　花架下养鸡鸭

恶模样

　　作客与人相争骂……做客踏翻台桌……对丈人丈母唱艳曲　嚼残鱼肉归盘上　对众倒卧　横箸在羹碗上

十诫

　　不得饮酒至醉　不得暗黑处惊人　不得阴损于人　不得独入寡妇人房　不得开人家书　不得戏取物不令人知　不得暗黑独自行　不得与无赖子弟往还　不得借人物用了经旬不还　（原缺一则）

中和年间有李就今字衮求，为临晋令，亦号义山，能诗，初举时恒游倡家，见孙棨《北里志》，则《杂纂》之作，或出此人，未必定属商隐，然他无显证，未能定也。后亦时有仿作者，宋有续，称王君玉，有再续，称苏东坡，明有三续，为黄允交。

《红楼梦》考证

胡适

第二十章

《红楼梦》考证（改定稿）一

《红楼梦》的考证是不容易做的，一来因为材料太少，二来因为向来研究这部书的人都走错了道路。他们怎样走错了道路呢？他们不去搜求那些可以考定《红楼梦》的著者、时代、版本等等的材料，却去收罗许多不相干的零碎史事来附会《红楼梦》里的情节。他们并不曾做《红楼梦》的考证，其实只做了许多《红楼梦》的附会！这种附会的"红学"又可分作几派。

第一派说《红楼梦》"全为清世祖与董鄂妃而作，兼及当时的诸名王奇女"。他们说董鄂妃即是秦淮名妓董小宛，本是当时名士冒辟疆的妾，后来被清兵夺去，送到北京，得了清世祖的宠爱，封为贵妃。后来董妃夭死，清世祖哀痛的很，遂跑到五台山做和尚去了。依这一派的话，冒辟疆与他的朋友们说的董小宛之死，都是假的；清史上说的清世祖在位十八年而死，也是假的。这一派说《红楼梦》里的贾宝玉即是清世祖，林黛玉即是董妃。"世祖临宇十八年，宝玉便十九岁出家；世祖自肇祖以来为第七代，宝玉便言'一子成佛，七祖升天'，又恰中第七名举人；世祖谥'章'，宝玉便谥'文妙'，文章两字可暗射。""小宛名白，故黛玉名黛，粉白黛绿之意也。小宛是苏州人，黛玉也是苏州人；小宛在如皋，黛玉亦在扬州。小宛来自盐官，黛玉来自巡盐御史之署。小宛入宫，年已二十有七；黛玉入京，年只十三余，恰得小宛之半。……小宛游金山时，人以为江妃踏波而上，

故黛玉号'潇湘妃子'，实从'江妃'二字得来。"（以上引的话均见王梦阮先生的《〈红楼梦〉索隐》的提要）

这一派的代表是王梦阮先生的《〈红楼梦〉索隐》。这一派的根本错误已被孟莼荪先生的《董小宛考》（附在蔡子民先生的《〈石头记〉索隐》之后，页一三一以下）用精密的方法一一证明了。孟先生在这篇《董小宛考》里证明董小宛生于明天启四年甲子，故清世祖生时，小宛已十五岁了；顺治元年，世祖方七岁，小宛已二十一岁了；顺治八年正月二日，小宛死，年二十八岁，而清世祖那时还是一个十四岁的小孩子。小宛比清世祖年长一倍，断无入宫邀宠之理。孟先生引据了许多书，按年分别，证据非常完备，方法也很细密。那种无稽的附会，如何当得起孟先生的摧破呢？例如《〈红楼梦〉索隐》说：

渔洋山人题冒辟疆妾圆玉、女罗画三首之二末句云"洛川淼淼神人隔，空费陈王八斗才"，亦为小琬而作。圆玉者，琬也；玉旁加以宛转之义，故曰圆玉。女罗，罗敷女也，均有深意。神人之隔，又与死别不同矣。（《提要》页一二）

孟先生在《董小宛考》里引了清初的许多诗人的诗来证明冒辟疆的妾并不止小宛一人；女罗姓蔡，名含，很能画苍松墨凤；圆玉当是金晓珠，名玥，昆山人，能画人物。晓珠最爱画洛神（汪舟次有晓珠手临洛神图卷跋，吴薗次有乞晓珠画洛神启），故渔洋山人诗有"洛川淼淼神人隔"的话。我们若懂得孟先生与王梦阮先生两人用的方法的区别，便知道考证与附会的绝对不相同了。

《〈红楼梦〉索隐》一书，有了《董小宛考》的辨正，我本可以不再批评他了。但这书中还有许多绝无道理的附会，孟先生都不及指摘出来。如他说:"曹雪芹为世家子,其成书当在乾嘉时代。书中明言南巡四次,是指高宗时事,在嘉庆时所作可知。……意者此书但经雪芹修改,当初创造另自有人。……揣其成书亦当在康熙中叶。……至乾隆朝,事多忌讳,档案类多修改。《红楼》一书,内廷索阅,将为禁本,雪芹先生势不得已,乃为一再修订,俾愈隐而愈不失其真。"(《提要》页五至六)但他在第十六回凤姐提起南巡接驾一段话的下面,又注道:"此作者自言也。圣祖二次南巡,即驻跸雪芹之父曹寅盐署中,雪芹以童年召对,故有此笔。"下面赵嬷嬷说甄家接驾四次一段的下面,又注道:"圣祖南巡四次,此言接驾四次,特明为乾隆时事。"我们看这三段《索隐》,可以看出许多错误。(1)第十六回明说二三十年前"太祖皇帝"南巡时的几次接驾;赵嬷嬷年长,故"亲眼看见"。我们如何能指定前者为康熙时的南巡而后者为乾隆时的南巡呢?(2)康熙帝二次南巡在二十八年(1689),到四十二年曹寅才做两淮巡盐御史。《索隐》说康熙帝二次南巡驻跸曹寅盐院署,是错的。(3)《索隐》说康熙帝二次南巡时,"雪芹以童年召对",又说雪芹成书在嘉庆时。嘉庆元年(1796)上距康熙二十八年,已隔百零七年了。曹雪芹成书时,他可不是一百二三十岁了吗?(4)《索隐》说《红楼梦》成书在乾嘉时代,又说是在嘉庆时所作,这一说最谬。《红楼梦》在乾隆时已风行,有当时版本可证(详考见后文)。况且袁枚在《随园诗话》里曾提起曹雪芹的《红楼梦》;袁枚死于嘉庆二年,诗话之作更早的多,如何能提到嘉庆时所作的《红楼梦》呢?

第二派说《红楼梦》是清康熙朝的政治小说。这一派可用蔡子民先生的《〈石头记〉索隐》作代表。蔡先生说:

《石头记》……作者持民族主义甚挚。书中本事在吊明之亡，揭清之失，而尤于汉族名士仕清者寓痛惜之意。当时既虑触文网，又欲别开生面，特于本事之上，加以数层障幂，使读者有"横看成岭侧成峰"之状况……（《〈石头记〉索隐》页）一书中"红"字多隐"朱"字。朱者，明也，汉也。宝玉有"爱红"之癖，言以满人而爱汉族文化也；好吃人口上胭脂，言拾汉人唾余也。……当时清帝虽躬修文学，且创开博学鸿词科，实专以笼络汉人，初不愿满人渐染汉俗，其后雍、乾诸朝亦时时申诫之。故第十九回袭人劝宝玉道："再不许吃人嘴上擦的胭脂了，与那爱红的毛病儿。"又黛玉见宝玉腮上血渍，询知为淘澄胭脂膏子所溅，谓为"带出幌子，吹到舅舅耳里，又大家不干净惹气"，皆此意。宝玉在大观园中所居曰怡红院，即爱红之义。所谓曹雪芹于悼红轩中增删本书，则吊明之义也……（页三至四）

书中女子多指汉人，男子多指满人。不但"女子是水作的骨肉，男人是泥作的骨肉"与"汉"字"满"字有关系也；我国古代哲学以阴阳二字说明一切对待之事物，《易》坤卦象传曰："地道也，妻道也，臣道也。"是以夫妻君臣分配于阴阳也，《石头记》即用其义。第三十一回……翠缕说："知道了！姑娘（史湘云）是阳，我就是阴。……人家说主子为阳，奴才为阴。我连这个大道理也不懂得！"……清制，对于君主，满人自称奴才，汉人自称臣。臣与奴才，并无二义。以民族之对待言之，征服者为主，被征服者为奴。本书以男女影满、汉，以此。（页九至十）

这些是蔡先生的根本主张。以后便是"阐证本事"了。依他的见解，下面这些人是可考的：

（1）贾宝玉，伪朝之帝系也；宝玉者，传国玺之义也，即指胤礽（康熙帝的太子，后被废）。（页十至二二）

（2）《石头记》叙巧姐事，似亦指胤礽，巧字与礽字形相似也……（页二三至二五）

（3）林黛玉影朱竹垞（朱彝尊）也。绛珠，影其氏也。居潇湘馆，影其竹垞之号也……（页二五至二七）

（4）薛宝钗，高江村（高士奇）也。薛者，雪也。林和靖诗"雪满山中高士卧，月明林下美人来"。用薛字以影江村之姓名（高士奇）也……（页二八至四二）

（5）探春影徐健庵也。健庵名乾学，乾卦作"☰"，故曰三姑娘。健庵以进士第三人及第，通称探花，故名探春……（页四二至四七）

（6）王熙凤影余国柱也。王即柱字偏旁之省，国字俗写作"囯"，故熙凤之夫曰琏，言二王字相连也……（页四七至六一）

（7）史湘云，陈其年也。其年又号迦陵。史湘云佩金麒麟，当是"其"字"陵"字之借音。氏以史者，其年尝以翰林院检讨纂修《明史》也……（页六一至七一）

（8）妙玉，姜西溟（姜宸英）也。姜为少女，以妙代之。《诗》曰，"美如玉"，"美如英"。玉字所以代英字也（从徐柳泉说）……（页七二至八七）

（9）惜春，严荪友也。……（页八七至九一）

（10）宝琴，冒辟疆也。……（页九一至九五）

（11）刘老老，汤潜庵（汤斌）也。……（页九五至百十）

蔡先生这部书的方法是：每举一人，必先举他的事实，然后引

《红楼梦》中情节来配合。我这篇文里,篇幅有限,不能表示他的引书之多和用心之勤:这是我很抱歉的。但我总觉得蔡先生这么多的心力都是白白的浪费了,因为我总觉得他这部书到底还只是一种很牵强的附会。我记得从前有个灯谜,用杜诗"无边落木萧萧下"来打一个"日"字。这个谜,除了做谜的人自己,是没有人猜得中的。因为做谜的人先想着南北朝的齐和梁两朝都是姓萧的;其次,把"萧萧下"的"萧萧"解作两个姓萧的朝代;然后,二萧的下面是那姓陈的陈朝。想着"陳"字,然后把偏旁去掉(无边),再把"東"字里的"木"字去掉(落木),剩下的"日"字,才是谜底!你若不能绕这许多弯子,休想猜谜!假使做《红楼梦》的人当日真用王熙凤来影余国柱,真个想着"王即柱字偏旁之省,国字俗写作国,故熙凤之夫曰琏,言二王字相连也",假使他真如此思想,他岂不真成了一个大笨伯了吗?他费了那么大气力,到底只做了"国"字和"柱"字的一小部分,还有这两个字的其余部分和那最重要的"余"字,都不曾做到"谜面"里去!这样做的谜,可不是笨谜吗?用麒麟来影"其年"的其,"迦陵"的陵;用三姑娘来影"乾学"的乾:假使真有这种影射法,都是同样的笨谜!假使一部《红楼梦》真是一串这么样的笨谜,那就真不值得猜了!

我且再举一条例来说明这种"索隐"(猜谜)法的无益。蔡先生引蒯若木先生的话,说刘老老即是汤潜庵:

> 潜庵受业于孙夏峰(孙奇逢,清初的理学家)凡十年。夏峰之学本以象山(陆九渊)、阳明(王守仁)为宗,《石头记》,"刘老老之女婿曰王狗儿,狗儿之父曰王成。其祖上曾与凤姐之祖、王夫人之父认识;因贪王家势利,便连了宗",似指此。

其实《红楼梦》里的王家既不是专指王阳明的学派，此处似不应该忽然用王家代表王学，况且从汤斌想到孙奇逢，从孙奇逢想到王阳明学派，再从阳明学派想到王夫人一家，又从王家想到王狗儿的祖上，又从王狗儿转到他的丈母刘老老——这个谜可不是比那"无边落木萧萧下"的谜还更难猜吗？蔡先生又说《石头记》第三十九回刘老老说的"抽柴"一段故事是影汤斌毁五通祠的事；刘老老的外孙板儿影的是汤斌买的一部《廿一史》；他的外孙女青儿影的是汤斌每天吃的韭菜。这种附会已是很滑稽的了。最妙的是第六回凤姐给刘老老二十两银子，蔡先生说这是影汤斌死后徐乾学赙送的二十金；又第四十二回凤姐又送老老八两银子，蔡先生说这是影汤斌死后惟遗俸银八两。这八两有了下落了，那二十两也有了下落了；但第四十二回王夫人还送了刘老老两包银子，每包五十两，共是一百两，这一百两可就没有下落了！因为汤斌一生的事实没有一件可恰合这一百两银子的，所以这一百两虽然比那二十八两更重要，到底没有"索隐"的价值！这种完全任意的去取，实在没有道理，故我说蔡先生的《〈石头记〉索隐》也还是一种很牵强的附会。

第三派的《红楼梦》附会家，虽然略有小小的不同，大致都主张《红楼梦》记的是纳兰成德的事。成德后改名性德，字容若，是康熙朝宰相明珠的儿子。陈康祺的《郎潜纪闻二笔》（即《燕下乡脞录》）卷五说：

先师徐柳泉先生云："小说《红楼梦》一书即记故相明珠家事；金钗十二，皆纳兰侍卫（成德官侍卫）所奉为上客者也。宝钗影高澹人，妙玉即影西溟（姜宸英）……"徐先生言之甚详，惜余不尽记忆。

又俞樾的《小浮梅闲话》(《曲园杂纂》三十八)说：

《红楼梦》一书，世传为明珠之子而作。……明珠子名成德，字容若。《通志堂经解》每一种有纳兰成德容若序，即其人也。恭读乾隆五十一年二月二十九日上谕："成德于康熙十一年壬子科中式举人，十二年癸丑科中式进士，年甫十六岁。"（适按：此谕不见于《东华录》，但载于《通志堂经解》之首）然则其中举人止十五岁，于书中所述颇合也。

钱静方先生的《红楼梦考》(附在《〈石头记〉索隐》之后，页一二一至一三〇)也颇有赞成这种主张的倾向。钱先生说：

是书力写宝、黛痴情。黛玉不知所指何人。宝玉固全书之主人翁，即纳兰侍御也。使侍御而非深于情者，则焉得有此倩影？余读《饮水词抄》，不独于宾从间得忻合之欢，而尤于闺房内致缠绵之意。即黛玉葬花一段，亦从其词中脱卸而出。是黛玉虽影他人，亦实影侍御之德配也。

这一派的主张，依我看来，也没有可靠的根据，也只是一种很牵强的附会。（1）纳兰成德生于顺治十一年（1654），死于康熙二十四年（1685），年三十一岁。他死时，他的父亲明珠正在极盛的时代（大学士加太子太傅，不久又晋太子太师），我们如何可说那眼见贾府兴亡的宝玉是指他呢？（2）俞樾引乾隆五十一年上谕说成德中举人时止十五岁,其实连那上谕都是错的。成德生于顺治十一年;康熙壬子,他中举人时,年十八;明年癸丑,他中进士,年十九。徐乾学做的《墓志铭》与韩菼做的《神道碑》,都如此说。乾隆帝因为硬要否认《通志堂经解》的许多序是成德做的,故说他中进士时年止十六岁(也许成德应试时故意减少三岁,而乾隆帝但依据履历上的年岁)。无论如何,我们不可用宝玉中举的年岁来附会成德。若宝玉中举的年岁可以附会成德,我们也可以用成德中进士和殿试的年岁来证明宝玉不是成德了!(3)至于钱先生说的纳兰成德的夫人即是黛玉,似乎更不能成立。成德原配卢氏,为两广总督兴祖之女;续配官氏,生二子一女。卢氏早死,故《饮水词》中有几首悼亡的词。钱先生引他的悼亡词来附会黛玉,其实这种悼亡的诗词,在中国旧文学里,何止几千首?况且大致都是千篇一律的东西。若几首悼亡词可以附会林黛玉,林黛玉真要成"人尽可夫"了!(4)至于徐柳泉说的大观园里十二金钗都是纳兰成德所奉为上客的一班名士,这种附会法与《〈石头记〉索隐》的方法有同样的危险。即如徐柳泉说妙玉影姜宸英,那么,黛玉何以不可附会姜宸英?晴雯何以不可附会姜宸英?又如他说宝钗影高士奇,那么,袭人也可以影高士奇了,凤姐更可以影高士奇了。我们试读姜宸英祭纳兰成德的文:

> 兄一见我,怪我落落;转亦以此,赏我标格。……数兄知我,其端非一。我常箕踞,对客欠伸,兄不余傲,知我任真。我时嫚骂,无问高爵,兄不余狂,知余疾恶。激昂论事,眼睁舌拼,兄为抵掌,助之叫号。有时对酒,雪涕悲歌,谓余失志,孤愤则那?彼何人斯,实应且憎,余色拒之,兄门固扃。

妙玉可当得这种交情吗？这可不更像黛玉吗？我们又试读郭琇参劾高士奇的奏疏：

……久之，羽翼既多，遂自立门户。……凡督抚藩臬道府厅县以及在内之大小卿员，皆王鸿绪等为之居停哄骗而夤缘照管者，馈至成千累万；即不属党护者，亦有常例，名之曰平安钱。然而人之肯为贿赂者，盖士奇供奉日久，势焰日张，人皆谓之门路真，而士奇遂自忘乎其为撞骗，亦居之不疑，曰，我之门路真。……以觅馆糊口之穷儒，而今忽为数百万之富翁，试问金从何来？无非取给于各官。然官从何来？非侵国帑，即剥民膏。夫以国帑民膏而填无厌之谿壑，是士奇等真国之蠹而民之贼也。（清史馆本传《耆献类征》六十）

宝钗可当得这种罪名吗？这可不更像凤姐吗？我举这些例的用意是要说明这种附会完全是主观的，任意的，最靠不住的，最无益的。钱静方先生说的好："要之，《红楼》一书，空中楼阁。作者第由其兴会所至，随手拈来，初无成意。即或有心影射，亦不过若即若离，轻描淡写，如画师所绘之百像图，类似者固多，苟细按之，终觉貌是而神非也。"

第二十一章

《红楼梦》考证（改定稿）二

我现在要忠告诸位爱读《红楼梦》的人：我们若想真正了解《红楼梦》，必须先打破这种种牵强附会的《红楼梦》谜学！

其实做《红楼梦》的考证，尽可以不用那种附会的法子。我们只须根据可靠的版本与可靠的材料，考定这书的著者究竟是谁，著者的事迹家世，著书的时代，这书曾有何种不同的本子，这些本子的来历如何。这些问题乃是《红楼梦》考证的正当范围。

我们先从"著者"一个问题下手。

本书第一回说这书原稿是空空道人从一块石头上抄写下来的，故名《石头记》；后来空空道人改名情僧，遂改《石头记》为《情僧录》；东鲁孔梅溪题为《风月宝鉴》；后因曹雪芹于悼红轩中，披阅十载，增删五次，纂成目录，分出章回，又题曰《金陵十二钗》，并题一绝，即此便是《石头记》的缘起。诗云：

满纸荒唐言，一把辛酸泪。
都云作者痴，谁解其中味？

第百二十回又提起曹雪芹传授此书的缘由。大概"石头"与空空道人等名目都是曹雪芹假托的缘起，故当时的人多认这书是曹雪芹做的。袁枚的《随园诗话》卷二中有一条说：

康熙间，曹练亭（练当作楝）为江宁织造，每出拥八驺，必携书一本，观玩不辍。人问："公何好学？"曰："非也。我非地方官而百姓见我必起立，我心不安，故借此遮目耳。"素与江宁太守陈鹏年不相中，及陈获罪，乃密疏荐陈。人以此重之。

其子雪芹撰《红楼梦》一书，备记风月繁华之盛。中有所谓大观园者，即余之随园也。明我斋读而美之（坊间刻本无此七字）。当时红楼中有某校书尤艳，我斋题云（此四字坊间刻本作"雪芹赠云"，今据原刻本改正）：

病容憔悴胜桃花，午汗潮回热转加。犹恐意中人看出，强言今日较差些。威仪棣棣若山河，应把风流夺绮罗。不似小家拘束态，笑时偏少默时多。

我们现在所有的关于《红楼梦》的旁证材料，要算这一条为最早。近人征引此条，每不全录；他们对于此条的重要，也多不曾完全懂得。这一条记载的重要，凡有几点：

（1）我们因此知道乾隆时的文人承认《红楼梦》是曹雪芹作的。

（2）此条说曹雪芹是曹楝亭的儿子（又《随园诗话》卷十六也说"雪芹者，曹练亭织造之嗣君也"，但此说实是错的，说详后）。

（3）此条说大观园即是后来的随园。

俞樾在《小浮梅闲话》里曾引此条的一小部分，又加一注，说：

纳兰容若《饮水词集》有《满江红》词，为曹子清题其先人所构楝亭，即雪芹也。

俞樾说曹子清即雪芹,是大谬的。曹子清即曹楝亭,即曹寅。我们先考曹寅是谁。吴修的《昭代名人尺牍小传》卷十二说:

曹寅,字子清,号楝亭,奉天人,官通政司使,江宁织造。校刊古书甚精,有扬州局刻《五韵》《楝亭十二种》,盛行于世。著《楝亭诗抄》。

《扬州画舫录》卷二说:

曹寅,字子清,号楝亭,满洲人,官两淮盐院。工诗词,善书,著有《楝亭诗集》。刊秘书十二种,为《梅苑》、《声画集》、《法书考》、《琴史》、《墨经》、《砚笺》、刘后山(当作刘后村)《千家诗》、《禁扁》、《钓矶立谈》、《都城纪胜》、《糖霜谱》、《录鬼簿》。今之仪征余园门榜"江天传舍"四字,是所书也。

这两条可以参看。又韩菼的《有怀堂文稿》里有《楝亭记》一篇,说:

荔轩曹使君性至孝。自其先人董三服,官江宁,于署中手植楝树一株,绝爱之,为亭其间,尝憩息于斯。后十余年,使君适自苏移节,如先生之任,则亭颇坏,为新其材,加垩焉,而亭复完。

据此可知曹寅又字荔轩,又可知《饮水词》中的楝亭的历史。最详细的记载是章学诚的《丙辰札记》:

曹寅为两淮巡盐御史，刻古书凡十五种，世称"曹楝亭本"是也。康熙四十三年，四十五年，四十七年，四十九年，间年一任，与同旗李煦互相番代。李于四十四年，四十六年，四十八年，与曹互代；五十年，五十一年，五十二年，五十五年，五十六年，又连任，较曹用事为久矣。然曹至今为学士大夫所称，而李无闻焉。

不幸章学诚说的那"至今为学士大夫所称"的曹寅，竟不曾留下一篇传记给我们做考证的材料，《耆献类征》与《碑传集》都没有曹寅的碑传。只有宋和的《陈鹏年传》（《耆献类征》卷一六四，页一八以下）有一段重要的纪事：

乙酉（康熙四十四年），上南巡（此康熙帝第五次南巡）。总督集有司议供张，欲于丁粮耗加三分。有司皆慑服，唯唯。独鹏年（江宁知府陈鹏年）不服，否否。总督怏怏，议虽寝，则欲抉去鹏年矣。

无何，车驾由龙潭幸江宁。行宫草创（按此指龙潭之行宫），欲抉去之者因以是激上怒。时故庶人（按此即康熙帝的太子胤礽，至四十七年被废）从幸，更怒，欲杀鹏年。车驾至江宁，驻跸织造府。一日，织造幼子嬉而过于庭，上以其无知也，曰："儿知江宁有好官乎？"曰："知有陈鹏年。"时有致政大学士张英来朝，上……使人问鹏年，英称其贤。而英则庶人之所傅，上乃谓庶人曰："尔师傅贤之，如何杀之？"庶人犹欲杀之。

织造曹寅免冠叩头，为鹏年请。当是时，苏州织造李某伏寅后，为寅姻（姻字不见于字书，似有儿女亲家的意思），见寅血被额，恐触上怒，阴曳其衣，警之。寅怒而顾之曰："云何也？"复叩头，阶有声，竟得请。出，巡抚宋荦逆之曰："君不愧朱云折槛矣！"

又我的朋友顾颉刚在《江南通志》里查出江宁织造的职官如下表：

康熙二年至二十三年	曹玺
康熙二十三年至三十一年	桑格
康熙三十一年至五十二年	曹寅
康熙五十二年至五十四年	曹颙
康熙五十四年至雍正六年	曹頫
雍正六年以后	隋赫德

又苏州织造的职官如下表：

康熙二十九年至三十二年	曹寅
康熙三十二年至六十一年	李煦

这两表的重要，我们可以分开来说：

（1）曹玺，字元璧，是曹寅的父亲。颉刚引《上元江宁两县志》道："织局繁剧，玺至，积弊一清。陛见，陈江南吏治极详，赐蟒服，加一品，御书'敬慎'扁额。卒于位。子寅。"

（2）因此可知曹寅当康熙二十九年至三十二年时，做苏州织造；三十一年至三十二年，他兼任江宁织造；三十二年以后，他专任江宁织造二十年。

（3）康熙帝六次南巡的年代，可与上两表参看：

康熙二三	一次南巡	曹玺为苏州织造
二八	二次南巡	
三八	三次南巡	曹寅为江宁织造
四二	四次南巡	同上
四四	五次南巡	同上
四六	六次南巡	同上

（4）颉刚又考得"康熙南巡，除第一次到南京驻跸将军署外，余五次均把织造署当行宫"。这五次之中，曹寅当了四次接驾的差。又《振绮堂丛书》内有《圣驾五幸江南恭录》一卷，记康熙四十四年的第五次南巡，写曹寅既在南京接驾，又以巡盐御史的资格赶到扬州接驾；又记曹寅进贡的礼物及康熙帝回銮时赏他通政使司通政使的事，甚详细，可以参看。

（5）曹颙与曹𫖯都是曹寅的儿子。曹寅的《楝亭诗抄别集》有《郭振基序》，内说"侍公函丈有年，今公子继任织部，又辱世讲"。是曹颙之为曹寅儿子，已无可疑。曹𫖯大概是曹颙的兄弟（说详下）。

又《四库全书提要》谱录类食谱之属存目里有一条说：

《居常饮馔录》一卷。（编修程晋芳家藏本）

国朝曹寅撰。寅字子清，号楝亭，镶蓝旗汉军。康熙中，巡视两淮盐政，加通政司衔。是编以前代所传饮膳之法汇成一编：一曰，宋王灼《糖霜谱》；二三曰，宋东谿遯叟《粥品》及《粉面品》；四曰，元倪瓒《泉史》；五曰，元海滨逸叟《制脯鲊法》；六曰，明王叔承《酿录》；七曰，明释智舷《茗笺》；八九曰，明灌畦老叟《蔬香谱》及《制蔬品法》。中间《糖霜谱》，寅已刻入所辑《楝亭十种》；其他亦颇散见于《说郛》诸书云。

又《提要》别集类存目里有一条：

《楝亭诗抄》五卷，附《词抄》一卷。（江苏巡抚采进本）
国朝曹寅撰。寅有《居常饮馔录》，已著录。其诗一刻于扬州，计盈千首；再刻于仪征，则寅自汰其旧刻，而吴尚中开雕于东园者。此本即仪征刻也。其诗出入于白居易、苏轼之间。

《提要》说曹家是镶蓝旗人，这是错的。《八旗氏族通谱》有曹锡远一系，说他家是正白旗人，当据以改正。但我们因《四库提要》提起曹寅的诗集，故后来居然寻着他的全集，计《楝亭诗抄》八卷，《文抄》一卷，《词抄》一卷，《诗别集》四卷，《词别集》一卷（天津公园图书馆藏）。从他的集子里，我们得知他生于顺治十五年戊戌（1658）九月七日，他死时大概在康熙五十一年（1712）的下半年，那时他五十五岁。他的诗颇有好的，在八旗的诗人之中，他自然要算一个大家了（他的诗在铁保辑的《八旗人诗抄》——改名《熙朝雅颂集》里，占一全卷的地位）。当时的文学大家，如朱彝尊、姜宸英等，都为《楝亭诗抄》作序。

以上关于曹寅的事实，总结起来，可以得几个结论：

（1）曹寅是八旗的世家，几代都在江南做官。他的父亲曹玺做了二十一年的江宁织造；曹寅自己做了四年的苏州织造，做了二十一年的江宁织造，同时又兼做了四次的两淮巡盐御史。他死后，他的儿子曹颙接着做了三年的江宁织造，他的儿子曹頫接下去做了十三年的江宁织造。他家祖孙三代四个人总共做了五十八年的江宁织造。这个织造真成了他家的"世职"了。

（2）当康熙帝南巡时，他家曾办过四次以上的接驾的差。

（3）曹寅会写字，会作诗词，有诗词集行世；他在扬州曾管领《全唐诗》的刻印，扬州的诗局归他管理甚久；他自己又刻有二十几种精刻的书（除上举各书外，尚有《周易本义》《施愚山集》等；朱彝尊的《曝书亭集》也是曹寅捐资倡刻的，刻未完而死）。他家中藏书极多，精本有三千二百八十七种之多（见他的《楝亭书目》，京师图书馆有抄本），可见他的家庭富有文学美术的环境。

（4）他生于顺治十五年，死于康熙五十一年（1658—1712）。

以上是曹寅的略传与他的家世。曹寅究竟是曹雪芹的什么人呢？袁枚在《随园诗话》里说曹雪芹是曹寅的儿子。这一百多年以来，大家多相信这话，连我在这篇《考证》的初稿里也信了这话。现在我们知道曹雪芹不是曹寅的儿子，乃是他的孙子。最初改正这个大错的是杨钟羲先生。杨先生编有《八旗文经》六十卷，又著有《雪桥诗话》三编，是一个最熟悉八旗文献掌故的人。他在《雪桥诗话续集》卷六，页二三说：

> 敬亭（清宗室敦诚字敬亭）……尝为《琵琶亭传奇》一折，曹雪芹（霑）题句有云："白傅诗灵应喜甚，定教蛮素鬼排场。"雪芹为楝亭通政孙，平生为诗，大概如此，竟坎坷以终。敬亭挽雪芹诗有"牛鬼遗文悲李贺，鹿车荷锸葬刘伶"之句。

这一条使我们知道三个要点：

（1）曹雪芹名霑。

（2）曹雪芹不是曹寅的儿子，是他的孙子（《中国人名大辞典》页九九〇作"名霑，寅子"，似是根据《雪桥诗话》而误改其一部分）。

（3）清宗室敦诚的诗文集内必有关于曹雪芹的材料。

敦诚字敬亭，别号松堂，英王之裔。他的轶事也散见《雪桥诗话》初、二集中。他有《四松堂集》诗二卷，文二卷，《鹪鹩轩笔麈》一卷。他的哥哥名敦敏，字子明，有《懋斋诗抄》。我从此便到处访求这两个人的集子，不料到如今还不曾寻到手。我今年夏间到上海，写信去问杨钟羲先生，他回信说，曾有《四松堂集》，但辛亥乱后遗失了。我虽然很失望，但杨先生既然根据《四松堂集》说曹雪芹是曹寅之孙，这话自然万无可疑。因为敦诚兄弟都是雪芹的好朋友，他们的证见自然是可信的。

我虽然未见敦诚兄弟的全集，但《八旗人诗抄》(《熙朝雅颂集》)里有他们兄弟的诗一卷。这一卷里有关于曹雪芹的诗四首，我因为这种材料颇不易得，故把这四首全抄于下。

赠曹雪芹　　敦敏

碧水青山曲径遐，薜萝门巷足烟霞。寻诗人去留僧壁，卖画钱来付酒家。燕市狂歌悲遇合，秦淮残梦忆繁华。新愁旧恨知多少，都付酕醄醉眼斜。

访曹雪芹不值　　敦敏

野浦冻云深，柴扉晚烟薄。山村不见人，夕阳寒欲落。

佩刀质酒歌　　敦诚

秋晓遇雪芹于槐园，风雨淋涔，朝寒袭袂。时主人未出，雪芹酒渴如狂，余因解佩刀沽酒而饮之。雪芹欢甚，作长歌以谢余。余亦作此答之。

我闻贺鉴湖，不惜金龟掷酒垆。又闻阮遥集，直卸金貂作鲸吸。嗟余本非二子狂，腰间更无黄金珰。秋气酿寒风雨恶，满园榆柳飞苍黄。主人未出童子睡，罃干瓮涩何可当！相逢况是淳于辈，一石差可温枯肠。身外长物亦何有？鸾刀昨夜磨秋霜。且酤满眼作软饱，⋯⋯令此肝肺生角芒。曹子大笑称"快哉"！击石作歌声琅琅。知君诗胆昔如铁，堪与刀颖交寒光。我有古剑尚在匣，一条秋水苍波凉。君才抑塞倘欲拔，不妨斫地歌王郎。

寄怀曹雪芹　　敦诚

少陵昔赠曹将军，曾曰魏武之子孙。嗟君或亦将军后，于今环堵蓬蒿屯。扬州旧梦久已绝，且著临邛犊鼻裈。爱君诗笔有奇气，直追昌谷披篱樊。当时虎门数晨夕，西窗剪烛风雨昏。接䍦倒著容君傲，高谈雄辩虱手扪。感时思君不相见，蓟门落日松亭尊。劝君莫弹食客铗，劝君莫叩富儿门。残杯冷炙有德色，不如著书黄叶村。

我们看这四首诗，可想见他们弟兄与曹雪芹的交情是很深的。他们的证见真是史学家说的"同时人的证见"，有了这种证据，我们不能不认袁枚为误记了。

这四首诗中，有许多可注意的句子。

第一，如"秦淮残梦忆繁华"，如"于今环堵蓬蒿屯，扬州旧梦久已绝，且著临邛犊鼻裈"，如"劝君莫弹食客铗，劝君莫叩富儿门。残杯冷炙有德色，不如著书黄叶村"，都可以证明曹雪芹当时已

221

很贫穷，穷的很不像样了，故敦诚有"残杯冷炙有德色"的劝戒。

第二，如"寻诗人去留僧壁，卖画钱来付酒家"，如"知君诗胆昔如铁"，如"爱君诗笔有奇气，直追昌谷披篱樊"，都可以使我们知道曹雪芹是一个会作诗又会绘画的人。最可惜的是曹雪芹的诗现在只剩得"白傅诗灵应喜甚，定教蛮素鬼排场"两句了。但单看这两句，也就可以想见曹雪芹的诗大概是很聪明的，很深刻的。敦诚弟兄比他作李贺，大概很有点相像。

第三，我们又可以看出曹雪芹在那贫穷潦倒的境遇里，很觉得牢骚抑郁，故不免纵酒狂歌，自寻排遣。上文引的如"雪芹酒渴如狂"，如"相逢况是淳于辈，一石差可温枯肠"，如"新愁旧恨知多少，都付酕醄醉眼斜"，如"鹿车荷锸葬刘伶"，都可以为证。

我们既知道曹雪芹的家世和他自身的境遇了，我们应该研究他的年代。这一层颇有点困难，因为材料太少了。敦诚有挽雪芹的诗，可见雪芹死在敦诚之前。敦诚的年代也不可详考。但《八旗文经》里有几篇他的文字，有年月可考，如《拙鹊亭记》作于辛丑初冬，如《松亭再征记》作于戊寅正月，如《祭周立厓》文中说："先生与先公始交时在戊寅己卯间；是时先生……每过静补堂……诚尝侍几杖侧。……迨庚寅先公即世，先生哭之过时而哀。……诚追述平生……回念静补堂几杖之侧，已二十余年矣。"今作一表，如下：

乾隆二三，戊寅（1758）。

乾隆二四，己卯（1759）。

乾隆三五，庚寅（1770）。

乾隆四六，辛丑（1781）。自戊寅至此，凡二十三年。

清宗室永忠（臞仙）为敦诚作葛巾居的诗，也在乾隆辛丑。敦诚之父死于庚寅，他自己的死期大约在二十年之后，约当乾隆五十余年。纪昀为他的诗集作序，虽无年月可考，但纪昀死于嘉庆十年（1805），而序中的语意都可见敦诚死已甚久了。故我们可以猜定敦诚大约生于雍正初年（约1725），死于乾隆五十余年（约1785—1790）。

敦诚兄弟与曹雪芹往来，从他们赠答的诗看起来，大概都在他们兄弟中年以前，不像在中年以后。况且《红楼梦》当乾隆五十六七年时已在社会上流通二十余年了（说详下）。以此看来，我们可以断定曹雪芹死于乾隆三十年左右（约1765）。至于他的年纪，更不容易考定了。但敦诚兄弟的诗的口气，很不像是对一位老前辈的口气。我们可以猜想雪芹的年纪至多不过比他们大十来岁，大约生于康熙末叶（约1715—1720）；当他死时，约五十岁。

以上是关于著者曹雪芹的个人和他的家世的材料。我们看了这些材料，大概可以明白《红楼梦》这部书是曹雪芹的自叙传了。这个见解，本来并没有什么新奇，本来是很自然的。不过因为《红楼梦》被一百多年来的红学大家越说越微妙了，故我们现在对于这个极平常的见解反觉得他有证明的必要了。我且举几条重要的证据如下。

第一，我们总该记得《红楼梦》开端时，明明的说着：

> 作者自云曾历过一番梦幻之后，故将真事隐去，而借"通灵"说此《石头记》一书也。……自己又云：今风尘碌碌，一事无成，忽念及当日所有之女子，一一细考较去，觉其行止见识皆出我之上。我堂堂须眉，诚不若彼裙钗。……当此日，欲将已往

所赖天恩祖德，锦衣纨袴之时，饫甘餍肥之日，背父兄教育之恩，负师友规训之德，以致今日一技无成半生潦倒之罪，编述一集，以告天下。

这话说的何等明白！《红楼梦》明明是一部"将真事隐去"的自叙的书。若作者是曹雪芹，那么，曹雪芹即是《红楼梦》开端时那个深自忏悔的"我"！即是书里的甄贾（真假）两个宝玉的底本！懂得这个道理，便知书中的贾府与甄府都只是曹雪芹家的影子。

第二，第一回里那石头说道：

> 我想历来野史的朝代，无非假借汉唐的名色；莫如我石头所记，不借此套，只按自己的事体情理，反到新鲜别致。

又说：

> 更可厌者，"之乎者也"，非理即文，大不近情，自相矛盾，竟不如我这半世亲见亲闻的这几个女子，虽不敢说强似前代书中所有之人，但观其事迹原委，亦可消愁破闷。

他这样明白清楚的说这书是我"自己的事体情理"，是我"半世亲见亲闻的"；而我们偏要硬派这书是说顺治帝的，是说纳兰成德的，这岂不是作茧自缚吗？

第三，《红楼梦》第十六回有谈论南巡接驾的一大段，原文如下：

凤姐道:"……可恨我小几岁年纪,若早生二三十年,如今这些老人家也不薄我没见世面了。说起当年太祖皇帝仿舜巡的故事,比一部书还热闹,我偏偏的没赶上。"

赵嬷嬷(贾琏的乳母)道:"嗳哟,那可是千载难逢的!那时候我才记事儿。咱们贾府正在姑苏扬州一带,监造海船,修理海塘。只预备接驾一次,把银子花的像淌海水是的。说起来——"

凤姐忙接道:"我们王府里也预备过一次。那时我爷爷专管各国进贡朝贺的事,凡有外国人来,都是我们家养活。粤、闽、滇、浙所有的洋船货物,都是我们家的。"

赵嬷嬷道:"那是谁不知道的?……如今还有现在江南的甄家,——嗳哟,好势派!——独他们家接驾四次。要不是我们亲眼看见,告诉谁也不信的。别讲银子成了粪土;凭是世上有的,没有不是堆山积海的。'罪过可惜'四个字,竟顾不得了。"

凤姐道:"我常听见我们太爷说,也是这样的。岂有不信的?只纳罕他家怎么就这样富贵呢?"

赵嬷嬷道:"告诉奶奶一句话:也不过拿着皇帝家的银子往皇帝身上使罢了。谁家有那些钱买这个虚热闹去?"

此处说的甄家与贾家都是曹家。曹家几代在江南做官,故《红楼梦》里的贾家虽在"长安",而甄家始终在江南。上文曾考出康熙帝南巡六次,曹寅当了四次接驾的差,皇帝就住在他的衙门里。《红楼梦》差不多全不提起历史上的事实,但此处却郑重的说起"太祖皇帝仿舜巡的故事",大概是因为曹家四次接驾乃是很不常见的盛事,故曹雪芹不知不觉的——或是有意的——把他家这桩最阔的大典说了出来。这也是敦敏送他的诗里说的"秦淮旧梦忆繁华"了。但我们却在这里得着一条很重要的证据。因为一家接驾四五次，不是人人可以随便有的机会。大官如督抚，不能久任一处，便不能有这样好的机会。只有曹寅做了二十年江宁织造，恰巧当了四次接驾的差。这不是很可靠的证据吗？

第四，《红楼梦》第二回叙荣国府的世次如下：

> 自荣国公死后，长子贾代善袭了官，娶的是金陵世家史侯的小姐为妻，生了两个儿子：长名贾赦，次名贾政。如今代善早已去世，太夫人尚在。长子贾赦袭了官，为人平静中和，也不管理家务。次子贾政，自幼酷喜读书，为人端方正直；祖父钟爱，原要他以科甲出身的。不料代善临终时，遗本一上，皇上因恤先臣，即时令长子袭官外，问还有几子，立刻引见；遂又额外赐了这政老爷一个主事之职，令其入部学习；如今已升了员外郎。

我们可用曹家的世系来比较：

> 曹锡远，正白旗包衣人。世居沈阳地方，来归年月无考。其子曹振彦，原任浙江盐法道。
> 孙：曹玺，原任工部尚书；曹尔正，原任佐领。
> 曾孙：曹寅，原任通政使司通政使；曹宣，原任护军参领兼佐领；曹荃，原任司库。
> 元孙：曹颙，原任郎中；曹頫，原任员外郎；曹顾，原任二等侍卫，兼佐领；曹天祐，原任州同。（《八旗氏族通谱》卷七十四）

这个世系颇不分明。我们可试作一个假定的世系表如下：

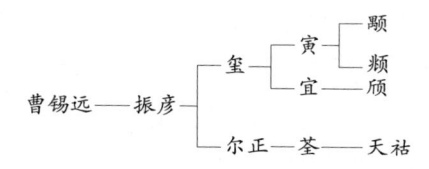

```
                     ┌─ 寅 ┬─ 颙
                     │     ├─ 频
         ┌─ 玺 ──────┤     └─ 颀
曹锡远──振彦─┤        └─ 宜
         │
         └─ 尔正 ── 荃 ── 天祐
```

曹寅的《楝亭诗抄别集》中有"辛卯三月闻珍儿殇，书此忍恸，兼示四侄寄东轩诸友"诗三首，其二云："世出难居长，多才在四三。承家赖犹子，努力作奇男。"四侄即颀，那排行第三的当是那小名珍儿的了。如此看来，颙与频当是行一与行二。曹寅死后，曹颙袭织造之职。到康熙五十四年，曹颙或是死了，或是因事撤换了，故次子曹频接下去做。织造是内务府的一个差使，故不算做官，故《氏族通谱》上只称曹寅为通政使，称曹频为员外郎。但《红楼梦》里的贾政，也是次子，也是先不袭爵，也是员外郎。这三层都与曹频相合。故我们可以认贾政即是曹频；因此，贾宝玉即是曹雪芹，即是曹频之子，这一层更容易明白了。

第五，最重要的证据自然还是曹雪芹自己的历史和他家的历史。《红楼梦》虽没有做完（说详下），但我们看了前八十回，也就可以断定：（1）贾家必致衰败；（2）宝玉必致沦落。《红楼梦》开端便说，"风尘碌碌，一事无成"；又说，"一技无成，半生潦倒"；又说，"当此蓬牖茅椽，绳床瓦灶"。这是明说此书的著者——即是书中的主人翁——当著书时，已在那穷愁不幸的境地。况且第十三回写秦可卿死时在梦中对凤姐说的话，句句明说贾家将来必到"树倒猢狲散"的地步。所以我们即使不信后四十回（说详下）抄家和宝玉出家的话，也可以推想贾家的衰败和宝玉的流落了。我们再回看上文引的敦诚兄

227

弟送曹雪芹的诗，可以列举雪芹一生的历史如下：

（1）他是做过繁华旧梦的人。

（2）他是美术和文学的天才，能作诗，能绘画。

（3）他晚年的境况非常贫穷潦倒。

这不是贾宝玉的历史吗？此外，我们还可以指出三个要点。第一，曹雪芹家自从曹玺、曹寅以来，积成一个很富丽的文学美术的环境。他家的藏书在当时要算一个大藏书家，他家刻的书至今推为精刻的善本。富贵的家庭并不难得；但富贵的环境与文学美术的环境合在一家，在当日的汉人中是没有的，就在当日的八旗世家中，也很不容易寻找了。第二，曹寅是刻《居常饮馔录》的人，《居常饮馔录》所收的书，如《糖霜谱》《制脯鲊法》《粉面品》之类，都是专讲究饮食糖饼的做法的。曹寅家做的雪花饼，见于朱彝尊的《曝书亭集》（二十一，页十二），有"粉量云母细，糁和雪糕匀"的称誉。我们读《红楼梦》的人，看贾母对于吃食的讲究，看贾家上下对于吃食的讲究，便知道《居常饮馔录》的遗风未泯，雪花饼的名不虚传！第三，关于曹家衰落的情形，我们虽没有什么材料，但我们知道曹寅的亲家李煦在康熙六十一年已因亏空被革职查追了。雍正《朱批谕旨》第四十八册有雍正元年《苏州织造胡凤翚奏折》内称：

> 今查得李煦任内亏空各年余剩银两，现奉旨交督臣查弼纳查追外，尚有六十一年办六十年分应存剩银六万三百五十五两零，并无存库，亦系李煦亏空。……所有历年动用银两数目，另开细折，并呈御览。

又第十三册有《两淮巡盐御史谢赐履奏折》内称：

窃照两淮应解织造银两，历年遵奉已久。兹于雍正元年三月十六日，奉户部咨行，将江苏织造银两停其支给；两淮应解银两，汇行解部。……前任盐臣魏廷珍于康熙六十一年内未奉部文停止之先，两次解过苏州织造银五万两。……再本年六月内奉有停止江宁织造之文。查前盐臣魏廷珍经解过江宁织造银四万两，臣任内……解过江宁织造银四万五千一百二十两。……臣请将解过苏州织造银两在于审理李煦亏空案内并追；将解过江宁织造银两行令曹頫解还户部。

李煦做了三十年的苏州织造，又兼了八年的两淮盐政，到头来竟因亏空被查追。胡凤翚折内只举出康熙六十一年的亏空，已有六万两之多，加上谢赐履折内举出应退还两淮的十万两，这一年的亏空就是十六万两了！他历年亏空的总数之多，可以想见。这时候，曹頫（曹雪芹之父）虽然还未曾得罪，但谢赐履折内已提及两事：一是停止两淮应解织造银两，一是要曹頫赔出本年已解的八万一千余两。这个江宁织造就不好做了。我们看了李煦的先例，就可以推想曹頫的下场也必是因亏空而查追，因查追而抄没家产。关于这一层，我们还有一个很好的证据。袁枚在《随园诗话》里说《红楼梦》里的大观园即是他的随园。我们考随园的历史，可以信此话不是假的。袁枚的《随园记》（《小仓山房文集》十二）说随园本名隋园，主人为康熙时织造隋公。此隋公即是隋赫德，即是接曹頫的任的人（袁枚误记为康熙时，实为雍正六年）。袁枚作记在乾隆十四年己巳（1749），去曹頫卸织造任时甚近，他应该知道这园的历史。我们从此可以推想曹頫当雍正六年去职时，必是因亏空被追赔，故这个园子就到了他的继任人的手里。从此以后，曹家在江南的家产都完了，故不能不搬回北京居住。

这大概是曹雪芹所以流落在北京的原因。我们看了李煦、曹頫两家败落的大概情形，再回头来看《红楼梦》里写的贾家的经济困难情形，便更容易明白了。如第七十二回凤姐夜间梦见人来找她，说娘娘要一百匹锦，凤姐不肯给，他就来夺。来旺家的笑道："这是奶奶日间操心常应候宫里的事。"一语未了，人回夏太监打发了一个小内监来说话。贾琏听了，忙皱眉道："又是什么话！一年他们也够搬了。"凤姐道："你藏起来，等我见他。"好容易凤姐弄了二百两银子把那小内监打发开去，贾琏出来，笑道："这一起外祟，何日是了？"凤姐笑道："刚说着，就来了一股子。"贾琏道："昨儿周太监来，张口就是一千两。我略慢应了些，他不自在。将来得罪人之处不少。这会子再发三二百万的财，就好了！"又如第五十三回写黑山村庄头乌进孝来贾府纳年例，贾珍与他谈的一段话也很可注意：

贾珍皱眉道："我算定你至少也有五千银子来。这够做什么的！……真真是叫别过年了！"

乌进孝道："爷的地方还算好呢。我兄弟离我那里只有一百多里，竟又大差了。他现管着那府（荣国府）八处庄地，比爷这边多着几倍，今年也是这些东西，不过二三千两银子，也是有饥荒打呢。"

贾珍道："如何呢？我这边到可已，没什么外项大事，不过是一年的费用。……比不得那府里（荣国府），这几年添了许多化钱的事，一定不可免是要化的，却又不添银子产业。这一二年里赔了许多。不和你们要，找谁去？"

乌进孝笑道："那府里如今虽添了事，有去有来。娘娘和万岁爷岂不赏吗？"

贾珍听了，笑向贾蓉等道："你们听听，他说的可笑不可笑？"

贾蓉等忙笑道："你们山坳海沿子上的人，那里知道这道理？娘娘难道把皇上的库给我们不成？……就是赏，也不过一百两金子，才值一千多两银子，够什么？这二年，那一年不赔出几千两银子来？头一年省亲，连盖花园子，你算算那一注化了多少，就知道了。再二年，再省一回亲，只怕精穷了！……"

贾蓉又说又笑，向贾珍道："果真那府里穷了。前儿我听见二婶娘（凤姐）和鸳鸯悄悄商议，要偷老太太的东西去当银子呢。"

借当的事又见于第七十二回：

鸳鸯一面说，一面起身要走。贾琏忙也立起身来说道："好姐姐，略坐一坐儿，兄弟还有一事相求。"说着，便骂小丫头："怎么不泡好茶来！快拿干净盖碗，把昨日进上的新茶泡一碗来！"说着，向鸳鸯道："这两日因老太太千秋，所有的几千两都使完了。几处房租地租统在九月才得。这会子竟接不上。明儿又要送南安府里的礼，又要预备娘娘的重阳节；还有几家红白大礼，至少还要二三千两银子用，一时难去支借。俗语说的好，求人不如求己。说不得，姐姐担个不是，暂且把老太太查不着的金银家伙，偷着运出一箱子来，暂押千数两银子，支腾过去。"

因为《红楼梦》是曹雪芹"将真事隐去"的自叙，故他不怕琐碎，再三再四的描写他家由富贵变成贫穷的情形。我们看曹寅一生的历史，决不像一个贪官污吏；他家所以后来衰败，他的儿子所以亏空破产，大概都是由于他一家都爱挥霍，爱摆阔架子；讲究吃喝，讲究场面；收藏精本的书，刻行精本的书；交结文人名士，交结贵族大官，招待皇帝，至于四次五次；他们又不会理财，又不肯节省；讲究挥霍惯了，收缩不回来——以至于亏空，以至于破产抄家。《红楼梦》只是老老实实地描写这一个"坐吃山空""树倒猢狲散"的自然趋势。因为如此，所以《红楼梦》是一部自然主义的杰作。那班猜谜的红学大家不晓得《红楼梦》的真价值正在这平淡无奇的自然主义的上面，所以他们偏要绞尽心血去猜那想入非非的笨谜，所以他们偏要用尽心思去替《红楼梦》加上一层极不自然的解释。

总结上文关于"著者"的材料，凡得六条结论：

（1）《红楼梦》的著者是曹雪芹。

（2）曹雪芹是汉军正白旗人，曹寅的孙子，曹頫的儿子，生于极富贵之家，身经极繁华绮丽的生活，又带有文学与美术的遗传与环境。他会作诗，也能画，与一班八旗名士往来。但他的生活非常贫苦，他因为不得志，故流为一种纵酒放浪的生活。

（3）曹寅死于康熙五十一年。曹雪芹大概即生于此时，或稍后。

（4）曹家极盛时，曾办过四次以上的接驾的阔差；但后来家渐衰败，大概因亏空得罪被抄没。

（5）《红楼梦》一书是曹雪芹破产倾家之后，在贫困之中做的。做书的年代大概当乾隆初年到乾隆三十年左右，书未完而曹雪芹死了。

（6）《红楼梦》是一部隐去真事的自叙：里面的甄、贾两宝玉，即是曹雪芹自己的化身；甄、贾两府即是当日曹家的影子（故贾府在"长安"都中，而甄府始终在江南）。

现在我们可以研究《红楼梦》的"本子"问题。现今市上通行的《红楼梦》虽有无数版本，然细细考较去，除了有正书局一本外，都是从一种底本出来的。这种底本是乾隆末年间程伟元的百二十回全本，我们叫它作"程本"。这个程本有两种本子，一种是乾隆五十七年壬子（1792）的第一次活字排本，可叫作"程甲本"。一种也是乾隆五十七年壬子程家排本，是用"程甲本"来校改修正的，这个本子可叫作"程乙本"。"程甲本"我的朋友马幼渔教授藏有一部，"程乙本"我自己藏有一部。乙本远胜于甲本，但我仔细审察，不能不承认"程甲本"为外间各种《红楼梦》的底本。各本的错误矛盾，都是根据于"程甲本"的，这是《红楼梦》版本史上一件最不幸的事。

此外，上海有正书局石印的一部八十回本的《红楼梦》，前面有一篇德清戚蓼生的序，我们可叫它作"戚本"。有正书局的老板在这部书的封面上题着"国初抄本《红楼梦》"，又在首页题着"原本《红楼梦》"。那"国初抄本"四个字自然是大错的。那"原本"两字也不妥当。这本已有总评，有夹评，有韵文的评赞，又往往有"题"诗，有时又将评语抄入正文（如第二回），可见已是很晚的抄本，决不是"原本"了。但自程氏两种百二十回本出版以后，八十回本已不可多见。戚本大概是乾隆时无数辗转传抄本之中幸而保存的一种，可以用来参校程本，故自有他的相当价值，正不必假托"国初抄本"。

《红楼梦》最初只有八十回，直至乾隆五十六年以后始有百二十回的《红楼梦》。这是无可疑的。程本有程伟元的序，序中说：

  《石头记》是此书原名。……好事者每传抄一部置庙市中，昂其值得数十金，可谓不胫而走者矣。然原本目录一百二十卷，

233

今所藏只八十卷，殊非全本。即间有称全部者，及检阅仍只八十卷，读者颇以为憾。不佞以是书既有百二十卷之目，岂无全璧？爰为竭力搜罗，自藏书家甚至故纸堆中，无不留心。数年以来，仅积有二十余卷。一日，偶于鼓担上得十余卷，遂重价购之，欣然翻阅，见其前后起伏尚属接榫（榫音笋，削木入窍名榫，又名榫头）。然漶漫不可收拾。乃同友人细加厘剔，截长补短，抄成全部，复为镌板，以公同好。《石头记》全书至是始告成矣。……小泉程伟元识。

我自己的程乙本还有高鹗的一篇序，中说：

予闻《红楼梦》脍炙人口者，几廿余年，然无全璧，无定本。……今年春，友人程子小泉过予，以其所购全书见示，且曰："此仆数年铢积寸累之苦心，将付剞劂，公同好。子闲且惫矣，盍分任之？"予以是书虽稗官野史之流，然尚不谬于名教，欣然拜诺，正以波斯奴见宝为幸，遂襄其役。工既竣，并识端末，以告阅者。时乾隆辛亥（1791）冬至后五日铁岭高鹗叙，并书。

此序所谓"工既竣"，即是程序说的"同友人细加厘剔，截长补短"的整理工夫，并非指刻板的工程。我这部程乙本还有七条"引言"，比两序更重要，今节抄几条于下。

（一）是书前八十回，藏书家抄录传阅几三十年矣。今得后四十回，合成完璧。缘友人借抄争睹者甚夥，抄录固难，刊板亦需时日，姑集活字刷印。因急欲公诸同好，故初印时不及细校，间有纰缪。今复聚集各原本，详加校阅，改订无讹。惟阅者谅之。

（二）书中前八十回，抄本各家互异。今广集核勘，准情酌理，补遗订讹。其间或有增损数字处，意在便于披阅，非敢争胜前人也。

（三）是书沿传既久，坊间缮本及诸家所藏秘稿，繁简歧出，前后错见。即如六十七回此有彼无，题同文异，燕石莫辨。兹惟择其情理较协者，取为定本。

（四）书中后四十回系就历年所得，集腋成裘，更无他本可考，惟按其前后关照者，略为修辑，使其有应接而无矛盾。至其原文，未敢臆改。俟再得善本，更为厘定，且不欲尽掩其本来面目也。

引言之末，有"壬子花朝后一日，小泉、兰墅又识"一行。兰墅即高鹗。我们看上文引的两序与引言，有应该注意的几点：

（1）高序说"闻《红楼梦》脍炙人口者，几廿余年"。引言说"前八十回，藏书家抄录传阅，几三十年"。从乾隆壬子上数三十年，为乾隆二十七年壬午（1762）。今知乾隆三十年间此书已流行，可证我上文推测曹雪芹死于乾隆三十年左右之说大概无大差错。

（2）前八十回，各本互有异同。例如引言第三条说"六十七回此有彼无，题同文异"。我们试用戚本六十七回与程本及市上各本的六十七回互校，果有许多同异之处，程本所改的似胜于戚本。大概程本当日确曾经过一番"广集各本核勘，准情酌理，补遗订讹"的工夫，故程本一出即成为定本，其余各抄本多被淘汰了。

（3）程伟元的序里说，《红楼梦》当日虽只有八十回，但原本却有

235

一百二十卷的目录。这话可惜无从考证（戚本目录并无后四十回）。我从前想当时各抄本中大概有些是有后四十回目录的，但我现在对于这一层很有点怀疑了（说详下）。

（4）八十回以后的四十回，据高、程两人的话，是程伟元历年杂凑起来的——先得二十余卷，又在鼓担上得十余卷，又经高鹗费了几个月整理修辑的工夫，方才有这部百二十回本的《红楼梦》。他们自己说这四十回"更无他本可考"；但他们又说："至其原文，未敢臆改。"

（5）《红楼梦》直到乾隆五十六年（1791）始有一百二十回的全本出世。

（6）这个百二十回的全本最初用活字版排印，是为乾隆五十七年壬子（1792）的程本。这本又有两种小不同的印本：（一）初印本（即程甲本）"不及细校，间有纰缪"。此本我近来见过，果然有许多纰缪矛盾的地方。（二）校正印本，即我上文说的程乙本。

（7）程伟元的一百二十回本的《红楼梦》，即是这一百三十年来的一切印本《红楼梦》的老祖宗。后来的翻本，多经过南方人的批注，书中京话的特别俗语往往稍有改换；但没有一种翻本（除了戚本）不是从程本出来的。

这是我们现有的一百二十回本《红楼梦》的历史。这段历史里有一个大可研究的问题，就是"后四十回的著者究竟是谁"？

俞樾的《小浮梅闲话》里考证《红楼梦》的一条说：

《船山诗草》有"赠高兰墅鹗同年"一首云："艳情人自说《红楼》。"注云："《红楼梦》八十回以后，俱兰墅所补。"然则此书非出一手。按乡会试增五言八韵诗，始乾隆朝。而书中叙科场事已有诗，则其为高君所补，可证矣。

俞氏这一段话极重要。他不但证明了程排本作序的高鹗是实有其人，还使我们知道《红楼梦》后四十回是高鹗补的。船山即是张船山，名问陶，是乾隆、嘉庆时代的一个大诗人。他于乾隆五十三年戊申（1788）中顺天乡试举人；五十五年庚戌（1790）成进士，选庶吉士。他称高鹗为同年，他们不是庚戌同年，便是戊申同年。但高鹗若是庚戌的新进士，次年辛亥他作《〈红楼梦〉序》不会有"闲且惫矣"的话；故我推测他们是戊申乡试的同年。后来我又在《郎潜纪闻二笔》卷一里发现一条关于高鹗的事实：

嘉庆辛酉京师大水，科场改九月，诗题"百川赴巨海"……闱中罕得解。前十本将进呈，韩城王文端公以通场无知出处为憾。房考高侍读鹗搜遗卷，得定远陈黻卷，亟呈荐，遂得南元。

辛酉（1801）为嘉庆六年。据此，我们可知高鹗后来曾中进士，为侍读，且曾做嘉庆六年顺天乡试的同考官。我想高鹗既中进士，就有法子考查他的籍贯和中进士的年份了。果然我的朋友顾颉刚先生替我在《进士题名录》上查出高鹗是镶黄旗汉军人，乾隆六十年乙卯（1795）科的进士，殿试第三甲第一名。这一件引起我注意《题名录》一类的工具，我就发愤搜求这一类的书。果然我又在清代《御史题名录》里，嘉庆十四年（1809）下，寻得一条：

高鹗，镶黄旗汉军人，乾隆乙卯进士，由内阁侍读考选江南道御史，刑科给事中。

又《八旗文经》二十三有高鹗的《操缦堂诗稿跋》一篇，末署乾隆四十七年壬寅（1782）小阳月。我们可以总合上文所得关于高鹗的材料，作一个简单的《高鹗年谱》如下：

乾隆四七（1782），高鹗作《操缦堂诗稿跋》。

乾隆五三（1788），中举人。

乾隆五六至五七（1791—1792），补作《红楼梦》后四十回，并作序例。《红楼梦》百廿回全本排印成。

乾隆六〇（1795），中进士，殿试三甲一名。

嘉庆六（1801），高鹗以内阁侍读为顺天乡试的同考官，闱中与张问陶相遇，张作诗送他，有"艳情人自说《红楼》"之句；又有诗注，使后世知《红楼梦》八十回以后是他补的。

嘉庆一四（1809），考选江南道御史，刑科给事中。——自乾隆四七至此，凡二十七年。大概他此时已近六十岁了。

后四十回是高鹗补的，这话自无可疑。我们可约举几层证据如下：

第一，张问陶的诗及注，此为最明白的证据。

第二，俞樾举的"乡会试增五言八韵诗始乾隆朝，而书中叙科场事已有诗"一项，这一项不十分可靠，因为乡会试用律诗，起于乾隆二十一二年，也许那时《红楼梦》前八十回还没有作成呢。

第三，程序说先得二十余卷，后又在鼓担上得十余卷。此话便是作伪的铁证，因为世间没有这样奇巧的事！

第四，高鹗自己的序，说的很含糊，字里行间都使人生疑。大概他不愿完全埋没他补作的苦心，故引言第六条说："是书开卷略志数语，非云弁首，实因残缺有年，一旦颠末毕具，大快人心；欣然题名，聊以记成书之幸。"因为高鹗不讳他补作的事，故张船山赠诗直说他补作后四十回的事。

但这些证据固然重要，总不如内容的研究更可以证明后四十回与前八十回决不是一个人作的。我的朋友俞平伯先生曾举出三个理由来证明后四十回的回目也是高鹗补作的。他的三个理由是：（1）和第一回自叙的话都不合；（2）史湘云的丢开；（3）不合作文时的程序。这三层之中，第三层姑且不论。第一层是很明显的：《红楼梦》的开端明说"一技无成，半生潦倒"；明说"蓬牖茅椽，绳床瓦灶"；岂有到了末尾说宝玉出家成仙之理？第二层也很可注意。第三十一回的回目"因麒麟伏白首双星"，确是可怪！依此句看来，史湘云后来似乎应该与宝玉做夫妇，不应该此话全无照应。以此看来，我们可以推想后四十回不是曹雪芹作的了。

其实何止史湘云一个人？即如小红，曹雪芹在前八十回里极力描写这个攀高好胜的丫头，好容易她得着了凤姐的赏识，把她提拔上去了；但这样一个重要人才，岂可没有下场？况且小红同贾芸的感情，前面既经曹雪芹那样郑重描写，岂有完全没有结果之理？又如香菱的结果也决不是曹雪芹的本意。第五回的"十二钗副册"上写香菱结局道：

> 根并荷花一茎香，平生遭际实堪伤。自从两地生孤木，致使芳魂返故乡。

两地生孤木，合成"桂"字。此明说香菱死于夏金桂之手，故第八十回说香菱"血分中有病，加以气怨伤肝，内外挫折不堪，竟酿成干血之症，日渐羸瘦，饮食懒进，请医服药无效"。可见八十回的作者明明的要香菱被金桂磨折死。后四十回里却是金桂死了，香菱扶正：这岂是作者的本意吗？此外，又如第五回"十二钗正册"上说凤姐的结局道："一从二令三人木，哭向金陵事更哀。"这个谜竟无人猜得出，许多批《红楼梦》的人也都不敢下注解。所以后四十回里写凤姐的下场竟完全与这"二令三人木"无关。这个谜只好等上海灵学会把曹雪芹先生请来降坛时再来解决了！此外，又如写和尚送玉一段，文字的笨拙，令人读了作呕。又如写贾宝玉忽然肯做八股文，忽然肯去考举人，也没有道理。高鹗补《红楼梦》时，正当他中举人之后，还没有中进士。如果他补《红楼梦》在乾隆六十年之后，贾宝玉大概非中进士不可了！

以上所说，只是要证明《红楼梦》的后四十回确然不是曹雪芹作的。但我们平心而论，高鹗补的四十回，虽然比不上前八十回，也确然有不可埋没的好处。他写司棋之死，写鸳鸯之死，写妙玉的遭劫，写凤姐的死，写袭人的嫁，都是很有精彩的小品文字。最可注意的是这些人都写作悲剧的下场。还有那最重要的"木石前盟"一件公案，高鹗居然忍心害理的教黛玉病死，教宝玉出家，做一个大悲剧的结束，打破中国小说的团圆迷信。这一点悲剧的眼光，不能不令人佩服。我们试看高鹗以后，那许多"续红楼梦"和"补红楼梦"的人，那一人不是想把黛玉、晴雯都从棺材里扶出来，重新配给宝玉？那一个不是想作一部"团圆"的《红楼梦》的？我们这样退一步想，就不能不佩服高鹗的补本了。我们不但佩服，还应该感谢他，因为他这部悲剧的补本，靠着那个"鼓担"的神话，居然打倒了后来无数的团圆《红楼梦》，居然替中国文学保存了一部有悲剧下场的小说！

以上是我对于《红楼梦》的"著者"和"本子"两个问题的答案。我觉得我们做《红楼梦》的考证，只能在这两个问题上着手；只能运用我们力所能搜集的材料，参考互证，然后抽出一些比较的最近情理的结论。这是考证学的方法。我在这篇文章里，处处想撇开一切先人的成见；处处存一个搜求证据的目的；处处尊重证据，让证据做向导，引我到相当的结论上去。我的许多结论也许有错误的——自从我第一次发表这篇《考证》以来，我已经改正了无数大错误了——也许有将来发现新证据后即须改正的。但我自信：这种考证的方法，除了《董小宛考》之外，是向来研究《红楼梦》的人不曾用过的。我希望我这一点小贡献，能引起大家研究《红楼梦》的兴趣，能把将来的《红楼梦》研究引上正当的轨道去：打破从前种种穿凿附会的"红学"，创造科学方法的《红楼梦》研究！

十，三，二七初稿
十，十一，十二改定稿

第二十二章
【附记】

初稿曾附录《寄蜗残赘》一则:

《红楼梦》一书,始于乾隆年间。……相传其书出汉军曹雪芹之手,嘉庆年间,逆犯曹纶即其孙也。灭族之祸,实基于此。

这话如果确实,自然是一段很重要的材料,因此我就去查这一桩案子的事实。

嘉庆十八年癸酉(1813),天理教的信徒林清等勾通宫里的小太监,约定于九月十五日起事,乘嘉庆帝不在京城的时候,攻入禁城,占据皇宫。但他们的区区两百个乌合之众,如何能干这种大事?所以他们全失败了,林清被捕,后来被磔死。

林清的同党之中,有一个独石口都司曹纶和他的儿子曹福昌都是很重要的同谋犯,那年十月己未的上谕说:

前因正黄旗汉军兵丁曹福昌从习邪教,与知逆谋。……兹据讯明,曹福昌之父曹纶听从林清入教,经刘四等告知逆谋,允为收众接应。曹纶身为都司,以四品职官习教从逆,实属猪狗不如,罪大恶极!……

那年十一月中，曹纶等都被磔死。

清礼亲王昭梿是当日在紫禁城里的一个人，他的《啸亭杂录》卷六记此事有一段说：

> 有汉军独石口都司曹纶者，侍郎曹瑛后也（瑛字一本或作寅），家素贫，尝得林清伙助，遂入贼党。适之任所，乃命其子曹福昌勾结不轨之徒，许为城中内应。……曹福昌临刑时，告刽子手曰："我是可交之人，至死不卖友以求生也！……"

《寄蜗残赘》说曹纶是曹雪芹之孙，不知是否根据《啸亭杂录》说的。我当初已疑心此曹瑛不是曹寅，况且官书明说曹瑛是正黄旗汉军，与曹寅不同旗。前天承陈筱庄先生（宝泉）借我一部《靖逆记》（兰簃外史纂，嘉庆庚辰刻），此书记林清之变很详细。其第六卷有《曹纶传》，记他家世系如下：

> 曹纶，汉军正黄旗人。曾祖金铎，官骁骑校；伯祖瑛，历官工部侍郎；祖𬭎，云南顺宁府知府；父廷奎，贵州安顺府同知。……廷奎三子，长绅，早卒；次维，武备院工匠；次纶，充整仪卫，擢治仪正，兼公中佐领，升独石口都司。

此可证《寄蜗残赘》之说完全是无稽之谈。

十，十一，十二

第二十三章

跋《红楼梦考证》

我在《红楼梦考证》的改定稿(《胡适文存》卷三,页一八五至二四九)里,曾根据于《雪桥诗话》《八旗文经》《熙朝雅颂集》三部书,考出下列的几件事:

(1)曹雪芹名霑,不是曹寅的儿子,是曹寅的孙子。(页二一二)

(2)曹雪芹后来很贫穷,穷的很不像样了。

(3)他是一个会作诗又会绘画的人。

(4)他在那贫穷的境遇里,纵酒狂歌,自己排遣那牢骚的心境。(以上页二一五至二一六)

(5)从曹雪芹和他的朋友敦诚弟兄的关系上看来,我说"我们可以断定曹雪芹死于乾隆三十年左右(约1765)"。

又说"我们可以猜想雪芹……大约生于康熙末叶(约1715—1720);当他死时,约五十岁左右"。

我那时在各处搜求敦诚的《四松堂集》,因为我知道《四松堂集》里一定有关于曹雪芹的材料。我虽然承认杨钟羲先生(《雪桥诗话》)确是根据《四松堂集》的,但我总觉得《雪桥诗话》是"转手的证据",不是"原手的证据"。不料上海、北京两处大索的结果,竟使我大失所望。到了今年,我对于《四松堂集》已是绝望了。有一天,一家书店的伙计跑来说:"《四松堂集》找着了!"我非常高兴,但是打开书来一看，原来是一部《四松草堂诗集》，不是《四松堂集》。又一天，陈肖庄先生告诉我说，他在一家书店里看见一部《四松堂集》。我说："恐怕又是四松草堂罢？"陈先生回去一看，果然又错了。

今年四月十九日，我从大学回家，看见门房里桌子上摆着一部退了色的蓝布套的书，一张斑剥的旧书笺上题着《四松堂集》四个字！我自己几乎不信我的眼力了，连忙拿来打开一看，原来真是一部《四松堂集》的写本！这部写本确是天地间唯一的孤本。因为这是当日付刻的底本，上有付刻时的校改，删削的记号。最重要的是这本子里有许多不曾收入刻本的诗文。凡是已刻的，题上都印有一个"刻"字的戳子。刻本未收的，题上都贴着一块小红笺。题下注的甲子，都被编书的人用白纸块贴去，也都是不曾刻的。——我这时候的高兴，比我前年寻着吴敬梓的《文木山房集》时的高兴，还要加好几倍了！

卷首有永𢤺（也是清宗室里的诗人，有《神清室诗稿》）、刘大观、纪昀的序，有敦诚的哥哥敦敏作的小传。全书六册，计诗两册，文两册，《鹪鹩庵笔麈》两册。《雪桥诗话》《八旗文经》《熙朝雅颂集》所采的诗文都是从这里面选出来的。我在《考证》里引的那首《寄怀曹雪芹》，原文题下注一"霑"字，又"扬州旧梦久已绝"一句，原本绝字作觉，下贴一笺条，注云："雪芹曾随其先祖寅织造之任。"《雪桥诗话》说曹雪芹名霑，为楝亭通政孙，即是根据于这两条注的。又此诗中"蓟门落日松亭尊"一句，尊字原本作樽，下注云："时余在喜峰口。"按敦敏作的小传，乾隆二十二年丁丑（1757），敦诚在喜峰口。此诗是丁丑年作的。又《考证》引的《佩刀质酒歌》虽无年月，但其下第二首题下注"癸未"，大概此诗是乾隆二十七年壬午作的。这两首之外，还有两首未刻的诗。

（1）赐曹芹圃（注）即雪芹

满径蓬蒿老不华，举家食粥酒常赊。衡门僻巷愁今雨，废馆颓楼梦旧家。司业青钱留客醉，步兵白眼向人斜。阿谁买与猪肝食，日望西山餐暮霞。

这诗使我们知道曹雪芹又号芹圃。前三句写家贫的状况，四句写盛衰之感（此诗作于乾隆二十六年辛巳）。

（2）挽曹雪芹（注）甲申

四十年华付杳冥，哀旌一片阿谁铭？孤儿渺漠魂应逐（注：前数月，伊子殇，因感伤成疾），新妇飘零目岂瞑？牛鬼遗文悲李贺，鹿车荷锸葬刘伶（适按，此二句又见于《鹪鹩庵笔麈》，杨钟羲先生从《笔麈》里引入《诗话》；杨先生也不曾见此诗全文）。故人惟有青山泪，絮酒生刍上旧坰。

这首诗给我们四个重要之点：

（1）曹雪芹死在乾隆二十九年甲申（1764）。我在《考证》说他死在乾隆三十年左右，只差了一年。

（2）曹雪芹死时只有"四十年华"。这自然是个整数，不限定整四十岁。但我们可以断定他的年纪不能在四十五岁以上。假定他死时年四十五岁，他的生时当康熙五十八年（1719）。《考证》里的猜测还不算大错。

关于这一点，我们应该声明一句。曹寅死于康熙五十一年

（1713），下距乾隆甲申，凡五十一年。雪芹必不及见曹寅了。敦诚"寄怀曹雪芹"的诗注说"雪芹曾随其先祖寅织造之任"，有一点小误。雪芹曾随他的父亲曹𫖯在江宁织造任上。曹𫖯做织造，是康熙五十四年到雍正六年（1715—1728）；雪芹随在任上大约有十年（1719—1728）。曹家三代四个织造，只有曹寅最著名。敦诚晚年编集，添入这一条小注，那时距曹寅死时已七十多年了，故敦诚与袁枚有同样的错误。

（3）曹雪芹的儿子先死了，雪芹感伤成病，不久也死了。据此，雪芹死后，似乎没有后人。

（4）曹雪芹死后，还有一个"飘零"的"新妇"。这是薛宝钗呢，还是史湘云呢？那就不容易猜想了。

《四松堂集》里的重要材料，只是这些。此外还有一些材料，但都不重要。我们从敦敏作的小传里，又可以知道敦诚生于雍正甲寅（1734），死于乾隆戊申（1791），也可以修正我的考证里的推测。

我在四月十九日得着这部《四松堂集》的稿本。隔了两天，蔡孑民先生又送来一部《四松堂集》的刻本，是他托人向晚晴簃诗社里借来的。刻本共五卷：

卷一，诗一百三十七首。

卷二，诗一百四十四首。

卷三，文三十四篇。

卷四，文十九篇。

卷五，《鹪鹩庵笔麈》八十一则。

果然凡底本里题上没有"刻"字的，都没有收入刻本里去。这更可以证明我的底本格外可贵了。蔡先生对于此书的热心，是我很感谢的。最有趣的是蔡先生借得刻本之日，差不多正是我得着底本之日。

我寻此书近一年多了，忽然三日之内两个本子一齐到我手里！这真是"踏破铁鞋无觅处，得来全不费工夫"了。

十一，五，三

第二十四章
考证《红楼梦》的新材料

一 残本《脂砚斋重评〈石头记〉》

去年我从海外归来，便接着一封信，说有一部抄本《脂砚斋重评〈石头记〉》愿让给我。我以为"重评"的《石头记》大概是没有价值的，所以当时竟没有回信。不久，新月书店的广告出来了，藏书的人把此书送到店里来，转交给我看。我看了一遍，深信此本是海内最古的《石头记》抄本，遂出了重价把此书买了。

这部脂砚斋重评本（以下称"脂本"）只剩十六回了，其目如下：
第一回至第八回
第十三回至第十六回
第二十五回至第二十八回
首页首行有撕去的一角，当是最早藏书人的图章。今存图章三方，一为"刘铨福子重印"，一为"子重"，一为"髣眉"。第二十八回之后幅有跋五条。其一云：

> 《红楼梦》虽小说，然曲而达，微而显，颇得史家法。余向读世所刊本，辄逆以己意，恨不得起作者一谭。睹此册，私幸予言之不谬也。子重其宝之。青士、椿余同观于半亩园并识。乙丑孟秋。

249

其一云：

《红楼梦》非但为小说别开生面，直是另一种笔墨。昔人文字有翻新法，学《梵夹书》。今则写西法轮齿，仿《考工记》。如《红楼梦》实出四大奇书之外，李贽、金圣叹皆未曾见也。戊辰秋记。

此条有"福"字图章，可见藏书人名刘铨福，字子重。以下三条跋皆是他的笔迹。其一云：

《红楼梦》纷纷效颦者无一可取。唯《痴人说梦》一种及二知道人《红楼梦说梦》一种尚可玩，惜不得与佟四哥三弦子一弹唱耳。此本是《石头记》真本，批者事皆目击，故得其详也。癸亥春日白云吟客笔。（有"白云吟客"图章）

李伯盂郎中言翁叔平殿撰有原本而无脂批，与此文不同。

又一条云：

脂砚与雪芹同时人，目击种种事，故批笔不从臆度。原文与刊本有不同处，尚留真面，惜止存八卷。海内收藏家更有副本，愿抄补全之，则妙矣。五月廿七日阅又记。（有"铨"字图章）

另一条云：

近日又得妙复轩手批十二巨册。语虽近凿，而于《红楼梦》

味之亦深矣。云客又记。(有"阿癫癫"图章)

此批本丁卯夏借与绵州孙小峰太守,刻于湖南。

第三回有墨笔眉批一条,字迹不像刘铨福,似另是一个人。跋末云:

同治丙寅(五年,1866)季冬月左绵痴道人记。

此人不知即是上条提起的绵州孙小峰吗?但这里的年代可以使我们知道跋中所记干支都是同治初年。刘铨福得此本在同治癸亥(1863),乙丑(1865)有椿余一跋,丙寅有痴道人一条批,戊辰(1868)又有刘君的一跋。

刘铨福跋说"惜止存八卷",这一句话不好懂。现存的十六回,每回为一卷,不该说止存八卷。大概当时十六回分装八册,故称八卷;后来才合并为四册。

此书每半页十二行,每行十八字。楷书。纸已黄脆了,已经了一次装衬。第十三回首页缺去小半角,衬纸与原书接缝处印有"刘铨富子重印"图章,可见装衬是在刘氏收得此书之时,已在六十年前了。

二 脂砚斋与曹雪芹

脂本第一回于"满纸荒唐言,一把辛酸泪"一诗之后,说:

至脂砚斋甲戌抄阅再评,仍用《石头记》。出则既明,且看石上是何故事。

"出则既明"以下与有正书局印的戚抄本相同。但戚本无此上的十五字。甲戌为乾隆十九年（1754），那时曹雪芹还不曾死。

据此，《石头记》在乾隆十九年已有"抄阅再评"的本子了。可见雪芹作此书在乾隆十八九年之前。也许其时已成的部分止有这二十八回。但无论如何，我们不能不把《红楼梦》的著作时代移前。俞平伯先生的《红楼梦年表》（《红楼梦辨》八）把作书时代列在乾隆十九年至二十八年（1754—1763），这是应当改正的了。

脂本于"满纸荒唐言"一诗的上方有朱评云：

能解者方有辛酸之泪哭成此书。壬午除夕，书未成，芹为泪尽而逝。余尝哭芹，泪亦待尽。每意觅青埂峰再问石兄，余不遇癞头和尚何！怅怅！……甲午八月泪笔。（乾隆三九，1774）

壬午为乾隆二十七年，除夕当1763年2月12日（据陈垣《中西回史日历》检查）。

我从前根据敦诚《四松堂集》中《挽曹雪芹》一首诗下注的"甲申"二字，考订雪芹死于乾隆甲申（1764），与此本所记，相差一年余。雪芹死于壬午除夕，次日即是癸未，次年才是甲申。敦诚的挽诗作于一年以后，故编在甲申年，怪不得诗中有"絮酒生刍上旧坰"的话了。现在应依脂本，定雪芹死于壬午除夕。再依敦诚挽诗"四十年华付杳冥"的话，假定他死时年四十五，他生时大概在康熙五十六年（1717）。我的《考证》与平伯的年表也都要改正了。

这个发现使我们更容易了解《红楼梦》的故事。雪芹的父亲曹𫖯卸织造任在雍正六年（1728），那时雪芹已十二岁，是见过曹家盛时的了。

脂本第一回叙《石头记》的来历云：

空空道人……从头至尾抄录回来，问世传奇：因空见色，由色生情，传情入色，自色悟空，遂易名为情僧，改《石头记》为《情僧录》。至吴玉峰题曰《红楼梦》；东鲁孔梅溪则题曰《风月宝鉴》。后因曹雪芹于悼红轩中披阅十载，增删五次，纂成目录，分出章回，则题曰《金陵十二钗》。

此上有眉评云：

雪芹旧有《风月宝鉴》之书，乃其弟棠村序也。今棠村已逝，余睹新怀旧，故仍因之。

据此，《风月宝鉴》乃是雪芹作《红楼梦》的初稿，有其弟棠村作序。此处不说曹棠村而用"东鲁孔梅溪"之名，不过是故意做狡狯。梅溪似是棠村的别号，此有二层根据：第一，雪芹号芹溪，脂本屡称芹溪，与梅溪正同行列。第二，第十三回"三春去后诸芳尽，各自须寻各自门"二句上，脂本有一条眉评云："不必看完，见此二句，即欲堕泪。梅溪。"顾颉刚先生疑此即是所谓"东鲁孔梅溪"。我以为此即是雪芹之弟棠村。

又上引一段中，脂本比别本多出"至吴玉峰题曰《红楼梦》"九个字。吴玉峰与孔梅溪同是故设疑阵的假名。

我们看这几条可以知道脂砚斋同曹雪芹的关系了。脂砚斋是同雪芹很亲近的，同雪芹弟兄都很相熟。我并且疑心他是雪芹同族的亲属。第十三回写秦可卿托梦于凤姐一段，上有眉评云：

"树倒猢狲散"之语，全犹在耳，曲指三十五年矣。伤哉！宁不恸杀！

又可卿提出祖茔置田产附设家塾一段上有眉评云：

语语见道，字字伤心。读此一段，几不知此身为何物矣。松斋。

又此回之末凤姐寻思宁国府中五大弊，上有眉评云：

旧族后辈受此五病者颇多。余家更甚。三十年前事，见书于三十年后，今（令？）余想恸血泪盈□。（此处疑脱一字）

又第八回贾母送秦钟一个金魁星，有朱评云：

作者今尚记金魁星之事乎？抚今思昔，肠断心摧。

看此诸条，可见评者脂砚斋是曹雪芹很亲的族人，第十三回所记宁国府的事即是他家的事，他大概是雪芹的嫡堂弟兄或从堂弟兄——也许是曹颙或曹頫的儿子。松斋似是他的表字，脂砚斋是他的别号。

这几条之中，第十三回之一条说：

曲指三十五年矣。

又一条说：

三十年前事，见书于三十年后。

脂本抄于甲戌（1754），其"重评"有年月可考者，有第一回（抄本页十）之"丁亥春"（1767），有上文已引之"甲午八月"（1774）。自甲戌至甲午，凡二十年。折中假定乾隆二十九年（1764）为上引几条评的年代，则上推三十五年为雍正七年（1729），曹雪芹约十三岁，其时曹𬱟刚卸任织造（1728），曹家已衰败了，但还不曾完全倒落。

此等处皆可助证《红楼梦》为记述曹家事实之书，可以摧破不少的怀疑。我从前在《红楼梦考证》里曾指出两个可注意之点：

第一，十六回凤姐谈"南巡接驾"一大段，我认为即是康熙南巡，曹寅四次接驾的故事。我说：

曹家四次接驾乃是很不常见的盛事，故曹雪芹不知不觉的——或是有意的——把他家这桩最阔的大典说了出来。（《考证》页四一）

脂本第十六回前有总评，其一条云：

借省亲事写南巡，出脱心中多少忆昔感今！

这一条便证实了我的假设。我又曾说赵嬷嬷说的贾家接驾一次，

甄家接驾四次,都是指曹家的事。脂本于本回"现在江南的甄家……接驾四次"一句之旁,有朱评云:

> 甄家正是大关键,大节目。勿作泛泛口头语看。

这又是证实我的假设了。

第二,我用《八旗氏族通谱》的曹家世系来比较第二回冷子兴说的贾家世次,我当时指出贾政是次子,先不袭职,又是员外郎,与曹頫一一相合,故我认贾政即是曹頫。(《考证》页四三至四四)这个假设在当时很受朋友批评。但脂本第二回"皇上……赐了这政老爹一个主事之衔,令其入部习学,如今现已升了员外郎"一段之旁有朱评云:

> 嫡真实事,非妄拥也。

这真是出于我自己意料之外的好证据了!

故《红楼梦》是写曹家的事,这一点现在得了许多新证据,更是颠扑不破的了。

三 秦可卿之死

第十三回记秦可卿之死,曾引起不少人的疑猜。今本(程乙本)说:

> ……人回东府蓉大奶奶没了。……彼时合家皆知,无不纳

闷,都有些伤心。

戚本作:

彼时合家皆知,无不纳闷,都有些伤心。

坊间普通本子有一种却作:

彼时合家皆知,无不纳闷,都有些疑心。

脂本正作:

彼时合家皆知,无不纳罕,都有些疑心。

上有眉评云:

九个字写尽天香楼事,是不写之写。

又本文说:

这四十九日,单请一百单八众禅僧在大厅上拜大悲忏。……另设一坛于天香楼上。

此九字旁有夹评云:

删却,是未删之笔。

又本文云:

又听得秦氏之丫环名唤瑞珠者,见秦氏死了,她也触柱而亡。

旁有夹评云:

补天香楼未删之文。

天香楼是怎么一回事呢?此回之末,有朱笔题云:

"秦可卿淫丧天香楼",作者用史笔也。老朽因有魂托凤姐贾家后事二件嫡是安富尊荣坐享人能想得到处,其事虽未漏,其言其意则令人悲切感服,姑赦之,因命芹溪删去。

又有眉评云:

此回只十页,因删去天香楼一节,少却四五页也。

这可见此回回目原本作:"秦可卿淫丧天香楼,王熙凤协理宁国府。"后来删去天香楼一长段,才改为"死封龙禁尉",平仄便不调了。

秦可卿是自缢死的,毫无可疑。第五回画册上明明说:

画着高楼大厦,有一美人悬梁自缢(此从脂本)。其判云:

> 情天情海幻情身,情既相逢必主淫。
> 漫言不肖皆荣出,造衅开端实在宁。

俞平伯在《红楼梦辨》里特立专章,讨论可卿之死(中卷,页一五九至一七八)。但顾颉刚引《红楼佚话》说有人见书中的焙茗,据他说,秦可卿与贾珍私通,被婢撞见,羞愤自缢死的。平伯深信此说,列举了许多证据,并且指出秦氏的丫环瑞珠触柱而死,可见撞见奸情的便是瑞珠。现在平伯的结论都被我的脂本证明了。我们虽不得见未删天香楼的原文,但现在已知道:

(1)秦可卿之死是"淫丧天香楼"。

(2)她的死与瑞珠有关系。

(3)天香楼一段原文占本回三分之一之多。

(4)此段是脂砚斋劝雪芹删去的。

(5)原文正作"无不纳罕,都有些疑心",戚本始改作"伤心"。

四 《红楼梦》的"凡例"

《红楼梦》各本皆无"凡例"。脂本开卷便有"凡例",又称"《红楼梦》旨义",其中颇有可注意的话,故全抄在下面:

> 凡例
>
> 《红楼梦》旨义。是书题名极多。□□《红楼梦》,是总其全部之名也。又曰《风月宝鉴》,是戒妄动风月之情。又曰《石头记》,是自譬石头所记之事也。此三名皆书中曾已点睛矣。如宝玉作梦,梦中有曲,名曰"红楼梦十二支",此则《红楼梦》

之点睛。又如贾瑞病,跛道人持一镜来,上面即錾"风月宝鉴"四字,此则《风月宝鉴》之点睛。又如道人亲眼见石上大书一篇故事,则系石头所记之往来,此则《石头记》之点睛处。然此书又名曰《金陵十二钗》,审其名则必系金陵十二女子也。然通部细搜检去,上中下女子岂止十二人哉?若云其中自有十二个,则又未尝指明白系某某。极(?)至《红楼梦》一回中亦曾翻出金陵十二钗之簿籍,又有十二支曲可考。

  书中凡写长安,在文人笔墨之间,则从古之称;凡愚夫妇儿女子家常口角,则曰中京,是不欲着迹于方向也。盖天子之邦,亦当以中为尊。特避其东南西北四字样也。

  此书只是着意于闺中。故叙闺中之事切,略涉于外事者则简,不得谓其不均也。

  此书不敢干涉朝廷。凡有不得不用朝政者,只略用一笔带出,盖实不敢以写儿女之笔墨唐突朝廷之上也。又不得谓其不备。

  以上四条皆低二格抄写。以下紧接"此书开卷第一回也,作者自云……"一长段,也低二格抄写。今本第一回即从此句起;而脂本的第一回却从"列位看官,你道此书从何而来"起。"此书开卷第一回也"以下一长段,在脂本里,明是第一回之前的引子,虽可说是第一回的总评,其实是全书的"旨义",故紧接"凡例"之后,同样低格抄写。其文与今本也稍稍不同,我们也抄在"凡例"之后,凡脂本异文,皆加符号记出:

  此〔书〕开卷第一回也。作者自云,〔因〕曾历过一番梦幻之后，故将真事隐去，而撰此《石头记》一书也，故曰"甄士隐梦幻识通灵"。但书中所记何事，〔又因何而撰是书哉？〕自云，〔今〕风尘碌碌，一事无成，忽念及当日所有之女子，一一细推了去，觉其行止见识皆出〔于〕我之上，〔何〕堂堂之须眉诚不若彼〔一干〕裙钗，实愧则有余，悔则无益〔之〕大无可奈何之日也！当此时，〔则〕自欲将已往所赖〔上赖〕天恩，〔下承〕祖德，锦衣纨袴之时，饫甘餍美之日，背父母教育之恩，负师兄（今本作友）规训之德，已致今日一事（今本作技）无成，半生潦倒之罪，编述一记（今本作集）以告普天下〔人〕。虽（今本作知）我之罪固不能免（此五字今本作"负罪固多"），然闺阁中〔本自〕历历有人，万不可因我不肖（此处各本多"自护己短"四字），则一并使其泯灭也。虽今日之茅椽蓬牖，瓦灶绳床，其风晨月夕，阶柳庭花，亦未有伤于我之襟怀笔墨者，何为不用假语村言，敷演出一段故事来，以悦人之耳目哉？（此一长句与今本多不同）故曰"风尘怀闺秀"。〔乃是第一回题纲正义也。开卷即云"风尘怀闺秀"，则知作者本意原为记述当日闺友闺情，并非怨世骂时之书矣。虽一时有涉于世态，然亦不得不叙者，但非其本旨耳。阅者切记之。

诗曰

浮生着甚苦奔忙？盛席华筵终散场。

悲喜千般同幻渺，古今一梦尽荒唐。

谩言红袖啼痕重，更有情痴抱恨长。

字字看来皆是血，十年辛苦不寻常。〕

我们读这几条凡例，可以指出几个要点：（1）作者明明说此书

261

是"自譬石头所记之事"，明明说"系石头所记之往来"。(2)作者明明说"此书只是着意于闺中"，又说"作者本意原为记述当日闺友闺情，并非怨世骂时之书"。(3)关于此书所记地点问题，凡例中也有明白的表示。曹家几代住南京，故书中女子多是江南人，凡例中明明说"此书又名曰《金陵十二钗》，审其名则必系金陵十二女子也"。我因此疑心雪芹本意要写金陵，但他北归已久，虽然"秦淮残梦忆繁华"（敦敏赠雪芹诗），却已模糊记不清了，故不能不用北京做背景。所以贾家在北京，而甄家始终在江南。所以凡例中说，"书中凡写长安……家常口角则曰中京，是不欲着迹于方向也。……特避其东南西北字样也"。平伯与颉刚对于这个地点问题曾有很长的讨论（《红楼梦辨》，中，页五九至八十），他们的结论是"说了半天还和没有说一样，我们究竟不知道《红楼梦》是在南或是在北"（页七九）。我的答案是：雪芹写的是北京，而他心里要写的是金陵：金陵是事实所在，而北京只是文学的背景。

至如大观园的问题，我现在认为不成问题。贾妃本无其人，省亲也无其事，大观园也不过是雪芹的"秦淮残梦"的一境而已。

五　脂本与戚本

现行的《红楼梦》本子，百廿回本以程甲本（高鹗本）为最古，八十回本以戚蓼生本为最古，戚本更古于高本，那是无可疑的。平伯在数年前对于戚本曾有很大的怀疑，竟说他"决是辗转传抄后的本子，不但不免错误，且也不免改窜"（《红楼梦辨》，上，页一二六）。但我曾用脂砚斋残本细校戚本，始知戚本一定在高本之前，凡平伯所疑高本胜于戚本之处（页一三五至一三七），皆戚本为原文，而高本为改本。但那些例子都很微细，我在此文里不及讨论，现在要谈几个更重要之点。

我用脂本校戚本的结果，使我断定脂本与戚本的前二十八回同出于一个有评的原本，但脂本为直接抄本，而戚本是间接传抄本。

何以晓得两本同出于一个有评的原本呢？戚本前四十回之中，有一半有批评，一半没有批评；四十回以下全无批评。我仔细研究戚本前四十回，断定原底本是全有批评的，不过抄手不止一个人，有人连评抄下，有人躲懒便把评语删了。试看下表：

第一回	有评	第二回	无评
第三回	有评	第四回	无评
第五回	有评	第六回	无评
第七回	有评	第八回	无评
第九回	有评	第十回	无评
第十一回	无评		
第十二回至廿六回	有评		
第廿七回至卅五回	无评		
第卅六回至四十回	有评		

看这个区分，我们可以猜想当时抄手有二人，先是每人分头抄一回，故甲抄手专抄奇数，便有评；乙抄手抄偶数，便无评；至十二回以下甲抄手连抄十五回，都有评；乙抄手连抄九回，都无评。

戚本前二十八回，所有评语，几乎全是脂本所有的，意思与文字全同，故知两本同出于一个有评的原底本。试更举几条例为铁证。戚本第一回云：

一家乡官，姓甄（真假之甄宝玉亦借此音，后不注）名费

263

废，字士隐。

脂本作：

　　一家乡官，姓甄（真□后之甄宝玉亦借此音，后不注）名费（废），字士隐。

戚本第一条评注误把"真"字连下去读，故改"后"为"假"，文法遂不通。第二条注"废"字误作正文，更不通了。此可见两本同出一源，而戚本传抄在后。

第五回写薛宝钗之美，戚本作：

　　品格端方，容貌丰美，人多谓黛玉所不及（此句定评），想世人目中各有所取也。按黛玉、宝钗二人一如娇花，一如纤柳，各极其妙，此乃世人性分甘苦不同之故耳。

今检脂本，始知"想世人目中"以下四十二字都是评注，紧接"此句定评"四字之后。此更可见二本同源，而戚本在后。

平伯说戚本有脱误，上举两例便可证明他的话不错。

我因此推想得两个结论：

（1）《红楼梦》的最初底本是有评注的。

（2）最初的评注至少有一部分是曹雪芹自己作的，其余或是他的亲信朋友如脂砚斋之流的。

何以说底本是有评注的呢？脂本抄于乾隆甲戌，那时作者尚生存，全书未完，已是"重评"的了，可以见甲戌以前的底本便有评注了。戚本的评注与脂本的一部分评注全同，可见两本同出的底本都有评注。又高鹗所据底本也有评注。平伯指出第三十七回贾芸上宝玉的书信末尾写着"男芸跪书一笑"，检戚本始知"一笑"二字是评注，误入正文。程甲本如此，程乙本也如此。平伯说，"高氏所依据的抄本也有这批语，和戚本一样，这都是奇巧的事"（《红楼梦辨》，上，页一四四）。其实这并非"奇巧"，只证明高鹗的底本也出于那有评注的原本而已（高、程刻本合删评注）。

原底本既有评注，是谁作的呢？作者自加评注本是小说家的常事；况且有许多评注全是作者自注的口气，如上文引的第一回"甄"字下注云：

真□后之甄宝玉亦借此音，后不注。

这岂是别人的口气吗？又如第四回门子对贾雨村说的"护官符"口号，每句下皆有详注，无注便不可懂，今本一律删去了。今抄脂本原文如下。

上面皆是本地大族名宦之家的谚俗口碑，其口碑排写得明白，下面皆注着始祖官爵并房次。石头亦曾照样抄写一张。今据石上所抄云：

贾不假，白玉为堂金作马。（宁国、荣国二公之后，共二十房分，除宁、荣亲派八房在都外，现原籍住者十二房。）（适按：二十房，误作十二房，今依戚本改正。）

阿房宫，三百里，住不下金陵一个史。（保龄侯尚书令史公之后，房分共十八，都中现住者十房，原籍现住八房。）（适按：

十八，戚本误作二十。)

丰年好大雪，珍珠如土金如铁。(紫薇舍人薛公之后，现领内府帑银行商，共八房分。)

东海缺少白玉床，龙王来请金陵王。(都太尉统制县伯王公之后，共十二房，都中二房，余在籍。)(适按：在籍二字误脱，今据戚本补。)

这四条注都是作者原书所有的，现在都被删去了。脂本里，这四条注也都用朱笔写在夹缝，与别的评注一样抄写。我因此疑心这些原有的评注之中，至少有一部分是作者自己作的。又如第一回"无材补天，幻形入世"两句有评注云：

八字便是作者一生惭恨。

这样的话当然是作者自己说的。

以上说脂本与戚本同出于一个有评注的原本，而戚本传抄在后。但因为戚本传抄在后，《红楼梦》的底本已经过不少的修改了，故戚本有些地方与脂本不同。有些地方也许是作者自己改削的；但大部分的改动似乎都是旁人斟酌改动的；有些地方似是被抄写的人有意删去，或无意抄错的。

如上文引的全书"凡例"，似是抄书人躲懒删去的，如翻刻书的人往往删去序跋以节省刻资，同是一种打算盘的办法。第一回序例，今本虽保存了，却删去了不少的字，又删去了那首"字字看来皆是血，十年辛苦不寻常"很好的诗。原本不但有评注，还有许多回有总评，写在每回正文之前，与这第一回的序例相像，大概也是作者自己作的。还有一些总评写在每回之后，也是墨笔楷书，但似是评书者加的，不是作者原有的了。现在只有第二回的总评保存在戚本之内，即戚本第二回前十二行及诗四句是也。此外如第六回、十三回、十四回、十五回、十六回，每回之前皆有总评，戚本皆不曾收入。又第六回、二十五回、二十六回、二十七回、二十八回，每回之后皆有"总批"多条，现在只有四条（廿七回及廿八回后）被收在戚本之内。这种删削大概是抄书人删去的。

有些地方似是有意删削改动的。如第二回说元春与宝玉的年岁，脂本作：

> 第二胎生了一位小姐，生在大年初一，这就奇了。不想次年又生了一位公子。

戚本便改作了：

> 不想后来又生了一位公子。

这明是有意改动的了。又戚本第一回写那位顽石：

> 一日正当嗟悼之际，俄见一僧一道远远而来，生得骨格不凡，丰神迥异，来至石下，席地而坐，长谈，见一块鲜明莹洁美玉，且又缩成扇坠大小的可佩可拿。那僧托于掌上……

这一段各本大体皆如此；但其实文义不很可通，因为上面明说是顽石，怎么忽已变成宝玉了？今检脂本，此段多出四百二十余字，全被人删掉了。其文如下：

俄见一僧一道远远而来，生得骨格不凡，丰神迥别，说说笑笑，来至峰下，坐于石边，高谈快论。先是说些云山雾海，神仙玄幻之事，后便说到红尘中荣华富贵。此石听了，不觉打动凡心，也想要到人间去享一享这荣华富贵，但自恨粗蠢，不得已，便口吐人言，向那僧道说道："大师，弟子蠢物，不能见礼了。适问（闻）二位谈那人世间荣耀繁华，心切慕之。弟子质虽粗蠢，性却稍通。况见二师仙形道体，定非凡品，必有补天济世之材，利物济人之德。如蒙发一点慈心，携带弟子，得入红尘，在那富贵场中，温柔乡里，受享几年，自当永佩洪恩，万劫不忘也。"二仙师听毕，齐憨笑道："善哉，善哉！那红尘中有却有些乐事，但不能永远依恃。况又有'美中不足，好事多魔'八个字紧相连属，瞬息间则又乐极悲生，人非物换。究竟是到头一梦，万境归空。到不如不去的好。"这石凡心已炽，那里听得进这话去？乃复苦求再四，二仙知不可强制，乃叹道："此亦静极思动，无中生有之数也。既如此，我们便携你去受享受享。只是到不得意时，切莫后悔。"石道："自然，自然。"那僧又道："若说你性灵，却又如此质蠢，并更无奇贵之处。如此，也只好踮脚而已。也罢，我如今大施佛法，助你〔一〕助。待劫终之日，复还本质，以了此案。你道好否？"石头听了，感谢不尽。那僧便念咒书符，大展幻术，将一块大石登时变成一块鲜明莹洁的美玉，且又缩成扇坠大小的可佩可拿。

这一长段，文章虽有点噜苏，情节却不可少。大概后人嫌他稍繁,遂全删了。

六 脂本的文字胜于各本

我们现在可以承认脂本是《红楼梦》的最古本,是一部最近于原稿的本子了。在文字上,脂本有无数地方远胜于一切本子。我试举几段作例。

第一例　第八回

(1)脂砚斋本

　　宝玉与宝钗相近,只闻一阵阵凉森森甜丝丝的幽香,竟不知系何香气。

(2)戚本

　　宝玉此时与宝钗就近,只闻一阵阵凉森森甜甜的幽香,竟不知是何香气。

(3)翻王刻诸本(亚东初本)(程甲本)

　　宝玉此时与宝钗相近,只闻一阵香气,不知是何气味。

(4)程乙本(亚东新本)

　　宝玉此时与宝钗挨肩坐着,只闻一阵阵的香气,不知何味。

戚本把"甜丝丝"误抄作"甜甜",遂不成文。后来各本因为感觉此句有困难,遂索性把形容字都删去了。高鹗最后定本硬改"相近"为"挨肩坐着",未免太露相,叫林妹妹见了太难堪!

第二例　第八回

（1）脂本

话犹未了,林黛玉已摇摇的走了进来。

（2）戚本

话犹未了,林黛玉已走了进来。

（3）翻王刻本

话犹未了,林黛玉已摇摇摆摆的来了。

（4）程乙本

话犹未完,黛玉已摇摇摆摆的进来。

原文"摇摇的"是形容黛玉的瘦弱病躯。戚本删了这三字,已是不该的了。高鹗竟改为"摇摇摆摆的",这竟是形容詹光、单聘仁的丑态了,未免太唐突林妹妹了!

第三例　第八回

（1）脂本与戚本

　　黛玉……一见了（戚本无"了"字）宝玉，便笑道，"嗳哟，我来的不巧了！"宝玉等忙起身笑让坐。宝钗因笑道，"这话怎么说？"黛玉笑道，"早知他来，我就不来了。"宝钗道，"我更不解这意。"黛玉笑道："要来时一群都来，要不来一个也不来。今儿他来了，明儿我再来（戚本作"明日我来"），如此间错开了来着，岂不天天有人来了，也不至于太冷落，也不至于太热闹了？姐姐如何反不解这意思？"

（2）翻王刻本

　　黛玉……一见宝玉，便笑道："嗳呀！我来的不巧了！"宝玉等忙起身让坐。宝钗因笑道："这话怎么说？"黛玉道："早知他来，我就不来了。"宝钗道："我不解这意。"黛玉笑道："要来时，一齐来；要不来，一个也不来。今儿他来，明儿我来，如此间错开了来，岂不天天有人来了，也不至太冷落，也不至太热闹？姐姐如何不解这意思？"

（3）程乙本

　　黛玉……一见宝玉，便笑道："哎哟！我来的不巧了！"宝玉等忙起身让坐。宝钗笑道："这是怎么说？"黛玉道："早知他来，我就不来了。"宝钗道："这是什么意思？"黛玉道："什么意思呢？来呢，一齐来；不来，一个也不来。今儿他来，明儿我来，间错开了来，岂不天天有人来呢？也不至太冷落，也不至太热闹。姐姐有什么不解的呢？"

高鹗最后改本删去了两个"笑"字，便像林妹妹板起面孔说气话了。

第四例　第八回
（1）脂本

宝玉因见他外面罩着大红羽缎对衿褂子，因问，"下雪了么？"地下婆娘们道，"下了这半日雪珠儿了。"宝玉道，"取了我的斗篷来了不曾？"黛玉便道，"是不是！我来了，你就该去了！"宝玉笑道，"我多早晚说要去了？不过是拿来预备着。"

（2）戚本

……地下婆娘们道，"下了这半日雪珠儿。"宝玉道，"取了我的斗篷来了不曾？"黛玉道，"是不是！我来了，他就讲去了！"宝玉笑道，"我多早晚说要去来着？不过拿来预备。"

（3）翻王刻本

……地下婆娘们说："下了这半日了。"宝玉道："取了我的斗篷来。"黛玉便笑道："是不是？我来了，你就该去了！"宝玉道："我何曾说要去？不过拿来预备着。"

272

（4）程乙本

……地下老婆们说："下了这半日了。"宝玉道："取了我的斗篷来。"黛玉便笑道："是不是？我来了，他就该走了！"宝玉道："我何曾说要去？不过拿来预备着。"

戚本首句脱一"了"字，末句脱一"着"字，都似是无心的脱误。"你就该去了"，戚本改的很不高明，似系误"该"为"讲"，仍是无心的错误。"我多早晚说要去了？"这是纯粹北京话。戚本改为："我多早晚说要去来着？"这还是北京话。高本嫌此话太"土"，加上一层翻译，遂没有味儿了（"多早晚"是"什么时候"）。

最无道理的是高本改"取了我的斗篷来了不曾"的问话口气为命令口气。高本删"雪珠儿"也无理由。

第五例　第八回

（1）脂本与戚本

李嬷嬷因说道，"天又下雪，也好早晚的了，就在这里同姐姐妹妹一处顽顽罢。"

（2）翻王刻本

天又下雪，也要看早晚的，就在这里和姐姐妹妹一处顽顽罢。

（3）程乙本

273

天又下雪,也要看时候儿,就在这里和姐姐妹妹一处顽顽儿罢。

这里改的真是太荒谬了。"也好早晚的了",是北京话,等于说"时候不很早了"。高鹗两次改动,越改越不通。高鹗是汉军旗人,应该不至于不懂北京话。看他最后定本说"时候儿"又说"顽顽儿",竟是杭州老儿打官话儿了!

这几段都在一回之中,很可以证明脂本的文学的价值远在各本之上了。

七 从脂本里推论曹雪芹未完之书

从这个脂本里的新证据,我们知道了两件已无可疑的重要事实:

(1)乾隆甲戌(1754),曹雪芹死之前九年,《红楼梦》至少已有一部分写定成书,有人"抄阅重评"了。

(2)曹雪芹死在乾隆壬午除夕(1763年2月13日)。我曾疑心甲戌以前的本子没有八十回之多,也许只有二十八回,也许只有四十回。为什么呢?因为如果甲戌以前雪芹已成八十回,那么,从甲戌到壬午,这九年之中雪芹作的是什么书?难道他没有继续此书吗?如果他续作的书是八十回以后之书,那些书稿又在何处呢?

如果甲戌已有八十回稿本流传于朋友之间,则他以后十年间续作的稿本必有人传观抄阅,不至于完全失散。所以我疑心脂本当甲戌时还没有八十回。

戚本四十回以下完全没有评注。这一点使我疑心最初脂砚斋所据有评的原本至多也不过四十回。

高鹗的壬子本引言有一条说：

> 如六十七回，此有彼无，题同文异。

平伯曾用戚本校高本，果见此回很大的异同。这一点使我疑心八十回本是陆续写定的。

但我仔细研究脂本的评注，和戚本所无而脂本独有的"总评"及"重评"，使我断定曹雪芹死时他已成的书稿决不止现行的八十回，虽然脂砚斋说："壬午除夕，书未成，芹为泪尽而逝。"但已成的残稿确然不止这八十回书。我且举几条证据看看。

（1）史湘云的结局，最使人猜疑。第三十一回目"因麒麟伏白首双星"一句话引起了无数的猜测。平伯检得戚本第三十一回有总评云：

> 后数十回，若兰在射圃所佩之麒麟，正此麒麟也。提纲伏于此回中，所谓草蛇灰线在千里之外。

平伯误认此为"后三十回的《红楼梦》"的一部分，他又猜想：

> 在佚本上，湘云夫名若兰，也有个金麒麟，或即是宝玉所失，湘云拾得的那个麒麟，在射圃里佩着。（《红楼梦辨》，下，页二四）

但我现在替他寻得了一条新材料。脂本第二十六回有总评云：

前回倪二、紫英、湘莲、玉菡四样侠文，皆得传真写照之笔。惜卫若兰射圃文字迷失无稿，叹叹！

雪芹残稿中有"卫若兰射圃"一段文字，写的是一种"侠文"，又有"佩麒麟"的事。若兰姓卫，后来做湘云的丈夫，故有"伏白首双星"的话。

（2）袭人与蒋琪官的结局也在残稿之内。脂本与戚本第二十八回后都有总评云：

茜香罗，红麝串，写于一回。棋官（戚本作"盖琪官"，脂本一律作棋官）虽系优人，后回与袭人供奉玉兄、宝卿，得同终始者，非泛泛之文也。

平伯也误认这是指"后三十回"佚本。这也是雪芹残稿之一部分。大概后来袭人嫁琪官之后，他们夫妇依旧"供奉玉兄、宝卿，得同终始"。高鹗续书大失雪芹本意。

（3）小红的结局，雪芹也有成稿。脂本第二十七回总评云：

凤姐用小红，可知晴雯等埋没其人久矣，无怪有私心私情。且红玉后有宝玉大得力处，此于千里外伏线也。

二十六回小红与佳蕙对话一段有朱评云：

红玉一腔委曲怨愤，系身在怡红，不能遂志，看官勿错认为芸儿害相思也。狱神庙红玉、茜雪一大回文字，惜迷失无稿。

又二十七回凤姐要红玉跟她去，红玉表示情愿。有夹缝朱评云：

且系本心本意。狱神庙回内方见。

狱神庙一回，究竟不知如何写法。但可见雪芹曾有此"一大回文字"。高鹗续书中全不提及小红，遂把雪芹极力描写的一个大人物完全埋没了。

（4）惜春的结局，雪芹似也有成文。第七回里，惜春对周瑞家的笑道：

我这里正和智能儿说，我明儿也剃了头，同他作姑子去呢。

有朱评云：

闲闲笔，却将后半部线索提动。

这可见评者知道雪芹"后半部"的内容。

（5）残稿中还有"误窃玉"的一回文字。第八回，宝玉醉了睡下，袭人摘下通灵玉来，用手帕包好，塞在褥下。这一段后有夹评云：

交代清楚。塞玉一段又为"误窃"一回伏线。

误窃宝玉的事,今本无有,当是残稿中的一部分。

从这些证据里,我们可以知道雪芹在壬午以前,陆续作成的《红楼梦》稿子决不止八十回,可惜这些残稿都"迷失"了。脂砚斋大概曾见过这些残稿,但别人见过此稿的大概不多了,雪芹死后遂完全散失了。

《红楼梦》是"未成"之书,脂砚斋已说过了。他在二十五回宝玉病愈时,有朱评云:

> 叹不得见玉兄悬崖撒手文字为恨。

戚本二十一回宝玉续《庄子》之前也有夹评云:

> 宝玉之情,今古无人可比,固矣。然宝玉有情极之毒,亦世人莫忍为者。看至后半部则洞明矣。……宝玉看此为世人莫忍为之毒,故后文方有"悬崖撒手"一回。若他人得宝钗之妻,麝月之婢,岂能弃而为僧哉?

脂本无廿一回,故我们不知道脂本有无此评。但看此评的口气,似也是原底本所有。如此条是两本所同有,那么,雪芹在早年便已有了全书的大纲,也许已"纂成目录"了。宝玉后来有"悬崖撒手""为僧"的一幕,但脂砚斋明说"叹不得见"这一回文字,大概雪芹只有此一回目,尚未有书。

以上推测雪芹的残稿的几段,读者可参看平伯《红楼梦辨》里论"后三十回的《红楼梦》"一长篇。平伯所假定的"后三十回"佚本是没有的。平伯的错误在于认戚本的"眉评"为原有的评注,而不知戚本所有的"眉评"是狄楚青先生所加，评中提及他的"笔记"，可以为证。平伯所猜想的佚本其实是曹雪芹自己的残稿本，可惜他和我都见不着此本了！

1928，2，12—16

新
流
xinliu

中国小说通识

产品经理	时一男	装帧设计	ABookCover
特约编辑	王　静	责任印制	赵　明　赵　聪
营销经理	肖　瑶	出版监制	吴高林

图书在版编目（CIP）数据

中国小说通识 / 鲁迅等著. -- 北京：北京联合出版公司，2024.5
ISBN 978-7-5596-7489-0

Ⅰ.①中… Ⅱ.①鲁… Ⅲ.①小说研究 – 中国 Ⅳ.①I207.4

中国国家版本馆CIP数据核字(2024)第053646号

本书部分作品著作权由中国文字著作权协会授权
电话：010-65978917，传真：010-65978926，E-mail: wenzhuxie@126.com

中国小说通识

作　　者：鲁　迅　等　　　产品经理：时一男
出 品 人：赵红仕　　　　　责任编辑：牛炜征
特约编辑：王　静　　　　　出版监制：吴高林
内文排版：山　吹　　　　　装帧设计：ABookCover

北京联合出版公司出版
（北京市西城区德外大街83号楼9层　100088）
北京联合天畅文化传播公司发行
涿州鑫义康印刷有限公司印刷　新华书店经销
字数 216千字　880毫米×1230毫米　1/32　9印张
2024年5月第1版　2024年5月第1次印刷
ISBN 978-7-5596-7489-0
定价：49.80元

版权所有，侵权必究
未经书面许可，不得以任何方式转载、复制、翻印本书部分或全部内容。
如发现图书质量问题，可联系调换。质量投诉电话：010-88843286/64258472-800